마지막
식사

오늘 당신의 끼니에
안부를 묻는 8인 소설집

이광재 정도상 장마리 황보윤
차선우 김소윤 한지선 김저운

마지막
식사

예옥

차례

먹을 만큼 먹었어

이광재

살면서 그렇게 많은 풀을 뽑아먹고 허다한 짐승을 도륙해 먹었으며 누군가가 건져온 갯것을 먹고 또 먹었는데도 후각은 입으로 들어갈 것들에 여전히 반응한다. 봄이면 얼마나 많은 풀들을 무치고 데치고 끓여먹으며 목숨을 부지했던가. 평생 몇 마리나 되는 돼지와 닭을 먹고 노동으로 단련된 소의 허벅지는 얼마나 베어 먹었을까. 심지어는 꼬리를 흔들던 삽짝 너머의 개까지도.

하루에도 몇 번씩 그런 야만을 저지른 끝에 도달한 곳이 과연 그에 값하는 자리인지 나는 알 수 없다. 온갖 것을 입에 넣고 턱뼈와 얼굴 근육과 웬만해서는 부러지지도 닳아지지도 않는 이빨, 거기에 혀와 입안의 해면체를 동원해 부수고 깨물고 녹여 먹은 후 이튿날 아침 구린내가 풍기면 몇 해나 눈살을 찌푸렸는지. 살기 위해 먹었다고 은연중 생각했지만 먹기 위해 살지는 않았나 말이다.

창이란 창을 다 닫았는데도 외부에서 스며든 냄새를 코끝은 게걸스럽게 만지작거린다. 김치를 물에 헹궈 청국장을 풀고 두부를 넣어 끓인 그것. 김치에 뜨거운 김이 스미고 멸치에서 국물이 우러날 때쯤 살짝 고춧가루를 끼얹었을 그것. 그러나 저 청국장에는 단 한 점의 돼지고기도 들어가지는 않은 것 같다. 돼지고기가 들어간 청국장을 사람들은 이제 야만으로 치부하는 경향이 있다. 어쩌면 그건 굽거나 찐 돼지고기를 아무 때나 먹게 됐기 때문인지도 모른다. 그런 풍요를 구가하기 위해 국가든 사람이든 이 시간에도 진흙탕 싸움을 하고 있지 않은가. 그렇지만 청국장에서 돼지고기를 발견했을 때의 내 놀람을 단순한 감동쯤으로 폄하할 생각은 없다. 그건 야만이 아니라 문명이기도 했었다. 담백함에 느끼함을 섞어 미감을 포기한 대가로 몸의 결핍을 보충하려던 일이 야만이라면 그에 대한 책임은 조리법이 아니라 주림의 시대가 지는 게 마땅하다.

내가 청국장에서 다져진 돼지고기를 처음 발견한 건 군대에서 휴가를 나와 처가에 갔을 때의 일이다. 남편 없이 아들 하나를 키운 어머니는 아들이 장성하자 남편만큼이나 그 아들을 어렵게 여겼던 것 같다. 내가 고창고보에 들어간 후로는 좀처럼 당신 생각을 강요한 적이 없었다. 전쟁이 나고 인민군이 읍에 진주했을 때도 그들이라면 네 아버지 소식을 알지도 모르겠다며 확인이나 해보자고 상의조의 말을 건넸던 게 아버지에 대해 어머니가 보인 관심의 전부였을 정도니까. 내게 아버지인 사람이 당신에게는 지아비였는데도 말이다.

말년 휴가를 나오기 두 달 전쯤 어머니는 아랫녘에 산다는 어떤 여자의 사진을 동봉하면서 교회 목사님이 소개한 처자인데 참하다고 적었다. 하지만 '참하다'는 그 흔한 인상기가 내게는 그녀와 결혼을 해야 한다는 강권으로 읽혔다. 당신 눈에 드는 처자를 며느리로 들이는 게 남편 없이 아들을 키워낸 여자의 권리라고 생각했을까. 휴가를 나오거든 그 처자의 집을 방문하도록 그쪽과 이야기까지 끝냈다고 침 발라 눌러쓴 글자들은 주장하고 있었다.

훈련과 훈련 사이 틈이 비거나 식사가 끝난 후 나무 그늘에 앉아 나는 어머니가 보낸 사진을 들여다봤다. 여자의 모습에 호감을 느꼈기 때문이 아니라 어머니를 달라지게 한 무엇이 혹시라도 안에 담겨 있을까 싶어서였다. 미간에 힘을 준 탓인지 어딘가 어색하고 긴장돼 보이는 한복 차림의 여자가 사진 속 의자에는 앉아 있었다. 낯선 것 앞에 나서기보다는 방어 자세를 취한 채 자기를 숨기려는 듯한 눈빛과 안으로 오므라들어 가느다랗던 어깨. 그것을 통해 그녀가 초등교육을 받긴 했지만 그 이상은 아니라는 사실을 나는 눈치 챘다.

그날 나는 사진 속 그녀는 코빼기도 보지 못한 채 장인 될 사람과 겸상을 했다. 나는 기름 뜬 청국장을 노려보며 장인이 숟가락 들기를 기다렸다가 부랴부랴 청국장 국물을 떠먹었다. 입천장이 홀라당까지는 것도 깨닫기 전에 후각을 거쳐 돼지고기 냄새가 뇌수로 흘러들었다. 전쟁 직후의 군대에선 꿈도 꿀 수 없던 돼지고기가 청국장에 들어 있었다. 간혹 부식으로 나온 정체불명의 국물에 기름이 뜨기도 했지만 군대 생활 내내 나는 한 번도 고기를 건져먹은 일이 없었다.

다른 반찬은 거들떠보지도 않은 채 청국장에 밥 한 그릇을 게 눈 감추듯 비웠다. 돼지고기만 건져먹는 것도 면구스러운 일이라 청국장 콩까지 함께 먹었다. 아무 말 없이 밥을 먹던 장인이 부엌에 청국장을 더 내오라고 일렀을 때에야 속을 들킨 것 같아 체면을 차리려고 노력했지만 새 뚝배기가 나오자마자 다시 숟가락을 꽂지 않을 수 없었다. 식후에 아내가 될 그 집 딸을 처음 만났는데 사진 속 여자와 분위기가 비슷하다는 것 외에 별 감흥은 없었다. 어쩌면 나는 사진 속 인물이 아니라 청국장 때문에 결혼했는지도 모른다.

내가 청국장을 물리도록 먹은 것은 군산 인근의 면소재지에 있는 중학교에 근무할 때였다. 어머니와 아내, 갓 태어난 아들을 고향에 남겨두고 나는 교감이 소개한 집에 하숙을 들었다. 첫날 하숙집 호롱불 아래에서 밥을 먹던 나는 청국장 속의 풀어지지 않은 콩 덩어리를 돼지고기인 줄 알고 열심히 건져먹었다. 내가 청국장을 좋아하는 것으로 착각한 하숙집 주인은 끼니마다 청국장을 내놓았다.

이 년쯤 지나자 청국장 냄새에 신물이 올라왔다. 별만 쏟아질 뿐 해가 떨어지면 빛이 소멸한 세상 모퉁이에서 개 짖는 소리 말고는 더 들릴 소리조차 없는 단조로운 세계와도 나는 싸웠다. 어머니와 처자를 건사하며 한 세상 천치처럼 살아도 되겠다는 생각 한 쪽에서 갈급이 뿌리를 내렸다. 아이들에게 쏟아 부을 열정이 바닥나자 들을 가로

지르는 기차 위로 시선이 날아갔다. 몸 안 어디에 고인 차가운 물이 모든 것을 얼려 무엇을 오래 쳐다보는 일마저 힘에 부쳤다. 교감 댁을 방문해 한담을 나누는 일 외에 달리 할 일은 없었다. 매일 청국장을 먹었다.

내 몸에 고인 차가운 물에 잔물결을 일으킨 사람은 새로 부임한 영어 교사 허란숙이었다. 수면을 스치는 바람처럼 그녀는 알 수 없는 곳에서 불어왔다. 학교에 여교사가 드물기도 했지만 기왕 있던 여선생도 일제 치하에 직을 시작한 사람이 많았고, 그녀들은 대체로 흰 저고리에 검은 치마를 입었다. 그런데 초임 발령을 받은 허란숙은 멀리서도 눈에 띄는 흰 바탕에 꽃무늬가 촘촘한 원피스를 입고 다녔다. 그 옛날의 개화 여성을 바라보듯 그녀가 나타나면 사람들은 원피스가 사라진 후까지도 꽃무늬의 잔영을 따라다녔다. 그녀가 나타나 텅 빈 운동장을 가로지르자 비로소 흐린 구름 사이로 빛이 쏟아졌다.

한 번은 학생들이 귀가해 고요해진 교실에서 독서를 하다 말고 빛 때문에 운동장을 넘겨다보았는데 허란숙이 거기 있었다. 그녀가 그네에 앉아 발을 구르자 꽃무늬 원피스가 허공에서 나풀거렸다. 그네가 떠올랐다 내려올 때 치마가 뒤집힐까 봐 운동장에 시선을 둔 나는 조마조마해 침을 삼켰다. 그네를 따라 포물선을 그리며 상승한 허란숙이 다시 하강하는 모습은 수면을 치고 날아오르는 제비처럼 날렵하고 관능적이었다. 그네가 속도를 늦추면서 뭔가를 발견한 사람처럼 그녀가 고개를 숙였다. 그네의 움직임이 멎고 그녀 또한 미동 없이 거기 매달려 있자 더욱 초조해진 나는 창틀 뒤에 숨어 은밀히 운동장 가녘을 주목했다. 미동이 없는 게 아니라 허란숙의 어깨는 흔들리고 있었다.

"중간에 공동묘지를 지나야 해서요."

며칠째 학생 하나가 나오지 않아 가정방문을 할 생각이라며 그녀가 동행을 요청했을 때 나는 말없이 읽던 책을 덮었다. 유독 태도가 바르고 공부도 잘하는 학생이라 수업 중에 자주 눈을 맞추곤 했는데 며칠째 녀석은 등교하지 않았다. 그 아이의 빈자리가 어금니 빠진 구멍처럼 크고 깊어 돌아오지 않는 메아리처럼 수업이 공허했다. 그래서 그 아이의 사연이 나에게도 몹시나 궁금해지던 중이었다.

신작로를 따라 아이가 사는 마을에 가려면 족히 이십 리를 걸어야 했으나 마을 뒤편으로 늘어선 야산을 가로지르면 길을 줄일 수 있었다. 하지만 그 길은 사람 하나가 간신히 나다닐 만한 소로였고, 빛바랜 풀숲에 덮여 독 오른 뱀이 발목을 스치는 곳이었다. 어떤 곳은 소나무가 우거져 동굴 같은 그늘이 드리워지기도 했는데 그것을 지나면 전쟁 통에 조성됐다는 공동묘지가 앞을 막는다. 땔감을 진 남정네면 몰라도 주민의 시선을 한 몸에 받는 여선생이 혼자 넘을 고개는 아니었던 셈이다.

아이의 집에는 아비 혼자 누워 있었다. 어디를 앓는지 아비의 얼굴은 칠흑 같고 입술은 머루빛 한가지였다. 자기 대신 아들이 들에 나갔다는 자초지종의 말조차 숨을 골라가며 웅얼거릴 만큼 그의 상태는 가

14

망이 없어 보였다. 허물어질 듯한 처마를 이고 무거운 분위기를 견디며 환자의 머리맡을 마냥 지키고 앉아 있을 자신이 없어 우리는 공동 우물이 있는 동구로 나와 노을 내린 들판을 바라보았다. 지평선이 보이는 들판 어디에 아이와 어미가 등을 구부리고 있을지 알 수 없었다.

어둠이 내리자 굴뚝에서 오르던 연기가 멎고 어디선가 식기에 숟가락 닿는 소리가 들렸다. 길 건너 밭에서 뽑아온 당근을 우물물에 씻어 내밀자 허란숙은 사양하지 않고 맑은 소리를 내며 먹었다. 당근을 먹고 났을 때 어미를 앞세우고 돌아온 아이의 흙 묻은 손을 잡고 그녀는 학업만은 포기하지 말라고 곡진하게 당부했다.

"왜 저죠?"

돌아오는 길에 공동묘지 입구에서 나란히 걷던 허란숙에게 물었다. 이미 사방이 어두워져 한 치 앞도 보이지 않는 길을 우리는 조신하게 걸었다. 보자기를 쓴 듯한 나무들을 별빛에 어림해가며 그녀와 나는 어깨가 닿을 듯 붙어 걸었다. 그녀의 숨소리를 들었다.

"선생님 책상에서 우연히 『선언』을 보았어요."

그것은 교감의 서재에서 어쩌다 발견한 책이었다. 고보에 다니던 시절 서울에서 서점을 하다 망한 사람이 고향 인근에 살았는데 그의 집은 책으로 발 디딜 틈이 없었다. 칭기즈칸 일대기인 『성길산전』이나 나폴레옹 일대기인 『나팔연전』 따위를 나는 거기서 빌려 읽었다. 그러다 고보에 다니게 되자 독서 수준을 높이라며 주인이 건넨 책이 일어판 『선언』이었다. 하지만 읽는다고 읽는데도 책의 내용은 알아먹기 어려웠고, 아름다운 문장 몇 구절만 뇌리에 새겨졌다. 그런데 그게 교감의 서가에서 삭아가고 있어 나도 모르게 뽑아든 것이었다. 마르크스에 동의했다기보다 그새 내용을 얼마나 이해하게 됐는지 궁금해 나는 『선언』을 빌렸다.

　위험한 물건을 눈에 띄는 책상에 놓아둔 내 부주의함에 마르지 않은 옷을 걸친 것처럼 가을밤이 차게 닿는다. 그렇지만 그 책 때문에 그녀가 내게 동질감을 갖게 된 것만은 분명해 보였다. 어느 학교의 독서 모임에서 뜻 맞는 사람끼리 수군거리는 모습을 그때까지도 나는 어렵지 않게 떠올릴 수 있었다. 그런 자리에서 준수한 외모에 유난히 잘 정돈돼 있는 남자를 만나는 건 그리 어려운 일이 아니다. 러시아 말을 유창하게 하던 인민위원회 시절의 그 여진족 전사 같던 사람은 그런 모임 어디에나 있게 마련이니까. 전쟁이 나자 유학 중이던 모스크바에서 돌아와 해방전쟁에 뛰어들었다던 함경도 출신의 박산옥은 아버지 소식을 궁금하게 여기는 어머니 때문에 인민위원회에 참여했다는 내게 효자라고 말했었다. 인민위원회에 가담한 사람들에게 그녀는 정치경제학과 러시아혁명을 강의했다. 틈날 때마다 따로 불러 아버지에 관해 알아보고 있지만 좋은 소식은 들려오지 않는다며 내게 호의를 베풀던 그녀의 샛별 같던 기백이라니. 훗날 산으로 들어간 그녀는 여진족 마을로 무사히 귀환했을까, 아니면 입에 달고 살던 '사회적 삶'을 실천하려다 포탄에 몸이 찢겼을까. 어쨌거나 미군의 반격이 시작되자 의용군에 들어간 허란숙의 남자는 인민군을 따라 입산했으며, 그 때문에 허란숙이 그네 위에서 흐느꼈겠다는 상상을 나는 아무런 근거도 없이 하고 있었다. 본 적도 없고 실재했는지조차 알 수 없는 어떤 사내를 질투했다.

공동묘지를 지나 소나무가 드리운 곳에 이르렀을 때 풀잎에서 옮겨 붙은 밤이슬로 바짓가랑이가 시원했다. 치마 차림인 그녀의 종아리는 아마도 맨살로 이슬방울을 견뎠으리라. 옷섶을 파고드는 한기로 어깨가 움츠러들고, 나무에 가려 달빛은 눈 밑 콧잔등 하나를 비추지 못했다. 야기와는 다른 한기가 몸에 스미자 머리카락이 곤두서며 좁쌀만 한 소름이 돋았다. 그때 사람 소리에 놀란 새가 정수리 위에서 푸드득거렸다. 나도 흠칫거렸지만 허란숙은 아예 울음이나 다름없는 고함을 지르며 필사적으로 내 팔에 매달렸다. 하지만 놀람의 원인을 자각하고 서로 팔까지 감은 사실을 복기한 후에도 우리는 팔짱을 풀지 못했다. 팔을 빼는 순간 팔짱 낀 사실을 그제야 깨달은 사람들처럼 허둥거리다 말고 정말 무슨 일을 저지르기라도 할 것만 같아서.

그 주말에 어머니와 처자가 기다릴 것을 알면서도 나는 고향에 내려가지 않았다. 고향에 가려면 역까지 이십 리를 걸어 기차를 타고 이리에서 호남선으로 갈아탄 다음 정읍에서부터는 비포장 길을 달려 흥덕의 차부에서 한 번 더 버스를 갈아탄 후 다시 이십 리를 걸어야 한다. 꼬박 반나절 길이고, 이튿날 점심을 먹으면 밤이 이슥해서야 길을 되짚어 하숙집에 돌아오는 일정이었다. 그러나 주말이면 으레 해오던 그 일이 갑자기 귀찮아져 귀향을 단념했던 건 아니다. 눈을 감고 하숙집 컴컴한 골방에 누워 안에서 들끓는 것을 삭이느라 나는 애를 먹었다.

여자의 직감이란 그런 것일까. 그 주 반공휴일에 퇴근을 하다가 교문 앞에 서 있는 아내를 발견했다. 아이를 봐줄 테니 나를 찾아가 맛있는 것도 먹고 함께 놀기도 하라며 어머니가 등을 떠밀었다고 했다. 마침 교문을 나서던 허란숙에게 아내를 소개한 나는 이십 리를 걸어 기차를 타고 군산으로 나갔다. 그 무렵 이름을 얻어가던 시청 옆 신생제과점에서 우리는 철도청에 납품한다는 카스텔라와 슈크림 빵을 사먹었다. 어머니의 명을 따라 남편을 만나러 왔는데도 아내는 내게 죄스러워했고, 나는 나대로 죄스러워져 어색한 몸짓을 되풀이했다.

"선생님 눈에는 늑대와 토끼가 함께 보여요. 이곳은 토끼우리예요. 늑대의 길로 가세요. 우리가 가정방문을 갔던 그 아이는 내가 가르칠게요."

아내가 하숙집에서 이틀을 묵고 돌아간 후 운동장에서 만난 허란숙은 나에게 알쏭달쏭한 말을 건넸다. 어쩐지 그건 같이 낳은 아이를 어떻게 키울지 남정네에게 의견을 건네는 지어미의 말처럼 들렸다. 그 가을이 끝나고 신학기가 시작될 때 나는 신학대학에 입학했다. 흙먼지에 파묻힌 중학교를 떠나올 때 아직 시작되지도 않은 사랑이 끝난 것을 깨달았다. 다시는 시작되지도 않을 그것이.

훗날 깨물어 삼킬 능력을 상실해 튜브로 영양액을 공급받던 아내가 카스텔라 이야기를 꺼냈을 때 군산의 그 신생제과점을 나는 떠올리지 못했다. 난데없는 카스텔라 이야기에 어이없어하는 내 마음을 이마에 파인 주름 사이로 아내는 읽은 듯했다. 그녀의 눈에서 정기가 사위는 것을 보고 곧 죽을 사람의 소원을 들어준다는 심사로 돌아서는데 그녀가 소매를 잡았다. 아내의 입에 귀를 가져가는 순간 몸에 깃든 죽음의 냄새를 맡았다. 짜고 퀴퀴하며 몸 안을 돌아 배설된 것이 풍기는 지린내, 시일을 넘긴 음식이 어느 구석에서 썩는 듯한 냄새. 아무리 옷을 갈아입히고 기저귀를 갈고 향수를 뿌려도 지워지지 않을.

"슈크림 빵은 또 얼마나 달콤하게요."

그 소리에 얼른 고개를 돌린 채 병실을 나왔다. 엘리베이터가 느리게 하강할 때 동승한 사람들이 내 몸에서 냄새를 맡을까 봐 자꾸 뒷걸음질을 쳤다. 아내는 대장암 말기였다. 항암치료 자체는 아무런 의미가 없어 진통제로 버티는 중이었다. 의사는 퇴원해서 얼마 남지 않은 삶을 차분히 정리하는 게 좋겠다고 친절한 충고를 했고, 나도 그 의견에 동의했지만 문제는 아이들이었다. 큰아들과 둘째 아들 내외, 큰딸 내외와 미국에서 날아온 둘째 딸 내외 할 것 없이 그들은 약속이라도 한 것처럼 아내의 퇴원을 반대했다. 환자가 병원에 있어야 진통제를 맞는 일부터 영양제를 투여하는 일, 튜브로 영양액을 공급하는 일에 이르기까지 환자 수발을 드는 일이 원활하다는 게 이유였다. 거기에 간병인을 두엇 붙이면 나도 내 일에 전념할 수 있는데 왜 퇴원을 하냐고 자식들은 정색했다. 그러나 그게 저희들 편하자는 속셈임을 모를 내가 아니다. 그렇게 매조지해야 이쪽을 떠나 저희들의 삶으로 편히 귀환하겠다는 그 반지빠른 속셈을. 하지만 반론 대신 나는 그들의 의견을 순순히 받아들였다. 아이들 말이 맞았다. 아직 남은 책무가 있는 한 그것들은 홀가분하게 어미를 잊고 제 몫의 삶을 살아가는 게 마땅했다. 저희끼리 의논이 되었는지 미국에 있는 둘째 딸 내외를 제외한 아들딸 내외가 주말이면 번갈아 병실에 나타났다. 아내는 그렇게 삶과 죽음을 관리 받았다.

병동 안에서는 한 삶이 사위어 가는데 밖은 봄이 한창이다. 벚꽃과 개나리는 졌지만 화단에선 철쭉이 망울을 터뜨리고, 건물 너머 멀게 늘어선 산자락은 산벚꽃으로 호들갑스럽다. 어디선가 다가와 피부를 간질이는 바람에 어린애 입에 물린 사탕 같은 냄새가 실려 있었다. 그런데도 코끝에 남은 죽음의 냄새에 머리가 지끈거린다. 하는 수 없이 병원 앞 커피 가게에 들러 에스프레소를 한 방울씩 마시며 코에 들러붙은 냄새와 싸웠다. 그 어렵던 시절 노회에서 유럽에 나가 공부할 기회를 마련해주었을 때 맛을 들이게 된 에스프레소. 단장을 짚고 들어와 에스프레소를 주문하자 학생으로 보이는 여자애가 의아한 듯 주문을 재확인하더니 한 방울씩 아껴먹는 내 모습을 계속 흘끔거린다. 내가 갈 곳이 별로 남아 있지 않다는 걸 그때 나는 실감했던 것 같다.

카스텔라와 슈크림 빵을 들고 병실에 들어섰을 때 아내의 속것을 끄집어 내린 간병인이 기저귀를 갈고 있었다. 얼핏 새하얀 체모를 보앉고, 나를 향해 밖으로 내젖는 아내의 손짓을 보았다. 평생을 같이 살면서 드나들었을 구덩이가 그 밑에 시들어 있음을 나는 잘 알고 있다. 내가 원할 때 언제나 열어주고 우리가 함께 살았던 흔적들이 거기서 나와 축복처럼 다가왔었다. 그런데도 아내는 그곳을 결사적으로 감추려 한다. 그럴 때 내가 할 수 있는 일은 조용히 병실 밖으로 나가주는 일밖에 없다. 입장이 바뀌어 괄약근이 풀어진 채 누워 있다면 나 역시 그런 반응을 보일지 모른다.

"목사님도 차암. 그걸 정말 사왔단 말예요?"

통증이 없는지 아내는 비교적 말이 또박또박하다. 나는 카스텔라를 콩알만 하게 떼어 내밀었다. 아내는 입을 벌리는 대신 링거 바늘이 꽂힌 손을 내밀어 카스텔라를 받는다. 그러나 잠시 우물거리다 화장지를 달래서 뱉어낸다.

"목사님 어머니…… 시어머니지만 친정어머니라고 그리도 사랑을 주셨을까. 나는 어쩐지 목사님이 아니라 그분과 혼인한 것 같아요. 목사님이 학교로 외국으로, 또 교회로 감옥으로 그렇게 떠돌 때도 그이와는 한 번도 떨어지지 않았으니까. 목사님, 그거 아세요? 대가리 딴 콩나물과 미나리를 넣구 그이께서 끓이던 말간 대구탕."

어찌 모르겠는가. 함께 살던 할아버지가 돌아가시고 할아버지 덕에 얻어 부치던 소작마저 떨어져 아침은 굶고 저녁엔 근근이 나물죽을 먹던 때마저 잔칫날처럼 올라오곤 하던 대구탕인데. 대구 살 돈을 아끼면 밥 두 끼니를 먹을 텐데, 그런 원망을 자아내게 하던 대구탕.

"목사님 아버지께서 야학을 하다 어느 날 만주로 떠나시더니 봉천 어디선가 딱 한 번 편지를 보냈더래요. 남편이 만주로 떠나던 날 시 아버지하고 겸상을 하는데 수발을 들면서 보니 그리도 맛나게 대구탕을 드시더라지요. 그래, 얼마나 맛있을꼬 싶어 그이가 그리울 때마다 대구탕을 끓였답니다. 그런데 당신이 끓인 대구탕은 매번 밍밍하기만 하더래요. 내 손으로 끓여 혼자 먹는 음식에 무슨 맛이 있을라구. 꿈에 그이가 보이길래 갑자기 그 생각이 나서…… 그래서 카스텔라를 떠올렸는데 그예 목사님이 사오셨네요. 나도 이제는 그이를 따라가려는지 통 맛을 모르겠어요. 군산에선 그리도 달더니만."

나는 바지 뒷주머니에서 손수건을 꺼내 다초점 안경을 벗고 눈을 훔쳤다. 아내는 연민어린 눈길로 나를 바라보았다.

"그날 교문 앞에서 목사님이 인사하라던 그 여선생은 목련처럼 하얗기도 하더군요. 쥐구멍으로 기어들고 싶은 생각에 왜 인사는 시키는지 원망스러웠어요. 당신이 혼인할 사람은 내가 아니라 저이로구나…… 그런 생각에 죄스러웠어요. 그 생각이 평생 지워져야 말이지요. 그런데도 그 말을 입 밖에 벙긋도 못했어요. 목사님!"

아내가 나를 불러놓고 피곤한 얼굴로 바라보았다.

"나 잘 살았지요?"

아내의 손을 잡으며 나는 고개를 끄덕여주었다. 말을 많이 해서 피곤한 듯 내 손을 잡고 아내는 잠이 들었다. 화장실에 들어가 손에 물을 받아 눈을 씻었다. 물기에 젖은 얼굴을 거울에서 만났다. 깊게 패인 주름이며 늘어진 볼, 백발이 다 된 머리카락과 한 올씩 빠지기 시작해 성근 것들 사이로 드러난 붉은 두피. 안경 안쪽에서 흔들리는 눈동자는 탁하고 깊었으며, 구안와사에 걸린 후 균형이 틀어져 왼편 입꼬리는 늘어져 있었다. 그러나 대구탕을 내왔을 때 어머니를 원망하던 소년의 모습을 거울은 더 이상 보여주지 않았다. 허란숙과 산을 넘고 아내와 군산에 나가 빵을 먹던 오십 년대 후반의 창백한 인텔리겐치아의 모습 또한 얼굴엔 남아 있지 않았다.

그날 병상 옆 간이침대에서 깨어났을 때 아내는 죽어 있었다.

이 나이쯤 되니 목구멍으로 넘어가는 어떤 것들은 미감을 넘어 그리움이나 회한으로도 기억되겠다는 깨달음이 생긴다. 그 여자가 오래도록 즐겨 먹었다는 그것도 그런 종류였을지 모른다. 혹은 잊히는 것을 향한 집착일 수도. 아마도 나는 그 여자에 관한 이야기를 듣고 나서야 먹을거리가 어떻게 자창 같은 흔적이 되는지를 깨달았던 것 같다. 그때 찾아온 청년 같던 번민은 몸 곳곳에 머물러 오래도록 지워지지 않았다.

신학대학을 마치고 전주 외곽의 교회에서 시무할 때 3·15 부정선거가 일어났다. 그해 4월 정읍에서 열린 노회에 참석해 나는 신앙인의 양심에 입각해 부정선거 규탄 성명을 내자고 주장했지만 나이 든 목사들의 반대로 뜻을 이루지 못했다. 그 직후 4·19 혁명이 발발하고 군사 쿠데타가 일어나자 민주수호의 이름으로 개신교와 천주교의 성직자들이 나섰다. 정읍에서의 일로 그 일에 적합한 인물로 지목된 나는 지역 조직을 만들면서 연락책임을 맡아 다른 지역의 성직자들과 일을 도모했다. 그런 혈기를 성찰하라고 노회는 나를 설득해 유학을 보낸 것이 아닌지.

유학을 마치고 돌아왔을 때 세상은 얼음처럼 차고 단단했다. 다시 개척교회를 시작한 나는 유학 지식을 바탕으로 칼 바르트니 에밀 브룬너 같은 신학자들과 칼 융이나 데카르트, 심지어는 마르크스를 섞어가며 설교에 멋을 부렸다. 그러나 그런 뜬구름 같은 허영으로는 신도의 털끝 하나 건들 수 없었다. 자포자기한 사람처럼 허구한 날 깊어가는 허기를 육식으로 달랬다. 짐승을 잡아 내장을 파먹는 육식성의 가학을 본떠서라도 나를 다스려야 했다. 하지만 살점을 물어뜯던 송곳니의 기억이 나의 말을 구체적 질감으로 거듭나게 했는지 어찌 아는가.

교회가 아니라 바깥에서 나를 찾는 사람들이 나타나기 시작했다. 나는 수배된 청년들을 교회에 숨겨주거나 따로 거처를 물색해주며 교회 바깥 일로 뛰어다녔다. 전부터 내 목회활동은 교회 내의 활동보다는 심방 중심이었고, 복음을 전파하는 일보다 이웃 돌봄을 중심으로 진행되었는데 밤거리에 내몰린 이들에게 안식을 제공하는 행위역시 다른 맥락은 아니었다. 전기가 변변치 않은 도시 외곽에서 심방을 마치고 돌아올 때 나를 기다리던 신도들의 청사초롱 불빛에 가슴 뭉클해지면 나는 그게 늑대의 길인가보다 했었다.

24

주말 예배 때 행한 설교 때문에 긴급조치 1호 위반으로 구속되면서 뜻하지 않게 생겨버린 나의 위상을 나는 어리둥절한 눈으로 지켜보았다. 나의 활동은 교회의 율법을 지키려는 소박한 행위에 불과했지만 면회를 온 사람들은 나를 소박한 눈으로 바라보지 않았다. 그들이 바라보는 내가 진정한 내가 아님을 말하고 싶었으나 사람들은 귀를 기울이지 않았다. 그들을 설득하는 게 불가능하다는 걸 깨닫고서야 그들 눈에 비친 나로 살아야 할 내 자리가 슬프게 받아들여졌다. 그건 긴급조치 1호 위반 혐의로 처음 구속된 자가 져야 할 숙명이자 고독이었다.

　평소 반정부적이며 국민의 자유에 대한 어떠한 제약도 반대할 뿐 아니라 10월 유신을 위한 개헌안과 계엄령 선포에 반대의사를 표시하여 오던 자라고 검사는 나를 지칭했다. 그러나 나는 검사가 밝히는 공소요지문의 그 푸석푸석한 문장들을 귓등으로 흘리며 젊은 판사의 얼굴을 주시했다. 검사의 말을 듣는지 아니면 무언가를 생각하는지 표정 없는 얼굴로 판사는 허공에 눈동자를 고정시킨 채 정자세를 유지했다. 수의를 입은 내가 시종일관 쳐다보는 것을 눈치 챘을 테지만 아랑곳하지 않았다. 그의 얼굴을 바라보는 내 귀에 당근 부서지는 맑은 소리가 들렸다.

　예상치 못한 집행유예로 풀려나온 나는 예배 외에도 많은 강연 자리에 끌려 다녔다. 모두가 숨 죽여 흐느낄 때 용기 있게 일어선 목사라는 칭송을 들으며 나는 연단에 올랐다. 훗날 팔십 년대의 불꽃이 사월 무렵 그 시절을 정리하면서 사람들은 시대의 뇌관을 건드린 공이라고 나를 치켜세웠다. 터무니없는 과찬이지만 그 평가가 옳다손 치더라도 그건 늑대의 삶을 살라던 허란숙이 들어 마땅한 칭송이었다. 혹은 인민위원회 시절의 여진족 인민군 박산옥이나 만주로 간 아버지가 독립군이 됐을 거라고 수군대던 마을 아낙들이 듣거나. 그들이야말로 나를 격발시킨 내 상상력의 진원지이자 흠모의 대상이었으니까.

교직을 그만둘 때 시작되지도 않은 사랑이 끝났듯 새로운 역할을 수행하게 되자 세속적인 것들이 곁을 떠났다. 갈비에 붙은 살점을 뜯고 뼈다귀까지 쪽쪽 빨아먹는 모습을 남에게 보이기 민망해 육식도 단념해야 했으니까. 훗날 잇몸이 무뎌져 잇새에 음식이 끼고서야 고기보다는 풀이 질기다는 걸, 짐승보다는 그것들이 더 크게 울었다는 걸 깨달았지만.

팔십 년대 중반쯤에야 나는 집행유예를 선고한 판사를 다시 만났다. 내가 목사로 재직하던 교회에 유치부 때부터 다니던 학생이 서울로 대학을 가더니 미문화원 점거 사건에 연루돼 구속되었을 때 나는 버스를 대절해 교인들과 재판에 참관하기 위해 상경했다. 그때 학생들의 무료변론을 맡은 변호사가 예의 그 젊던 판사였다. 중년으로 접어든 그의 눈가에는 어느덧 주름이 잡히고, 이마 또한 넓어지는 기색이 역력했다. 유신 때와 달리 눈이 마주치자 그는 미소를 지으며 목례를 보냈다.

"그분이 학비를 대주셨어요. 어머니 같은 분이셨지요. 더 사셨어야 하는데…… 교통사고였지요."

　재판이 끝나고 남부구치소로 학생을 면회하러 갈 때 같이 가자며 변호사가 승용차에 타기를 권했다. 그가 차를 운전하며 꺼낸 이야기 속의 주인공이 허란숙이란 것을 나는 의심할 수 없었다. 앞뒤 생략하고 직진 방식으로 이렇듯 사연을 들이미는 건 상대가 어떤 일의 당사자일 때에나 비로소 가능한 일이므로. 바이러스성 결막염 때문에 주머니에 넣고 다니던 손수건을 꺼내 눈을 훔쳤다. 한동안 대꾸할 말을 찾지 못하다 차가 서울을 벗어난 뒤에야 용기를 냈다.

　"어디 사셨습니까?"

　허란숙이 어디에 살았는지가 그녀에 관한한 가장 궁금한 것이었는지 시간이 흐른 후에도 나는 오래 씹어보곤 했었다. 결혼은 했는지, 했다면 자식은 있는지, 마지막까지 교직에 몸을 담았는지, 그리고 몇 살에 죽었는지. 그 모든 것보다 나로부터 그녀가, 아니 그녀로부터 내가 어느 거리를 두고 살았는지 오직 그것만이 궁금했어야 했는지를. 물론 변호사의 답변을 듣고 났을 때 다른 질문은 이미 의미가 없어지고 말았지만.

　"도시에선 텃밭 있는 집을 구하기 어렵다면서 시골로만 도셨어요. 봄에 씨를 뿌렸다가 가을에 수확한 당근을 제자들에게 보내곤 하셨죠. 다른 건 관심두지 않고 당근만 심었어요. 평생을 드실 것처럼."

　아내가 죽고 죽음에 관한 의전을 끝낸 어느 날 나는 군산에 갔다.

화장터의 불구덩이 속에서 나와 잘게 바숴진 아내는 유골함에 담겨 납골당에 안치되었다. 이번에도 시신 처리와 안치 방식을 놓고 자식들 내외와 나 사이에는 이견이 존재했지만 역시나 아이들 뜻대로 모든 일이 실행되었다. 산중턱에 묘를 쓰는 것보다 생활공간 가까이 모셔야 어머니를 한 번이라도 더 찾아뵙게 된다는 아이들의 의견에 꼭 그런 건 아니라는 말을 하려다 참았다. 납골당을 찾든 말든 그런 의지를 인정해주는 일이 그들에게는 위안이 될 것 같았기 때문이다.

붉은 벽돌로 지어진 옛 군산 시청 청사는 헐리고 없었으며, 신생제과점이 영업을 하던 건물도 찾을 길이 없었다. 함석 간판을 매달고 있던 그 빵가게가 어느 자리에 있었는지 어림되지도 않았다. 당시 신생제과점과 경쟁하던 제과점 하나는 어느덧 명소가 되어 길거리까지 빵을 사려는 사람들로 북새통을 이루었다. 빵을 사먹을 생각인지, 아니면 제과점 자리를 확인하고 싶어 그곳을 찾았는지 치매를 앓는 얼굴로 나는 한참 서 있었다.

다시 버스를 타고 예전 중학교가 있던 읍내로 향했지만 그곳에도 옛 흔적은 남아 있지 않았다. 초가집과 기와집이 헐린 자리에 슬래브집과 연립주택, 심지어는 아파트까지 들어와 행세를 하고 있었고, 내가 머물던 하숙집은 새로 뚫린 도로 때문에 집터조차 확인하기 어려웠다. 그나마 중학교는 옛터를 지키고 있었지만 목조건물이 아니라 시멘트 건물이 낙조를 받고 있었다. 그녀는 보이지 않았다.

군산을 거쳐 허란숙을 만났던 학교에 갔다 오는 길에 마트에서 당근을 사 한 입 베어 물었다. 당근 대신 이빨이 부서질 것 같아 개수대에 뱉어버리고 이빨자국 난 당근까지 함께 내던졌다. 햇당근의 촉촉한 질감뿐 아니라 당근 특유의 냄새도 느껴지지 않았다. 어디 당근뿐일까. 물어물어 찾아간 식당의 대구탕도 입에 맞지 않기는 마찬가지였다. 한 상은 팔지도 않아 고추기름 뜬 대구탕을 이 인분씩 시켜놓고도 한 숟갈 뜬 후 식당을 나서기 일쑤였다.

"요즘 누가 그런 걸 먹는다고……."

매주 목요일에 와서 청소와 빨래를 하고 밑반찬을 만들어주는 가사도우미에게 어느 날 쑥버무리 이야기를 꺼내자 그녀가 정색했다. 쑥버무리를 입에 올릴 때는 내심 만들어보겠다는 말이 건너오길 기대했었다. 그녀가 집에 와서 하는 일은 별로 없다. 내가 닦아놓은 곳을 닦고 빤 것을 빨고 턴 것을 다시 털뿐. 그것들은 나도 할 수 있고 실제로도 하고 있는 일이었다. 그런데도 그녀가 목요일마다 나타나는 것은 그렇게 해야 마음이 놓이겠다는 아이들의 요청 때문이었다. 말년의 아내가 죽음을 관리 받았는데 아이들은 미리부터 관리 받을 대상으로 나를 분류했다. 나는 더 열심히 닦고 빨고 털었다.

쑥에 맵쌀가루를 묻혀 쪄내면 되는 그 간단한 쑥버무리를 파는 곳은 어디에도 없었다. 중앙시장 떡전 골목이나 남부시장 떡집에도 그런 것은 나오지 않았다. 하기야 그게 있다 한들 옛 맛을 느꼈을 리 만무하다. 여러 식당을 전전했지만 대구탕 한 그릇 비우지 못하고 당근 한 입 깨물지 못하는 내가 어찌 쑥버무리에서 그 맛을 느낀단 말인

가. 맛은 기억이며 맥락이다. 이십 리 길을 걸어 어느 날 학교에 찾아온 어머니가 점심 대신 먹으라며 내민 쑥버무리 맛은 겨울보다 춥던 이른 봄의 바람 끝과 거기 얹혀 있던 봄내음, 바람을 막아주는 들판의 짚단에서 풍기던 기분 좋은 냄새와 짚단이 썩으면서 올라오는 온기, 허기를 채우던 자식의 모습에도 아랑곳없이 들판 저 멀리 시선을 풀어놓던 어머니와 그 어머니를 어른거리게 하는 눈물이 있어야 비로소 오롯해지는데.

그렇지만 나는 포기하지 않고 내 삶을 통과한 음식들을 찾아다녔다. 추위와 허기로 금방 무너질 것 같았지만 광화문 인근 커피전문점을 찾아 에스프레소와 생크림이 얹힌 허니브레드를 주문한 것도 다 그 때문이었을 것이다. 추위와 허기가 부추겨 만든 환상일 테지만 허니브레드에서 옛날 슈크림 맛이 살아날지 모른다는 희망을 나는 품었던 것 같다. 그날 먹은 거라곤 상경하는 버스에서 시민단체 실무자가 나누어준 김밥 한 줄이 전부였는데 그때는 말 그대로 배고프면 춥고 추우니까 더 배고파지는 상태였다.

광화문으로 향하는 버스에 탑승하겠다는 의사를 전했을 때 시민단체의 실무자는 전화기 속에서 답변을 못하고 얼버무렸다. 잠시 후 그 단체의 책임자 격인 사람이 연로하신데 무슨 그런 행차를 하려느냐고 정중하게 나를 나무랐다. 팔십 년대엔 젊던 그도 오십 줄에 접어든 것을 나는 알고 있다. 귀찮아서가 아니라 안위를 염려할 뿐이라는 듯 그는 어휘 선택을 신중히 했고 목소리도 깍듯했다. 그때 박산옥이라는 그 여진족 인민군이 떠올랐을까. 시민단체 책임자에게 '사회적 삶'이란 말까지 들이밀며 나는 촛불 하나 들지 못할 안위가 얼마나 구차한 것인지 설명했다. 인민군을 따라 산으로 가겠다던 내게 홀어머니를 두고 어딜 가냐며 등을 떠밀던 박산옥, 그러면서도 '사회적 삶'을 살라는 당부만은 잊지 않던 여자. 물론 개인의 열의를 빼버리면 자부심 넘치던 그 신념이란 것들이 얼마나 허술한 체계인가를 나도 이제는 알 나이가 됐다. 그러니 같은 표현이라도 그녀와 나의 말 사이에는 간극이 존재할 수밖에 없다. 그렇지만 수화기 속의 시민단체 책임자는 또 어떤 언어로 그 말을 이해하고 한숨을 날렸을까.

아스팔트의 군중 속에 끼어 촛불을 켜들었지만 어둠이 내리자 몸이 허물어졌다. 내내 나를 따라다니던 시민단체의 실무자가 어디선가 가져온 담요를 씌워주었지만 녹는 듯하던 추위는 다시 몸을 괴롭혔다. 실무자가 깔판 두 개를 엉덩이 밑에 깔아주었을 때도 잠깐 낫다 싶다가 척추를 타고 금세 냉기가 올라왔다. 예전과 시위 문화가 달라져 가수들까지 나와 흥을 북돋는데도 눈이 흐려져 무대는 보이지 않았고, 관절도 삐걱거려 집회에 집중할 수 없었다. 하는 수 없이 대열에서 나와 커피전문점으로 향하면서 성북동 사는 딸에게 전화를 걸었다. 딸아이는 급박한 목소리로 커피전문점 전화번호를 묻더니 조금만 기다리라고 일렀다. 그날 에스프레소와 허니브레드를 탁자에 놓고 빵에 얹힌 크림을 떠먹기 위해 스푼을 들던 나는 세상이 기우뚱대는 걸 느끼며 졸도했다. 설령 그 크림이 입에 들어갔다 한들 무슨 맛을 느꼈을까. 맛이 아니라 기억을 길어 올리고 있었는데.

내가 깨어났을 때 팔뚝에는 링거 바늘이 꽂혀 있었다. 빛 때문에 눈을 찡그리다 조금씩 적응이 되어 그곳이 입원실이란 것을 깨닫게 됐을 때 딸이 손을 잡았다. 정신이 드느냐고 물어 그렇다고 대답하자 밖으로 나간 아이가 아들들과 며느리들을 앞세우고 들어왔다. 지역의 시민단체 책임자가 병원까지 찾아와 죄송하다고 거듭 머리 조아린 일을 둘째 아들은 낮고 조용하게 전했다. 낮고 조용했지만 그건 시민단체 책임자의 말을 빈 힐난이었다.

"그랬겠구나. 내려가는 길로 사과를 해야겠다. 하지만……."

입이 건조해 혀와 입천장이 들러붙는 바람에 말이 나오지 않자 딸아이가 생수를 입술에 적셔주었다.

"이렇게 살아야 나는 나다."

그것은 설득이 아니라 여러 사람을 번거롭게 한 일에 관해 용서를 비는 말이었다. 그러나 아이들은 늙은이의 고집 정도로 알아들었는지 내 말에 토를 달지도 않고 고개도 끄덕이지 않았다. 머리가 나보다 더 희어진 사위는 아예 고개를 돌렸다. 그런 그에게나 다른 아이들에게 다시 이런 일은 없을 거라고 안심을 시키고 싶었지만 말을 삼켰다. 아이들을 향한 얄미움이나 자존심보다 그건 망설임과 미련에 가까운 감정이었다. 한 모금만 더 마셔보고 싶은 아쉬움 같은 것.

이틀을 더 누워 있다 퇴원한 나는 전주의 아파트로 내려와 사놓고 방치해둔 원고지를 꺼냈다. 유럽에서 돌아와 개척한 교회의 후임 목사가 교회사를 편찬하면서 나의 약전을 끼워 넣겠다고 청탁한 것을 차일피일 미루던 터였다. 새삼 남에게 드러내 보일 삶이 뭐 있을까 싶어 밀어둔 것이지만 그쪽에서 원하니 시늉이라도 낼 생각이었다. 원고를 채우면서 성글게 지난 삶을 돌아보았다.

새벽에 일어나 원고를 채우고 해가 높직할 때 천변을 걸었다. 그간의 기억을 좇아 끼니를 해결하고 집에 돌아와 쉰 후 다시 원고지를 채웠다. 해가 기울면 밖에 나와 천변을 걷다 부담스럽지 않은 음식을 또 찾아 먹었다. 집에 돌아와 성경이나 젊은 시절에 보던 책을 들여다보고 텔레비전 뉴스를 보면서 잠들었다. 내가 보태지 않아도 촛불은 많아졌고, 원고지도 앞으로 나갔다. 촛불이 더 많아지고 해가 바뀌었을 때 원고 속의 나는 유학을 마치고 돌아와 육식으로 허기를 달랬다. 나는 여전히 새벽에 원고를 쓰고 산책을 한 후 가벼운 음식을 먹었다. 아이들의 안부전화에는 걱정 말라고 안심을 시켰다. 해질녘에 다시 산책을 하고 옛 맛을 건져 배를 채웠다. 쓰는 일에 탄력이 붙어 지금의 나를 향해 내가 달려왔다. 매일 새벽에 일어나 텔레비전을 보면서 잠들었다.

후임 목사에게 원고를 전하고 그와 점심을 먹은 후 아파트에 돌아와 큰아들에게 전화를 걸었다. 가급적 혼자만 내려오기를 청했으나 이튿날 그는 며느리와 함께 나타났다. 나는 정신이 멀쩡할 뿐 아니라 어떤 일을 실행할 수도 있는 나의 건강 상태를 감사하게 생각한다고 말했다. 삶이든 죽음이든 관리를 받지 않겠다고 말할 땐 감기에 걸린 것처럼 몸이 뜨거워졌다. 나의 의지를 확인한 아들 내외가 울었다.

  그간 내가 얼마나 많은 것을 먹었는지 계량할 방법은 없다. 그걸
명확히 알아낸다 해서 어떻게 하겠다는 생각도 없다. 다만 나의 한
살이를 위해 얼마나 많은 것이 내 앞에서 스러졌는지 생각할 뿐이다.
물론 나를 위해 스러진 것들을 위해 나는 어떤 존재였는지 알 길도
없다. 그러니 나 역시 무언가의 먹이로 삼켜지는 게 마땅하다.
  나는 북방의 어느 초원이나 거친 땅에서 늑대에게 내줄 살점을 생
각했다. 혹은 티베트 어느 고원의 나무에 몸을 널어놓고 맹금류의 부
리에 쪼이기를 상상했다. 누구 눈치 볼 것도 없이 아무도 모를 뿐 아
니라 아무도 없는 곳에서 나를 해체하는 일은 매우 장엄할 듯했다.
그러나 그러려면 북방의 초원이나 티베트를 찾아가야 하는데 무사히
해낼 자신이 없었다. 남의 보살핌을 받으면서도 겨우 광화문 즈음에
서 졸도한 내가 어찌 날아가고 오르고 건너가 그곳에 이른단 말인가.
설령 무사히 도착하더라도 늑대가 허벅지를 물고 흔들거나 독수리가
눈을 쫄 때 그 고통을 감당할 자신이 내게는 없다. 가장 비천하고 가
장 나약한 비명을 지르며 온갖 것을 저주하고 후회하며 빌고 간구할
게 뻔하다.
  나는 누울 자리를 찾았다. 땅을 내줄 사람이 선뜻 나서지 않았지만
다행히 내가 개척한 교회의 신도가 자기 소유의 야산 귀퉁이를 내주
기로 했다. 늑대나 독수리의 뱃속이 아니라 박테리아와 구더기에게

몸을 내주기로 했다. 내게 붙어 열심히 나를 분해해 살이 오른 그것들은 어느 설치류나 새의 입으로 들어가고 또 풀로 환생해 초식의 뒷다리를 살찌우고 다시 매의 깃과 삵의 털을 다듬어주겠지.

다시 끼니때가 돌아왔는지 아파트 창문 틈으로 청국장 냄새가 밀려온다. 아무래도 저쪽에서는 낮에 먹은 청국장을 데워 저녁상에 올릴 모양이다. 그렇지만 나는 먹을 만큼 먹었다. 더 먹지 않아도 된다. 그런데도 쑥버무리만큼은 먹고 싶다. 나는 내 삶이 별로 후회스럽지도 않다. 그때 그 여자의 허리를 그러안아 내 입에 그녀의 혀를 받아들이고, 그녀의 몸을 열어 안으로 들어갔다면 평생을 들끓던 몸은 그나마 견디기 수월했을까. 알 수 없는 노릇이지만 그것 하나가 후회스럽다.

곡기를 끊은 지 사흘째, 이제 나는 죽는다.

이광재 1989년 무크지 『녹두꽃2』에 단편 소설을 발표하며 작품 활동을 시작했다. 창작집으로 『아버지와 딸』, 장편소설로 『나라 없는 나라』 『수요일에 하자』와 전봉준 평전 『봉준이, 온다』가 있다. 제5회 혼불문학상을 수상했다.

청국장을 끓이다

정도상

콩을 사다

　남원 고기리 삼거리에서 선재善財는 잠깐 머뭇거렸다. 오른쪽 길로 계속 올라가면 정령치를 넘어 뱀사골과 산내를 거쳐 마천으로 가는 길이었고, 왼쪽으로 빠지면 운봉을 거쳐 인월을 지나 산내와 마천으로 가는 길이었다. 길을 나설 때에는 정령치를 넘어가면서 지리산의 단풍을 제대로 즐겨 보겠다는 마음으로 출발했었다. 그런데 막상 고기리에서 운봉으로 빠지는 길을 보는 순간 단풍을 보러 온 게 아니라 콩밭을 찾아왔다는 사실을 실감했다. 선재는 선죽교처럼 짧은 다리를 건너 운봉 가는 길로 접어들었다. 하늘은 슬픔처럼 파랗고 맑았다. 바람에 온몸을 흔들고 있는 코스모스와 억새를 보며 구불구불한 국도를 천천히 달렸다. 고추잠자리가 붉은 눈물처럼 하늘을 날았다.

　애비야, 콩 좀 사와라.

　해마다 가을이 깊어지면 인월댁은 아들 선재에게 콩을 사오라고 했다. 선재는 아파트에서 청국장이나 메주를 띄우는 것을 아주 싫어했다. 아무리 질색하며 싫어해도 인월댁은 가을마다 콩을 삶았고 겨울에는 김장을 했다. 선재가 콩을 사오지 않으면 인월댁은 홀로 버스를 타고 인월장이나 마천장에 가서 콩을 사왔다. 두어 되가 아니라 두어 말을 샀다. 콩을 사서 화물로 부치고는 집에 돌아와 끙끙 앓기도 했다. 하는 수 없이 선재는 가을마다 콩을 사러 고향 마천으로 가곤 했다. 그게 벌써 이십여 년이다.

애비야, 인월장이나 마천장에서 파는 콩은 모조리 중국산이여. 심지어는 고춧가루까지 중국산을 사다가 창고에서 섞는다더라. 콩은 더 혀. 중국 콩은 농약 덩어리여. 알았지야? 실덕 엉셍이네 가면 콩이 있을 거여. 그걸 사야 안 속는다.

귀에 못이 박히도록 들어온 인월댁의 당부가 오늘은 환청처럼 느껴졌다. 아파트에 살면서도 기어이 직접 청국장을 띄우고 된장도 담는 인월댁과 많이 다투기도 했었다. 특히 청국장을 띄울 때는 온 집 안에 냄새가 배어 아주 미칠 지경이었다. 관리실에서도 냄새가 난다는 민원이 있다고 자주 항의를 해왔지만 인월댁은 물러서지 않았다. 인월댁은 콩을 삶아 전기밥솥에 넣고 이불을 덮어 방에 두었다. 사흘만 지나도 청국장의 큼큼한 냄새가 온 아파트에 진동했다. 주변의 민원 때문에 창문도 함부로 열지 못해 겨우 공기청정기로 견디곤 했다. 게다가 베란다에는 메주가 매달려 있어 청소기를 들고 나오다가도 박치기를 하곤 했다. 그럴 때마다 소리를 질렀지만 인월댁은 스윽 한 번 쳐다보는 것으로 선재의 지랄을 묵살하고 말았다.

인월댁은 작고 동그란 여자였다. 키는 백오십 센티를 넘을까 말까한 정도였고, 약간 통통했다. 누구나 그렇지만 처녀 시절에는 제법 예뻤다. 사진관에서 이모들과 함께 찍은 흑백사진을 보면 단정하고 단단한 느낌이 드는 미인이었다. 선재는 군대 시절을 제외하고는 인월댁과 떨어져 살아본 적이 없었다. 큰아들이어서 그런지 몰랐지만 결혼해서도 자연스럽게 함께 살았다. 아내도 시어머니를 모시고 사는 것에 대해 가끔씩 툴툴거리며 힘들다는 말을 하긴 했지만 본격적으로 못 살겠다고 한 적은 없었다.

한때는 절정이었을 코스모스가 시들어가고 있다. 모든 꽃은 절정을 누리다가 곧 시들어버리고 만다. 여든일곱, 인월댁의 절정은 언제였을까? 누군가를 사랑하고, 누군가에게 사랑을 받았던 서른여덟의 날들이었을까? 선재가 그 남자에 대해 따져 물었을 때, 그게 첫사랑이었다고, 진짜 사랑이었다고 인월댁은 단호하게 대답했다. 처음에는 묘하게도 배신감을 느꼈으나 곧 이해하기로 했다. 인월댁에게 부친이 첫사랑이 아니었다는 사실에 대해 선재는 그럴 수 있다고 생각했다. 중매로 만난 사이였으니 말이다. 인월댁은 지금 십일월의 코스모스처럼 스러지고 있는 중이다. 가까운 기억은 조금씩 사라지고, 멀고 오래된 기억이 맹렬하게 살아나는 지금이야말로 생의 절정이 아닐까 싶기도 하다.

선재는 아내와 상의해 인월댁의 생일상을 차려주고 난 뒤에 요양

병원으로 모시기로 했다. 인월댁의 문제는 치매가 아니라 당뇨합병증이었다. 발등에 상처가 생기더니 아무리 치료를 해도 곪기만 했다. 처음에는 녹두만한 크기였는데 점점 커지더니 동전 크기를 넘었고 지금은 뼈에까지 스며들어 곪고 있다. 아예 걷기가 어려워 똥오줌을 받아낼 지경에까지 이르렀다. 그렇게 인월댁의 육체는 당뇨합병으로 썩어가고 있는데 정신은 치매로 인해 과거의 기억을 향해 맹렬하게 내달리고 있었다. 식탐까지 드세져서 도무지 말릴 수가 없었다.

덕산 저수지 옆을 지나는데 드넓은 억새밭이 보였다. 차를 세우고 내렸다. 두 시간 넘게 운전을 했으니 몸도 뻐근했다. 간단하게 몸을 풀면서 저수지 둑으로 올라갔다. 가을바람에 물이랑이 만들어지더니 잔잔하게 퍼졌다. 이랑마다 햇살이 쏟아졌다. 이랑이 바람에 출렁거리면 빛이 강렬하게 반사되면서 마구잡이로 어지럽게 흩어졌다. 아무리 드넓게 군락을 이루고 있다고 해도 대낮의 산란된 빛 속의 억새는 아침 드라마처럼 보잘 것이 없었다. 억새는 아침이든 저녁이든 노을 속에서 봐야 가장 빛이 났고 아름다웠다. 가벼운 바람에 하늘거리는 억새를 역광으로 잡거나, 노을이 스러져가는 마지막 빛을 뿌릴 때 셔터를 눌러야 억새를 환상적으로 잡을 수 있다. 역광 속의 억새는 마치 묵화처럼 보이고, 노을 속의 억새밭은 말 그대로 황금물결로 출렁이는 장관을 연출했다. 억새는 그 자리에 그대로 있는데, 억새의 아름다움을 판단하는 것은 인간이었다. 어머니 인월댁의 생일날은 선재에게 특별했다. 그날은 아들 나무南無가 먼 데서 돌아오는 날이기도 했다.

무無는 콩으로 만든 음식이라면 뭐든지 좋아했다. 청국장, 된장, 두부, 콩조림만 있으면 밥 한 그릇을 뚝딱 해치우곤 했다. 아주 어릴 때부터 인월댁의 손에서 자란 까닭에 식성이 할머니를 따라가게 된 것이었다. 오히려 무는 아이들이 좋아하는 햄버거나 피자를 그다지 좋아하지 않는 편이었다. 이번 인월댁 생일에는 특별히 청국장을 끓이고 두부도 만들고 싶었다. 그래서 급하게 길을 나선 것이었다.

운봉의 옛 거리를 지나가는데 어떤 쓸쓸함이 목젖까지 차올랐다. 비록 소읍이지만 운봉도 인월댁처럼 늙고 병들어 있었다. 도무지 회생 불가능하여 요양병원이나 호스피스 병원에 입원해야만 할 것처럼 보였다. 선재의 기억에 운봉은 화려한 동네였다. 면사무소가 아니라 읍사무소가 있었고 무엇보다도 초등학교 옆에 만화방이 있었다. 선재가 초등학교 사학년 때 인월댁은 실덕에서 추어탕집을 열었다. 일주일에 두어 번, 선재는 인월댁의 심부름으로 미꾸라지를 사러 양동이를 들고 운봉을 다녀오곤 했다. 운봉에 처음 도착했을 때, 선재의 눈에 확 뜨인 것은 미꾸라지가 아니라 만화였다. 미꾸라지만 사서 버스를 타고 마천으로 돌아가면 될 터인데…… 매번 만화를 봤다. 어떤 날은 막차를 놓쳐서 미꾸라지가 담긴 양동이를 들고 운봉에서 마천까지 하염없이 걷기도 했다. 걷다가 산내쯤 가면 아침 첫차가 다니기 시작했다. 그럴 때마다 인월댁한테 호되게 맞았는데 그래도 만화를 포기하지 못했다. 그 운봉이 쇠락에 쇠락을 거듭하고 있는 것이다.

가게마다 제대로 문이 열린 집이 거의 없었다. 한 번 닫힌 문은 좀체 열릴 기미를 보이지 않은 채 거리를 가득 채우고 속수무책으로 낡아만 갔다. 사실 운봉만 그런 게 아니라 인월과 산내 그리고 마천도 그렇게 낡고 늙고 병들어 가고 있었다.

마천 실덕의 엉셍이 집에 가니 마당 가득 잡초만 가득했다. 작년에만 하더라도 사람의 발길로 반들반들했던 마당이었다. 직감적으로 엉셍이가 죽었다는 것을 알았다. 선재는 먼지 쌓인 툇마루에 앉아 하염없이 마당을 바라보다가 집을 한 바퀴 둘러보았다. 처마 아래에는 마늘이며 양파, 메주며 시래기가 매달려 있고 그 아래에는 쇠스랑, 삽, 괭이, 호미, 낫 등이 아무렇게나 널브러져 있다. 엉셍이는 아주 깔끔한 사람이었다. 섬돌에 놓인 신발도 항상 가지런해야 직성이 풀리는 사람이었다.

엉셍이는 거인이었다. 이 미터가 넘는 키에 손발의 크기가 다른 사람의 딱 두 배였다. 보통사람과 달리 엉셍하게 생겼다고 해서 모두들 '엉셍이'라고 불렀다. 키가 너무 커서 구부정했고 팔을 축 늘어트린 채 걸어서 더욱 엉셍해 보였다. 그 엉셍이가 바로 서른여덟 시절 인월댁의 첫사랑이었다. 인월댁의 키는 엉셍이의 배꼽 위에 가까스로 닿을 정도였다. 인월댁은 엉셍이네의 콩이 아니면 차라리 그냥 오라고 했었다. 선재도 엉셍이가 농사지은 콩이 아니면 의미가 없다고 생각했다. 벌써 이십 년이 넘는 거래였는데…… 허망한 노릇이었다. 청국장도 두부도 포기해야 했다. 익산에서 마천까지 왔는데 그냥 돌아서려니 맥이 탁 풀렸다. 선재는 엉셍이의 집을 둘러보며 작별을 고하고 돌아섰다. 사람이 살지 않는 집은 곧 무너지게 되어 있다. 엉셍이의 집도 무너지리라. 시골에는 저렇게 무너져 삭고 있는 집들이 무수하다. 저 삭고 스러지는 지붕 아래마다 사람이 살고 있었다. 선재도 그런 사람 중의 하나였다. 사람이 돌아오지 않는 집은 폐허고, 사람이 돌아오지 않는 사람의 가슴도 폐허다.

하이고, 엉셍이네 콩 사러 왔구만!

사립문을 막 나서는데 눈에 익은 할머니가 손뼉을 치며 알은 체를 했다. 휴천댁이었다. 입이 싸고 남의 일에 나서기를 좋아해서 마을 사람들의 눈총을 한 몸에 받은 사람이었다. 인월댁과 엉셍이의 사랑을 동네방네 떠들고 다닌 사람이 바로 휴천댁이었다. 과부가 총각을 붙어먹었다는 소문에 엉셍이의 어머니가 인월댁의 머리끄뎅이를 휘어잡고 온 동네를 끌고 다녔었다. 인월댁의 사랑은 이처럼 가혹했다. 선재는 그 장면들을 두 눈으로 똑똑히 보았다. 험한 꼴을 당하고 있는 어머니를 구해내기에는 선재가 너무 어렸다. 인월댁과 엉셍이와의 사랑은 그렇게 네 계절도 채우지 못하고 끝을 봐야만 했다. 우물가의 말 폭력을 견디다 못한 인월댁은 눈이 펑펑 내리던 어느 날 세 자식과 함께 밤 봇짐을 쌌다. 사람은 떠났고 사랑은 남았다.

아. 안녕하세요. 건강하시죠?

하이고 마, 건강이 좋을 리가 있나. 늙으면 아픈 기지. 엉셍이가 콩 때문에 걱정 마이 했다 아닌교. 해마다 가지러 온다꼬.

아, 예에.

콩밭에 콩이 그대로 있다카이. 그거 가을해가면 될 끼라고…… 엉생이가 죽기 전에 말하대. 그나저나 어무이는 좀 어떤교?

건강하세요. 먹는 거 잘 잡숩고, 아픈 데도 없고예.

인월댁이사 본디 짱짱하지.

선재는 휴천댁과 말을 섞는 게 싫어 얼른 엉생이의 콩밭으로 갔다. 콩알은 실했다. 깍지와 꼬투리가 바싹 말라 벌어져 살짝만 건드려도 콩이 우수수 떨어질 지경이었다. 그런데 낫도 없고, 바닥에 깔고 콩을 털어낼 비닐쪼가리 하나 없었다. 게다가 콩을 담을 변변한 자루도 없으니, 난감한 노릇이었다. 문득 모든 게 귀찮아졌다. 청국장이나 두부를 만들겠다고 콩을 사러 온 것도 착심着心에 불과했다. 이게 무슨 소용이란 말인가? 인월댁의 생일이니 미역국을 끓이고, 무가 오니 좋아하는 청국장이며 콩과 관련된 요리를 해주면 되는 것 아닌가. 착着을 놓아야 하는데…… 그게 그토록 어려운 일이었다. 안 되는 일을 기어이 하고 싶지 않아서 선재가 혀를 끌끌 차며 돌아서는데 휴천댁이 유모차에 뭔가를 싣고 왔다.

보소, 이거면 충분할 끼구만.

휴천댁이 유모차에서 마대자루와 돌돌 만 비닐 뭉치와 낫과 도리깨를 꺼냈다.

아이쿠 참.

왔으면 뭐라도 가져가야제. 엉생이가 콩을 부탁까지 했으니께네.

인월댁 갖다 주소.

선재는 두말 않고 밭 가장자리에 비닐을 펼쳤다. 펼쳐놓고 보니 멍석보다 컸다. 휴천댁이 네 뒤퉁이를 작은 돌멩이로 눌러 펄럭거리지 않게 해주었다. 선재는 낫으로 콩대를 잘라 비닐 위에다 옮겼다. 휴천댁이 콩이 튀어나가지 않도록 단속을 해주었다. 선재는 땀을 뻘뻘 흘리며 콩을 수확했다. 인월댁과 엉셍이는 아무런 말도 나누지 않은 채 무려 오십 년이나 콩을 주고받으며 한때의 그 뜨거웠던 사랑을 주고받은 것이었다. 비록 현실의 그 사랑은 일 년도 채우지 못하고 끝이 나고 말았지만…… 선재는 휴천댁에게 콩값을 주었다. 휴천댁은 기어이 안 받겠다고 손사래를 쳤지만 쇠고기라도 두어 근 끊어 자시라며 기어이 유모차에 봉투를 던져놓았다. 선재는 콩을 트렁크에 실었다. 막 출발하려는데 휴천댁이 손짓을 해대며 뒤뚱거리며 달려오는 바람에 창문을 열었다.

이기 없으면 안 돼. 가꾸 가소.

휴천댁이 지푸라기 한 뭉치를 내밀었다. 노인네가 가져와 주는 것이라 안 받기도 뭐해서 일단 받아 뒷좌석에다 툭 던졌다.

콩을 삶다

콩 사왔어요.

침대에 옆으로 누워 아침 드라마를 보고 있는 인월댁에게 말했다. 이미 여러 번 여기저기 드라마 채널에서 재방송을 하고 있는 작품이다. 소리가 너무 커서 귀가 따가울 지경이라 선재는 리모컨을 찾아 음량을 줄였다.

마천 가서 콩 사왔다고요!

누구요?

인월댁은 선재의 얼굴을 기억하지 못했다. 근래 들어 자주 있는 일이라 대수롭지 않은 일이었다.

마천 가서 콩 사왔다고요!

선재가 인월댁의 귀에 대고 고함을 질렀다. 인월댁이 놀라 선재를 밀어냈다. 선재는 인월댁의 흐리멍덩한 눈을 잠시 들여다보다가 돌아섰다. 방에서 막 나가려는데, "엉셍이는?" 하고 인월댁이 물었다. 순간, 인월댁의 눈빛에 생기가 돌아오고 있었다.

엉셍이는 죽……, 잘 있습디다. 엄마한테 잘 지내라고 하데요.

점빵 가서 왈순마 좀 사와. 엉셍이랑 같이 끼려 묵게.

왈순마?

아, 라면! 엊그제 나온 라면도 몰라?

인월댁이 버럭 소리를 질렀다. 어떤 희미한 기억의 실마리가 머리를 스치고 지나갔다. 선재는 왈순마를 사오겠다고 하곤 인월댁의 방에서 나왔다.

왈순마, 왈순마…… 선재는 스마트폰으로 왈순마를 검색했다.

'1968년에 롯데제과에서 출시한 라면'이라고 소개되어 있다. 왈순아 지매의 작가와 상표권 분쟁에서 패소하여 상품 자체가 사라져버린 라면이라는 것이다. 곰곰이 생각해보니 언젠가 한 번 누나랑 끓여먹었던 것 같기도 하다. 쯔쯔, 선재는 혀를 찼다. 지금 같이 살고 있는 아들은 기억하지 못하면서 오십 년 전의 라면은 기억해내는 인월댁의 치매 증세가 그저 기막힐 뿐이었다.

선재는 거실 바닥에다 신문지 여러 장을 겹쳐 깔고 콩을 쏟았다. 팥색의 플라스틱 함박을 옆에 두고 콩을 고르기 시작했다. 썩은 콩과 돌을 골라내는 작업이었다. 아내가 퇴근하고 돌아와 살짝 인상을 찌푸렸다.

꼭 이렇게까지 해야 해요?

마지막이다.

'이다'에 힘을 꽉 주었다. 더 이상 잔소리하지 말라는 뜻이었다. 아내는 혀를 두어 번 차더니 돌아섰다. 손바닥에다 한 움큼씩 집어 썩은 콩과 돌을 골라내 바가지에 담고 좋은 콩은 함박에 담았다. 아내한테 도움을 청해볼까 하는 마음이 있었지만 도움을 청하는 순간 '모냥 빠지는 게' 싫어 꾹 참았다.

엉성이가 머시라고 안 힜으?

인월댁이 거실로 기어 나오며 물었다. 걸을 수가 없으니 기어 나온 것이었다. 선재는 콩을 손바닥에 올려놓고 인월댁을 멍하니 바라보았다. 사랑에 빠진 사람의 긴장과 환희 그리고 설렘과 궁금증이 하나의 얼굴에 모두 담겨 있다. 인월댁의 눈빛은 빛났고 볼은 발그레했다. 선재는 곤혹스러웠다. 인월댁의 기억은 점점 더 먼 과거를 향해 가고 있었다. 눈앞에 있는 아들의 얼굴도 기억하지 못하면서 사십여 년 전의 남자를 선명하게 기억하고 또 추억하는 인월댁의 밝은 표정이 선재는 싫었고 끔찍스러웠다.

엉,셍,이,는 죽,었,어,요. 죽었다고요!

선재는 일부러 악을 썼다. 아내가 놀라 들고 있던 접시를 떨어트렸다. 접시가 와장창 깨졌다. 선재의 고함에 인월댁의 눈빛이 순간 흐려졌다.

댁은 뉘시유? 울 아들 선재가 워디 있을 텐디…… 선재야, 선재야 이눔아.

인월댁은 아들을 바로 앞에 두고 소리를 지르며 아들을 찾았다. 깨진 접시를 후다닥 치운 아내가 달려와 인월댁을 뒤에서 끌어안고 방으로 들어갔다. 선재는 손에 쥐고 있던 콩을 함박에다 던졌다. 콩이 사방으로 튀었다. 인월댁의 방에서 나온 아내가 알 만한 사람이 그렇게 소리를 지르면 어떻게 하냐며 핀잔을 주며 신문지 위에 앉았다. 아내와 함께 콩을 고르니 일이 순식간에 줄어들었다.

콩을 고른 뒤에 선재는 함박을 베란다로 옮겼다. 베란다에서 콩을 씻었다. 몇 번 치대니까 맑은 물이 나왔다. 하루 동안 충분히 콩을 불려야 하니 함박을 베란다에 두고 나왔다. 콩을 충분히 불리지 않으면 삶는 시간이 오래 걸렸다. 불 위에서 콩이 오래 있으면 고소한 맛이 사라졌다.

작업장으로 출근했다. 선재는 보석공단에서 금세공사로 일하고 있다. 익산의 보석공단도 한때는 절정의 시절이 있었다. 선재가 막 금세공을 배우겠다고 취직했을 때만 하더라도 보석공단에는 사람이 바글바글했다. 아침에 공단에 출근하면, 정문에 모여 있다가 인솔자의 구령에 따라 군인들처럼 행진하며 각 작업장으로 갔었다. 인솔자들은 보석공단을 지배하고 있는 조폭들이었다. 각 작업장마다 조폭들이 관리직으로 근무하고 있었는데, 가끔씩 그들은 어린 공돌이들에게 창녀를 사주곤 했었다. 작업장에서는 폭력과 감시로 가혹하게 노무관리를 했고, 일이 끝나면 유흥으로 달래주었다. 그게 그들의 방식이었다.

선재가 다시 익산의 보석공단으로 돌아온 것은 서울의 종로 삼가에서 사기를 당해 모든 것을 잃었기 때문이었다. 러시아 마피아들이 시베리아를 통과해 아무르 강을 건너 하얼빈에다 금괴를 건네준다는 소문이 종삼에 파다하게 퍼졌다. 누구는 한몫 크게 잡았다는 그럴싸한 소문에 귀가 솔깃했다. 그 금괴를 장춘으로 가져오면, 장춘에서 다시 한국으로 들여오는 루트가 있다는 거였다. 선재는 그것을 직접 경험하기로 했다. 브로커의 소개로 장춘에 가서 허름한 창고에 쌓여 있는 러시아제 금괴를 보았다. 순금이었다. 금괴를 한국으로 가져가는 방식은 간단했다.

인천세관의 아무개 과장이 근무하는 날이었다. 그 과장이 브로커에게 전화를 걸어 모월모일의 비행기를 타라고 통보해준다. 운반책이 기내에 실을 수 있는 작은 캐리어에 금괴를 싣고 장춘공항으로 가면 이미 뇌물을 받은 세관원들이 일사천리로 통관을 시켜주었다. 비행기가 인천공항에 도착해 전화기를 켜면 그 과장이 전화를 걸어와 캐리어를 끌고 몇 번 출구로 자연스레 나가라고 일러준다. 그렇게 캐리어를 끌고 나오면 금괴 밀수는 성공이었다. 선재가 직접 본 것은 금괴가 아니라 러시아에서 넘어온 태반 주사액과 보톡스 주사액이었다. 운반책이 두 개의 캐리어에 태반과 보톡스를 가득 싣고 인천공항 세관을 통과해 그것을 미용업자에게 넘겨주는 것을 직접 본 것이었다. 장춘에서 인천까지 그리고 서울의 어느 미용실까지 브로커와 동행하면서 그 모든 과정을 체험한 결과, 그 소문을 사실로 받아들이지 않을 수 없었다.

선재는 돈을 긁어모아 오억을 만들었다. 아파트를 담보로 대출까지 받았다. 오억을 현찰로 보내면 십오억 어치의 금괴가 온다고 했다. 의심이 많은 선재는 시험 삼아 오천만 원만 송금했다. 금괴 세 개가 도착했다. 그것을 종로삼가에 있는 작업장에서 세공하여 거래처로 넘겼다. 오천만 원을 투자해 일억 오천만 원을 버는 순간이었다. 선재는 그것까지 합하여 육억을 모두 보냈다. 그리고…… 금괴는 오지 않았다. 선재는 브로커를 찾아 만주를 떠돌았다. 그렇게 모든 것이 거덜 난 상태로 선재는 밑바닥을 박박 기었다. 자살하고 싶었지만 아들 나무 때문에 그럴 수도 없었다. 육억을 사기당한 것은 진짜 상처가 아니었다. 상처는 다른 곳에서 왔다. 선재는 살고 있던 아파트가 경매로 넘어가던 날 서울을 떠나 익산으로 왔다. 두어 달을 폐인처럼 지내다 첫 출근을 했던 공장을 찾아갔더니 늙은 사장이 반갑게 받아주었다. 그게 벌써 오 년 전의 일이었다.

성형틀에 석고를 부은 트리가 선재 손으로 건너왔다. 공장에서는 성형틀이 나무처럼 생겼다고 하여 '트리'라고 불렀다. 선재는 트리를 달구기 위해 작은 가마에 넣었다. 트리가 달궈지면 틀을 잡았던 초가 녹고 석고만 남았다. 트리가 달궈지는 동안 선재는 오늘 작업할 분량의 금덩어리를 꺼내 중량을 쟀다. 오늘 작업할 분량은 백오십 돈 정도이다. 그중에서 선재가 작업할 일거리는 목걸이 두 개와 용龍이 새겨진 남자용 금반지 하나다. 남자용 금반지는 열다섯 돈으로 삼백만원을 호가하게 될 것이다. 선재의 월급에 해당되는 반지였다.

무쇠 주걱에 금괴를 넣고 토치로 금을 녹였다. 붕사를 넣어 금이 잘 녹게 만들었다. 이마에서 땀이 비 오듯 쏟아져 내렸다. 콩이 잘 불었어야 할 텐데…… 퇴근할 때 단골 정육점에 들러 차돌박이가 있는지 물어봐야겠다고 생각했다. 냉동하지 않는 생 차돌박이를 구하려면 미리 주문을 해둬야만 했다. 며칠 후면 아들 무가 온다고 생각하니, 금이 녹아내리듯 애가 녹는 느낌이다. 새끼를 잃고 며칠 뒤에 느닷없이 죽은 어미 원숭이를 부검했더니, 창자가 토막토막 끊어져 있고 애가 녹아 있었다는 글을 읽은 적이 있다. 건빵 두 개 크기의 네모난 금덩어리가 녹아 액체가 되었다. 잠시 실수로 한 방울이 튀었다.

구두코를 태우고 카펫 속으로 굴러 떨어졌다. 자칫 잘못 하여 발가락이라도 태웠으면 주걱을 놓치고 금물을 바닥에 쏟았을 터였다. 금 한 방울이 돈이었다. 식은땀 한 방울이 주걱 안으로 떨어지자 피식 하는 소리와 함께 물방울이 타버렸다.

금물을 뜨겁게 달궈놓은 트리에 부었다. 석고의 틀 안으로 금물이 들어갔다. 공기 방울 하나 없이 금물이 틀 안으로 잘 들어갈 수 있게 트리를 살짝 흔들었다. 트리에 들어간 금의 가격은 도매가격으로 사천만 원이다. 선재는 금이 식기를 기다려 잠시 작업장을 나왔다. 십일월의 하늘은 을씨년스럽다. 바람이 불면 노랗게 물든 은행나무가 거대한 몸을 흔들었다. 십일월의 거친 바람에 가지가 격렬하게 춤을 추면 은행잎들이 우수수 떨어져 나비처럼 허공을 날았다. 매년 십일월이 되면, 담배를 괜히 끊었다는 생각이 들었다. 십일월에만 담배를 피울 수 있다면 얼마나 좋을까.

다시 작업장으로 돌아오니 트리가 식어 있다. 작은 망치로 툭툭 치니 석고틀이 깨져 나갔고 트리 모양만 남았다. 트리를 물에 씻어 석고를 털어내면 금조각이 나타났다. 금조각 사이사이에 묻은 석고를 니퍼처럼 생긴 가위로 뜯어내고 헤어드라이어로 물기를 말렸다. 그리고 금조각을 일일이 잘라 모양별로 분류하여 그릇에 담았다. 선재는 반지부터 작업하기로 하고 막대기에다 반지조각을 불에 살짝 달궈 둥그렇게 붙였다. 순식간에 반지의 모양이 만들어졌다. 지금부터 길고 지루한 작업이 본격적으로 시작되었다. 깎고 다듬는 일이다. 손목과 어깨에 힘을 준 채 정교한 작업을 해내야만 했다. 줄로 반지를 갈아냈다. 금가루 먼지가 카펫 속으로 떨어져 내렸다. 잠시 콩 생각을 했는지 아니면 인월댁 생각을 했는지 줄이 손톱을 먹고 들어왔다. 손톱에서 피가 뚝뚝 떨어져 내렸다. 휴지로 손톱을 싸매고 다시 줄질을 한다. 반지에 붉은 핏물이 번져 들었다. 금에서 광채가 났다. 그러나 그 금반지는 선재의 것이 아니었다.

그때 아마…… 엉셍이가 마흔이었을 거야. 나보다 두 살이 많았응게.

선재는 잘 불은 콩을 곰솥에 넣고 삶기 시작했다. 인월댁이 방에서 휠체어를 타고 나와 선재에게 이야기를 시작했다. 인월댁의 눈에서 광채가 났다. 선재는 인월댁의 이야기를 한 귀로 듣고 한 귀로 흘렸다. 선재는 식탁 의자에 앉아 있다가 가끔씩 일어나 주걱으로 콩을 저었다. 그러다가 거품이 일어나면 국자로 걷어냈다. 인월댁은 선재 옆에서 엉셍이와의 추억을 길고 오래 이야기했다.

어이, 아저씨. 내 말 듣소?

하도 대꾸를 않고 듣기만 하자 인월댁이 선재의 팔목을 살짝 꼬집으며 물었다.

예, 듣고 있어요.

누군가를 사랑해본 적 있소?

인월댁이 물었다.

아, 그럼요. 아들 나무를 사랑하죠.

나무? 이름이 뭐 그래? 글고 아들이나 딸을 사랑하는 거 말고, 진짜 사랑을 해봤냐고?

진짜 사랑…… 인월댁은 엉성이를 표현할 때 '진짜 사랑'이라고 말했다. 선재가 물었을 때 단호하게 그렇게 대답했었다. 선재는 평생토록 어머니 인월댁에 대해 깊은 앙금을 갖고 있었는데, 그 앙금을 인월댁은 진짜 사랑이라고 대답해버린 것이었다. 자식을 셋이나 낳고 살았던 남편이 아니라 엉성이가 진짜였다고 인월댁은 당당하게 말했다.

안 히봤구만. 안 히봤으면 말을 허덜 말어. 그건 히본 사람만 알어.

인월댁은 다시 사십 년 전의 추억 속으로 잠겨 들었다. 생애의 절정이 진짜 사랑이었다면, 그것도 나쁜 일은 아닐 터였다. 선재는 인월댁이 그 절정의 순간을 추억하며 생애의 마지막을 넘어갔으면 좋겠다고 생각했다. 그러한 절정의 순간을 가진 생이야말로 축복 아니겠느냐는 생각도 들었다.

물이 끓어올랐다. 그 절정의 순간에 선재는 가스불을 중간 불로 바꾸었다. 가장 강한 불로 계속 콩을 삶으면 제대로 삶아지지도 않고 타버렸다. 지금부터는 약하지만 길고 오래 불길을 주어 콩을 익히는 것이 중요했다. 생애의 절정이 오기도 전에 선재는 꺾였다고 생각하며 살았다. 꽃이 피기도 전에 나무는 시들었다. 한참을 중얼거리더니 인월댁이 조용해졌다. 휠체어에 앉은 채 잠이 든 것이었다. 선재는 휠체어를 밀어 방으로 가서 인월댁을 안아 침대에 눕혔다. 인월댁은 작고 가벼웠다. 마치 영혼이 빠져나가고 껍데기만 남은 느낌이었다. 몸무게란 살의 무게가 아니라 영혼의 무게라는 생각이 들었다.

콩을 띄우다

콩이 알맞게 삶아졌다. 몇 알 먹어보니 고소하니 좋았다. 면 보자기를 채반 위에 깔고 그 위에다 삶은 콩을 담았다. 이걸로 끝인가 싶어 검색을 해보니, 사진마다 지푸라기가 보였다. 선재는 주차장으로 내려가 자동차 뒷좌석에 버리듯이 던져놓은 지푸라기를 들고 올라왔다. 지푸라기를 삶은 콩에 찔러 넣고 보자기를 덮었다. 그 위에다 수건을 덮어 아이의 방에 두었다. 혹시라도 냄새 난다는 민원이 있을까봐 방문을 닫았다. 이제 이틀 정도 기다리면 청국장이 익을 것이다. 청국장이 익으면 인월댁의 생일이다. 그날 저녁에 무도 와서 상을 차려야 했다. 아무래도 두부를 직접 만드는 것은 조금 과하다 싶었다. 욕심을 버리기로 하니 마음이 편했다.

형님, 태국에 좋은 금괴가 있다던데, 선투자를 하면 딱 세 배가 남는답디다. 티파니 쥬얼리 사장님도 삼억 넣고 십억어치 금괴 받았다던데. 나도 뭐 좀 있으면 넣고 싶더만, 형님이라도 해보시지 그래요. 제가 술값만 받고 다리를 놔줄랑게.

옆에서 굵은 체인형 목걸이를 조립하고 있는 김씨가 그 옆에서 팔찌에 그림을 새기고 있는 장씨한테 하는 말이었다. 속에서 불같은 것이 치솟았지만 선재는 꾹 참았다. 남의 일에 나서고 싶지 않았다. 사기는 불로소득으로 더 많은 것을 얻으려는 욕망에서 시작되는 법이었다. 돈 넣고 돈 먹기인데, 돈을 조금 넣고 많이 먹겠다는 욕심 자체가 이미 사기였다. 사기를 당하는 자나, 사기를 치는 자나 모두 사기꾼이라는 게 선재의 지론이었다.

티파니 사장? 그 짠돌이가 돈을 먼저 넣었다고?

글쎄, 그렇다니까요.

뭐라고 한 마디 하려다가 꾹 눌러 참고 작업장에서 나왔다. 아침부터 흐리더니 기어이 비가 내리고 있다. 비는 바람을 타고 흐린 하늘을 떠돌다 지상으로 떨어져 내렸다. 비와 함께 나무를 떠난 잎사귀들도 허공을 유영하다 죽은 나비처럼 지상으로 떨어졌다. 십일월에는 활엽수들이 옷을 벗는 달이었다. 잎이 떠나간 뒤, 오로지 뼈대만 앙상하게 남은 활엽수림을 볼 때마다 선재는 육탈된 마음의 뼈대를 보는 느낌이 들었다. 금이 간 두개골, 임플란트 나사가 박힌 턱뼈, 휘어지고 굽은 등뼈, 앙상한 골반과 덜렁거리는 두 다리…… 이 뼈대로 생애를 건너온 것이다. 겨우…… 이 비가 그치면 활엽수들은 속절없이 슬퍼질 것이고 추위가 슬금슬금 찾아들 것이다.

사기를 당해 모든 것을 잃고 난 뒤에 선재는 연길행 비행기에 몸을 실었다. 연길에 도착하자마자 선재는 손도끼를 샀다. 손도끼를 품에 넣고 돈을 받아 챙긴 박가를 찾아 연변을 뒤졌다. 박가는 연변 최고의 국제호텔에서 축구 도박을 하고 있었다. 영국에서 축구 경기가 열리면 이길 팀에 돈을 거는 방식이었다. 스위트룸의 거실에서 빤스 바람으로 축구를 보고 있던 박가는 선재가 나타나자 어제 만난 친구를 대하듯이 악수부터 했다.

내 돈 내놔!

선재는 박가의 손을 뿌리치며 품에 있던 도끼를 꺼내 테이블 가운데에다 내리 꽂았다.

아이쿠야, 이기 무스게고? 도끼 아임메? 돈 주꾸마, 주꾸마. 그거 치우라.

박가는 목뼈를 우두둑 맞추며 선재를 달랬다. 선재는 돈을 받기 전에는 긴장을 늦추지 않겠다고 굳게 마음을 먹었다. 도끼 자루를 잡고 있는 선재의 손이 달달달 떨렸다.

돈 가져 와.

돈 주꾸마, 주꾸마. 당장 어드메 있갔네? 내 나가서 가꾸 와야 되지 않겠음?

이런 개새끼가 한 번 속지 두 번 속냐?

선재는 기회를 엿보다가 박가의 손목을 잡아 테이블에 올려놓고 도끼를 집었다. 일단 손가락이라도 하나 잘라야 겁을 먹을 것 같았다. 선재는 박가의 손가락을 향해 도끼를 내리찍었다. 악! 손가락이 잘려나갔고 피가 터졌다. 선재는 수건으로 손을 감쌌다.

이틀 만에 수건을 풀었다. 수건을 풀자 청국장 냄새가 확 퍼졌다. 조심스럽게 면 보자기를 젖혔다. 콩과 콩 사이를 진득한 실이 가득했다. 마치 수천 겹의 거미줄이 내려앉은 것만 같았다. 거미줄처럼 생긴 발효실이 수천 개의 콩알을 감싸고 있다. 주걱으로 콩을 휘저으니 진득하게 엉겨 붙었다. 콤콤한 냄새를 못 이겨 콩알을 먹어보았다.

선재는 고개를 끄덕였다. 이만하면 성공작이었다.

이제 절구에 넣고 콩을 찧어야 하는데 너무 끈적거려서 찧기가 아주 사나웠다. 선재는 고민 끝에 재활용품을 담는 큰 비닐봉지를 가져와 청국장을 넣고 그 위에다 양파망을 두 겹 씌웠다. 선재는 그 위에 올라가 밟기 시작했다. 이것도 재작년에 인월댁이 가르쳐준 비법이었다. 이렇게 하면 절구로 찧는 것보다 한결 나았다. 메주와 달리 청국장은 반 정도만 찧어도 충분했다.

사장니임. 그 청국장 좀 파시우. 냄새가 아주 좋구마이라.

인월댁이 기어서 방문을 넘으며 선재에게 말했다. 걷지를 못하니 휠체어를 타라고 해도 자주 잊어버리고 집 안을 기어서 다녔다. 선재는 베란다에 가서 구 년 전에 임자도에서 사온 소금한 바가지를 퍼왔다. 작년에는 아홉 번 구운 죽염으로 청국장 간을 했다가 완전히 망치기도 했었다. 그때 인월댁은 거의 한 달을 같은 말로 잔소리를 퍼부었다. "청국장은 간수 빠진 천일염으로 간을 해야 하는디, 무슨 썩어빠지게 생긴 소금으로 간을 하고 지랄이여 지랄이. 어디서 저런 것을 배와 가꼬 와서는…… 엉성이한테 콩이 남아 있질 않을 텐디"를 수없이 반복했다.

으찌 대답을 안 하시오? 아따 보청기를 히야 쓰것구만.

안 팔아요.

선재는 청국장에다 소금을 섞어 간을 맞추면서 시큰둥하게 대답했다. 바로 옆에서 인월댁이 검지로 청국장을 퍼서 입안에 넣고 쪽 빨았다. 선재는 인월댁의 표정을 바라보았다. 인월댁은 고개를 갸우뚱 하더니 한 번 더 청국장을 찍어 입으로 가져갔다. 그 사이에 선재는 간을 맞춘 청국장을 네모의 유리용기에 담았다. 잠시 후, 인월댁이 고개를 끄덕이자 선재의 얼굴이 밝아졌다.

엉셍이네 콩맛인디. 사장님 이 콩을 워디서 샀소? 마천 실덕?

선재는 일부러 고개를 저었다. 인월댁은 눈을 깜박거리고 고개를 갸우뚱거리며 나름대로 계산하느라 바빴다.

이건 엉셍이네 콩이여. 딱 보믄 알아! 넌 누구냐? 이 사기꾼놈아. 이제 봉게 손꾸락도 없는 빙신이 워디서 사기를 치는 겨?

인월댁이 입에 거품을 물고 고함을 지르더니 그대로 청국장이 담긴 유리용기를 끌어안았다. 뚜껑도 닫지 않았는데 위에서 몸으로 누르니 청국장이 인월댁의 몸에 그대로 묻었다. 선재가 유리용기를 빼내려고 하자 인월댁이 고함을 지르며 선재의 손을 물어버렸다. 잘려나간 손가락의 흔적 위에 인월댁의 이빨 자국이 선명했다. 치매 걸린 사람은 힘이 장사다. 밥도 엄청나게 먹어댔다. 밥그릇에 똥을 싸서 벽에 칠하기 전에 인월댁을 요양병원으로 모셔야만 했다.

청국장을 끓이다

인월댁의 생일 아침이 밝았다. 어젯밤에 아내가 인월댁을 살살 구슬려 청국장을 돌려받았다. 새벽에 일어나 선재는 주방으로 갔다. 아내는 어제 불려두었던 미역을 손질하고 있었다. 미역국과 청국장찌개가 생일상의 주요리다. 선재는 주방으로 오자마자 냉장고에서 차돌박이를 꺼내 두었다. 차돌박이는 약간 꼬들꼬들해야 칼질을 잘 먹었다. 아내와 선재는 단 한 마디도 말을 섞지 않았다. 십일월이기 때문이었다. 더구나 인월댁의 생일에는 침묵 속에서 하루를 보냈다. 지난 십이 년 동안 인월댁도 생일상을 받아본 적이 없었다. 생일이 되면 인천에 사는 딸네집으로 가버렸다.

묵언의 시간이었다. 도마 위에서 칼질하는 소리, 냄비를 헹구는 소리, 가스레인지를 켜는 소리, 불꽃이 오르는 소리, 냉장고 문을 여닫는 소리, 양념통이 담긴 찬장 문을 여닫는 소리, 수돗물 쏟아져 나오는 소리만 있을 뿐 인간의 소리는 없다. 아내는 입을 꾹 다물고 미역국을 끓이고 조기를 구웠다. 압력밥솥이 달그락거리는 소리를 내자 아내는 불을 중간으로 낮춰 뜸을 들이기 시작했다.

화구가 비기를 기다리는 동안 선재는 뚝배기를 찾아 청국장을 듬뿍 담았다. 청국장 위에 청양고추 잘게 썬 것과 고춧가루를 올려놓았다. 냉장고에서 묵은 김치를 꺼내 평소 먹던 크기의 삼 분지 일 정도로 잘게 썰었다. 일어나자마자 꺼내 놓았던 차돌박이를 만져보니 꼬들꼬들해졌다. 최대한 얇게 썬다고 썰었지만 기계로 써는 것에는 못 미쳤다. 차돌박이치고는 약간 두툼했지만 두툼한 대로 씹히는 맛이 좋았다.

나무야, 무야!

인월댁이 손자 이름을 애타게 부르며 방문을 두들겼다. 아내가 자고 있는 아들 윤무를 깨워 인월댁한테 보냈다. 잠시 후, 인월댁이 휠체어를 타고 주방으로 나왔다.

에미야, 나무는 워디 있다냐? 어제부터 토옹 안 보이는구마.

…….

인월댁의 말이 비수가 되어 아내의 심장을 찔렀다. 아내는 일체의 행동을 멈추고 개수대 앞에 가만히 서 있다. 뒤에서 보니 아내의 어깨가 물결처럼 흔들리고 있다. 아내와 선재, 아들 윤무까지 정물화처럼 서서 서로의 얼굴을 외면했다. 마음이 아픈 것은 면역이 되지 않는다. 늘 새롭게 아프다. 상처는 잠시 잊혀질 뿐, 치유되는 게 아니다. 일상의 어딘가에서 툭 튀어나와 맹렬하게 마음을 허물어뜨린다. 인월댁처럼 차라리 치매의 시간 속에 존재하고 있는 게 나은 건지도 모르겠다. 현실의 이 지옥을 모르고 있으니 말이다.

나무, 학교 갔어요.

선재는 인월댁의 귀에 대고 절규하듯이 소리를 질렀다. 선재의 목소리에는 분노와 짜증이 최고치로 담겨 있었다.

시간이 몇 신데 벌써 학교를 가? 쯔쯔. 애한태 넘나 공부공부 하지 말아라. 아침에 나가면 밤 열두 시가 넘어야 집에 오니…… 고거이 사는 거시냐?

그 말에 아내가 몸을 돌려 인월댁을 쳐다보았다. 눈물이 그렁그렁

담긴 원망의 시선이었다. 여기에서 멈추지 않으면 아내는 폭발하고 말 터였다. 오늘은 무가 오는 날이다. 무가 좋아하는 음식을 준비하려면 마음이 편안해야 한다. 물론 편안할 리가 없지만 말이다. 적어도 건드리진 않아야 했다. 이것은 아내와 선재 사이의 묵계였다. 서로 건드리지 않는 것. 살짝만 건드려도 그대로 무너지고 만다는 것을 두 사람은 잘 알고 있었다.

상 차리려면 좀 기다려야 하니 방에 들어가 계세요.

선재는 휠체어를 밀어 인월댁을 방으로 들였다. 치매가 시작된 이래, 하루에도 몇 번씩 사람의 속을 바닥까지 긁어대는 인월댁이었다. 일부러 그러는 게 아니라는 것을 알지만 당하는 입장에서는 참담하기 그지없었다. 인월댁은 방문을 두드리며 고함을 질렀다. 이른 아침부터 방문 두드리는 소리가 쾅쾅 울리자 도무지 참을 수가 없었다. 선재가 방문을 열어젖혔다.

어머니, 제발요! 제발 좀 그만 하세요!

선재는 인월댁 앞에서 몸부림치며 울부짖었다. 아무리 치매라지만 정말이지 견딜 수가 없었다. 오늘따라 유난스럽기까지 했다.

내가 멀 어쨌다는 거시여? 애비 너나 고마 혀. 히도히도 넘나 하는 구마. 에미한테 눈깔을 허옇게 디집어까고 긍게 고거이 머하는 지시여?

미역국 끓이고 청국장 끓여서 밥 차려 디릴 테니까 제발 조금만 기다리세요.

선재가 몸부림을 치듯이 악을 쓰자 인월댁은 잠시 조용해졌다. 눈을 감고 뭔가 생각에 잠기는 표정을 지었다. 선재는 돌아섰다.

알었다. 무야, 무야.

네 할머니.

인월댁 옆에 서 있던 윤무가 얼른 앞으로 나섰다.

너 말고 니네 형, 나무.

…….

윤무야, 할머니 모시고 공원이나 한 바꾸 돌고 와라. 그 사이에 상차릴 테니.

네.

윤무가 휠체어를 밀고 밖으로 나갔다. 윤무는 순한 아이였다. 덩치는 산처럼 큰데 마음은 여렸다. 대학을 졸업하면 곧 취업을 해야 하는데, 걱정이 태산이었다. 성격이 순한 만큼 열정도 순했고, 하고 싶은 일에 모든 것을 거는 체질도 아니었다. 그래도 지난 십여 년간을 잘 견뎌준 것만으로 충분히 고마웠다. 윤무가 인월댁을 밖으로 모시고 나가니, 집 안이 절간처럼 고적해졌다.

아내가 밥상을 차리기 시작했다. 찹쌀을 조금 넣어 윤기와 찰기가 자르르 흐르는 흰 밥, 홍합으로 맛을 낸 미역국, 굴비, 깻잎 살짝 쪄서 간장으로만 무친 것, 떡갈비, 청국장, 명란젓, 삭은 파김치, 구운 김과 간장이 차려졌다. 선재는 윤무한테 전화를 걸어 밥 먹게 돌아오라고 했다. 아내는 물 한 컵을 벌컥벌컥 마시더니 입맛이 없다며 안방으로 들어가 버렸다. 안방에 따라 들어가 같이 먹자고 했다.

당신 핏줄들끼리 잡숴.

무슨 소리야?

내비 둬 좀.

아내가 선재의 등을 밀었다. 아침부터 인월댁이 난리부르스를 쳤으니…… 이렇게 밀려나오는 게 정답이다 싶었다. 윤무가 휠체어를 밀고 들어왔다. 선재는 의자를 치우고 그 자리에 휠체어를 밀어 넣었다.

생일 축하드려요, 엄마. 에미가 미역국 끓였네요. 건강하세요.

"건강하세요"라고 하는데 울컥 했다. 진심이 담기지 않은 말을 아무렇지도 않게 할 수 있다니, 스스로 생각해도 놀라웠다.

생일? 내 생일이라고?

네, 엄마 생일이에요.

아이쿠, 죽어야 허는디 아직도 살아 있구나. 살으서 머 볼게 있다고? 그놈으 저승사자는 워디서 머를 허는지, 싸게 싸게 데리러 오지 않고.

푸념 두어 마디를 풀어놓은 뒤에 인월댁은 수저를 들었다. 옆에서 살펴주지 않아도 인월댁은 무서운 속도로 음식을 먹어 치웠다. 선재와 윤무는 수저를 들고 구경만 할 뿐이었다. 뚝배기 바닥에 구멍이 날 정도로 싹싹 긁어가며 청국장을 먹었다.

사장님, 엉셍이라고 아시유?

선재는 총기가 풀어지는 인월댁의 눈동자를 바라볼 뿐 대답하지 않았다.

　모르제. 으찌 알것어?

　인월댁은 엉셍이가 얼마나 잘 생겼는지, 키가 크고 힘이 센지, 말은 별로 없으나 얼마나 다정다감하고 착한지, 상무주암上無住庵에서 둘이만 몰래 혼인을 했다는 등 벼라별 말을 다 쏟아놓았다. 상무주암이라면, 영원사에서 조금 더 올라가면 있는 작은 암자였다. 초등학교 이학년 초파일에 인월댁을 따라 갔다가 삶은 달걀과 설탕을 얻어먹었던 기억이 지금도 생생했다. 접시에 담긴 하얀 설탕을 혀로 핥아먹던 그 느낌은 평생토록 잊혀지지 않았다. 선재는 그날 처음으로 설탕맛을 보았던 것이다. 인월댁은 당뇨합병증으로 발등이 썩어가고 있는데도 치매로 인해 머나먼 과거에서 엉셍이를 호출하여 행복한 표정으로 밥을 먹었다. 앞에 앉아 있는 아들을 사장님이라고 부르며, 옛 사랑의 추억에 대해 그 아름답고 슬펐던 날들을 이야기해주었다. 선재는 인월댁의 사랑을 옆에서 지켜본 증언자였다. 그때는 사랑이 무언지 몰랐다. 인월댁이 엉셍이와 함께 있기 위해 얼마나 몸부림쳤는지…… 그게 미워 죽을 지경이었다. 그러나 지금은 인월댁의 그 사랑에 대해, 생애의 그 절정에 대해 충분히 동의한다. 그토록 뜨거운 사랑을 했다는 것은 어찌 되었든 축복이지 않은가 싶었다. 인월댁은 선재가 혀로 접시에 담긴 설탕을 핥았듯이 반찬과 국과 찌개와 밥을 싹싹 비워냈다. 무서운 식탐이었다. 치매가 진행될수록 인월댁은 먹으려고만 들었다.

엉셍이와 헤어져 무작정 서울에 도착한 뒤, 인월댁은 거의 음식을 먹지 못했다. 물만 먹어도 토했다. 잠도 이루지 못하고 끙끙 앓다가 아침이 되면, 자식들을 위해 후암동 골목을 누비며 밥을 얻으러 다녔다. 선재는 그 밥을 먹었다. 남산공원 벤치에서 두 동생과 함께 바가지에 담긴 구걸해온 밥을 먹고 있으면 인월댁은 수돗물로 배를 채웠다. 그러다 토하기를 반복했다. 인월댁은 그렇게 악착같이 자식 셋을 길러냈다.

밥상을 물리자 인월댁은 약을 두어 움큼 먹고 잠에 빠져들었다. 선재는 공단으로 출근했다. 일이 많아 연차를 낼 수는 없었고, 급한 목걸이만 하나 처리하고 오후 반차를 낼 요량이었다. 오십 대 남성이 좋아하는 굵은 사슬의 목걸이라서 어려운 공정은 별로 없었다. 주물로 형태가 잡혀 나온 사슬을 연결하고 작은 인두로 녹여서 붙여주면 되는 간단한 공정이었다. 사슬을 연결하고 난 뒤에 광을 내주면 끝이었다. 불황이거나 주식 가격이 떨어져 내린다 싶으면 사람들은 금을 샀다. 선재는 평생 금을 만지며 살았지만 정작 본인은 그 흔한 실반지 하나 끼지 않았다.

도끼에 잘린 것은 박가의 손가락이 아니라 선재의 손가락이었다. 도끼가 빗나가 박가의 손을 잡고 있던 선재의 왼손 새끼손가락을 자르고 말았던 것이다. 선재가 도끼를 놓고 수건으로 손을 감싸자 박가가 발로 차기 시작했다. 선재는 박가의 발에 차이고 차여 엉망진창이 되었다. 박가는 선재를 엘리베이터가 아닌 계단으로 몰았고, 계단 위에서 발로 걷어찼다. 선재는 계단에서 굴러 떨어졌다. 그리고 거꾸로 중국 공안에 잡혀 있다가 추방까지 당했다.

반차를 내고 퇴근하니 아내도 연차를 내고 기다리고 있다. 아침부터 굶어서 그런지 아내의 얼굴에 피로가 가득했다. 피로가 아니라 우울이었다. 선재는 아무 말도 하지 않고 돌아섰다. 오늘은 말을 하지 않아도 무슨 뜻인지 서로 잘 알고 있다. 오늘은 장이 서는 날이라, 북부시장으로 향했다.

시장에서 아내는 인절미, 두부, 동태, 햄, 달걀, 부추, 호박, 시금치, 고사리, 숙주, 마른 문어, 무, 마른 홍합, 돼지고기 사태, 소고기 등심, 돼지 삼겹살, 오징어, 닭 등을 샀다. 선재는 뒤만 따라 다녔다. 집에 돌아와 본격적으로 요리에 들어갔다. 선재는 두부요리와 전을 담당했다. 부추와 호박 그리고 오징어를 채 썰어 부침가루와 버무렸다. 동그랑땡과 산적은 하지 않기로 했다. 어차피 무는 두부와 청국장만 먹을 터였다. 선재는 부추전과 동태전과 두부전을 부쳤고 아내는 시금치와 고사리와 숙주를 데쳐 나물로 무쳐냈다. 돼지고기 사태는 삶아서 수육으로, 등심과 삼겹살은 간장 양념을 해뒀다가 구웠고, 문어와 홍합으로는 탕국을 끓였다. 닭은 살을 발라내 간장 양념에다 재웠다가 숯불에 구웠다. 선재는 맨 마지막에 청국장을 끓였다. 두부와 차돌박이를 듬뿍 넣었다. 모든 준비가 끝나자 그럭저럭 밤 아홉 시가 되었다. 그 사이에 인월댁이 배가 고파 죽겠다고 난리를 쳐서 중간 중간에 요기될 만한 것들을 갖다 주었다.

윤무가 병풍을 치고 상 위에 하얀 전지를 깔았다. 침묵 속에서 상을 차렸다. 아내가 음식을 식탁에 올리면 윤무가 형 나무의 상에 올려놓았다. 요리를 하긴 했지만 선재나 아내가 상을 차리진 않았다. 자식의 제사상을 차리는 것은 참으로 못할 짓이었다. 하지만 해마다 인월댁의 생일과 나무의 기일은 서로 겹친 채로 어김없이 돌아왔다. 같은 날에 할머니는 태어났고 열다섯 어린 손자는 스스로 목숨을 끊었다. 아침에는 생일상을 차려야 했고 저녁에는 제사상을 차려야 했다.

나무는 중학교 이학년 십일월에 스스로 생애를 마쳤다. 두 살 위의 여고생 누나를 사랑했고, 그 사랑이 끝나자 아무런 미련도 없이 유서도 없이 지상에서 자기 존재를 지워버렸다. 아침에 할머니를 위해 케익에 불을 붙이고 생일축하 노래까지 유쾌하게 부른 뒤에 학교에 갔는데, 지금까지 돌아오지 않고 있는 것이다. 선재 부부는 자식을 가슴에 묻고 지옥 같은 날들을 견뎌냈다. 아무도 미워하지 않으려고 안간힘을 썼다. 겉으로는 웃었지만 속으로는 통곡했다. 재산을 날린 것은 아무것도 아니었다. 슬픔을 견디는 법을 배우지 못한 탓에 선재는 고속도로 갓길에 차를 세워두고 악을 쓰며 울다가 돌아오곤 했었다. 어떤 일을 하더라도 흥이 나지 않았다. 그냥 겨우 살았다.

상이 다 차려지자 현관문을 조금 열어놓았다. 윤무가 순서에 따라 제를 지내기 시작했다. 식탁에 앉아 아내는 울고 있고, 선재는 윤무의 뒤에 서서 입술을 깨물었다. 신위도 사진도 없는 제사상을 향해 윤무는 두 번 절을 했다. 그때 인월댁의 방문이 벌컥 열렸다.

아이고, 배고파. 아이고 배고파. 생일에 굶겨 죽이려고 드남? 인두 겁을 쓰고 그러면 안 되고 말고.

인월댁이 방문을 열고 거실로 기어 나왔다. 휠체어를 타는 것도 잊고 거실로 기어 나온 인월댁은 나무의 제사상 앞에 턱 하니 앉아 음식을 먹기 시작했다. 아내는 벌떡 일어났고, 윤무는 깜짝 놀라 선재를 바라보았다. 아내가 '어머니' 하면서 달려드는 것을 선재가 막았다. 아내는 눈물을 뿌리며 안방으로 들어갔고, 윤무는 당황하여 어쩔 줄을 몰라 했다. 인월댁은 수저도 들지 않고 손으로 제사상의 음식들을 아귀처럼 먹어 치웠다. 숙주며 고사리가 입에 매달려 있어도 또 산적을 집어 밀어 넣었다. 그러다 문득 모든 행동을 멈췄다.

나무야, 무야. 할미랑 같이 밥 먹자.

인월댁이 윤무와 선재를 불렀다. 윤무는 울고 있었다.

니 형이 왔을 것이다. 아마 할머니랑 같이 먹고 있겠지. 할머니도 얼마 안 남았어. 이리 와 나무랑 할머니랑 함께 우리도 먹자.

선재는 윤무의 등을 토닥거렸다. 윤무가 앉자 인월댁은 굴비를 뚝 분질러 게걸스럽게 먹기 시작했다. 윤무는 울기만 할 뿐 먹지 않았다. 손자의 제사상을 아귀처럼 먹어치우는 할머니가 너무 안쓰럽다며 윤무는 슬퍼했다. 선재는 인월댁 옆에 앉아 수저를 들었다. 인월댁이 고개를 끄덕이며 어서 먹자고 했다. 청국장 한 수저를 입으로 가져갔다. 청국장 맛이 가을처럼 깊었다.

정도상 1987년 단편 「십오방이야기」로 작품 활동을 시작했다. 창작집으로 「친구는 멀리 갔어도」 「실상사」 「모란시장 여자」 「찔레꽃」 등이 있고, 장편소설로 「누망」 「낙타」 「은행나무 소년」 「마음오를 꽃」과 장편동화로 「돌고래 파치노」가 있다. 제17회 단재상, 제25회 요산문학상, 제7회 아름다운 작가상을 수상하였다.

한 가족 따로 밥 먹기

장마리

아침

종호는 눈을 떴다. 머리맡에 놓아둔 휴대폰을 열어 시간부터 확인했다. 오늘도 정확히 4시 30분. 가만히 일어나 4시 50분에 맞춰놓은 알람을 해제했다. 경서가 새벽 3시에 치킨집 알바를 마치고 들어왔을 터인데도 몰랐다. 아마 그때 잠이 깼더라면 알람이 울려야 눈을 떴을 것이다. 요새는 일이 많았다. 이사철인 데다 겨우내 죽어버린 화초를 뽑고 화단에 꽃이나 나무도 심어야 했다. 해빙으로 누수가 있는 노인정 앞 주차장을 파헤치는 공사도 이틀째였다.

경서는 팬티차림으로 이불을 다리에 칭칭 감고 잠들어 있었다. 종호는 나무 기둥처럼 굵고 단단한 경서의 다리에서 이불을 **빼낸** 후 가슴 위로 덮어주었다. 자신이 사용한 이불과 요는 개어 붙박이장에 넣고 화장실로 향했다. 발소리와 물소리 등 소음을 최소화하기 위해 가뜩이나 작은 키를 더 움츠렸다.

주방의 보조등을 켰다. 큰 주전자의 보리차물을 작은 주전자에 따라 가스레인지에 올렸다. 밥통에서 밥을 덜고 냉장고에서 김치를 꺼냈다. 가스레인지 불을 끄고 조금 데워진 보리차물을 밥에 부어 식탁으로 옮기고 김치를 얹어 밥을 먹기 시작했다. 달그락 소리가 나지 않도록 수저와 젓가락을 식탁에 놓지 않고 손에 든 채 밥을 먹었다.

5시 20분. 현관을 나와 버스정류장으로 걸었다. 늦어도 6시 30분까지 이편한아파트 경비실에 도착해야 한다. 도착하면 경비 옷으로 갈아입고 7시부터 아파트 입구에서 주차봉을 들고 차량 통제와 정리하는 것으로 하루를 시작한다.

성진은 알람 소리에 눈을 떴다. 머리맡의 휴대폰을 찾아 알람을 해제했다. 5시 30분. 옆에 누운 예순이 끙 소리를 내며 돌아누웠다. 성진은 일어나려다가 돌아누운 예순을 뒤에서 안았다. 뜨뜻한 두부를 만지는 느낌이 나쁘지 않았다. 예순의 면티를 위로 쭈욱 올리고 몰캉하고 부드러운 젖가슴을 주물렀다. 예순이 처녀적보다 두 배는 몸집이 불어났지만 젖가슴도 그만큼 커져 불만이 없었다. 예순이 으응, 코맹맹이 소리를 내며 반듯하게 돌아누웠다. 성진의 성기가 빳빳이 곤두섰다. 40킬로그램에 달하는 에어컨을 등에 지고 하루에 네댓 집을 방문하여 에어컨을 설치하고 집에 돌아오면 온몸이 삶아 놓은 시래기였다. 멋지고 예쁜 여자가 홀딱 벗고 자신의 성기를 애무한다고 해도, 햇빛에 말라놓은 무청이나 다름없었는데 오늘은 달랐다. 밤 10시

76

가 되어 식당에서 돌아 온 예순도 무청 옆에서 고춧가루를 뒤집어쓰고 푹푹 삶아지는 신김치나 마찬가지로 평소에는 성진이 살만 닿아도 피곤해! 소리를 내질렀다. 둘 다 집에 돌아오면 대충 몸을 씻고 베개에 머리를 얹으면 곧바로 잠들었다. 그들은 늘 그렇게 곯아떨어졌다. 마흔 아홉의 성진과 두 살 어린 예순이 그러다 보니 부부관계를 한 것이 언제인지 기억도 할 수 없었지만 또 느닷없이 이렇게 해결하기도 했다.

성진은 예순의 유두를 혀로 애무하려다가 급하게 허리를 들고 자신의 바지를 끌어내렸다. 금방 쏟아질 것처럼 과부하가 걸렸다. 서운한 감이 없지 않지만 예순도 노랗고 파란 꽃무늬가 얼룩덜룩 프린트된 파자마를 급하게 벗었다. 하지만 흰 팬티는 벗지 않았다. 성진이 한 손으로 예순의 방해물을 에어컨 포장박스 벗기듯 단번에 제거해 던졌다. 그러고는 곧바로 허리 운동을 시작했다.

성진이 예순의 몸 위에서 내려왔을 때 5시 50분이었다. 화들짝 일어나 화장실로 뛰어갔다. 6시 30분까지 상차장으로 가야 했다. 벌써 6시 5분이었다. 아침밥은커녕 머리에 물이 뚝뚝 떨어지는 상태로 집을 나섰다. 부리나케 트럭에 올라 시동을 켜고 주차장을 빠져나갔다.

예진은 누군가 부주의하게 거실을 오가고 현관문을 꽝 닫는 소리에 잠이 깼다. 알람이 아직 울리지 않은 것을 보면 6시 30분이 안 된 것 같았다. 손을 뻗어 머리맡의 휴대폰의 시간을 확인했다. 6시 5분.

형부가 나갔을 거라고 짐작됐다. 이불을 끌어 올려 어깨를 덮었다. 그런데 현서가 돌아누우며 다리를 예진의 배에 척 걸쳤다. 예진은 숨을 몰아쉬며 현서의 다리를 밀어놓고 옆으로 누웠다.

직업학교에서 미용사 자격증을 취득한 현서는 〈가위손〉에서 스텝으로 일하고 있었다. 날마다 서 있어서 다리가 통나무가 됐다며 투정을 부려도 예진이 보기엔 가늘고 예쁘기만 했다. 자신이야 말로 하루 여덟 시간 이상 선 채로, 고객을 응대하는 세월을 십 년 넘게 하다 보니 통나무가 된 것은 말할 것도 없고, 푸른 정맥이 허벅지와 오금 아래로 나타나기 시작했다. 내일 모레가 마흔이다. 이제는 유니폼에 새겨진 매니저 이예진이라는 명찰만 봐도 짜증이 났다. 자그마한 가게라도 얻어 독립하고 싶었지만 대학 때부터 사귄 남자친구는 아직도 시간강사였다. 그는 몇 년 전부터 농담으로라도 결혼하자는 말을 하지 않았다. 이유야 짐작하고도 남았다. 그러나 언제까지 언니네에 얹혀 살 수는 없었다. 지금으로서는 뾰족한 수가 없었다. 남자친구가 대학원에 가겠다고 했을 때 말렸어야 했다는 후회가 시도 때도 없이 들었다. 말리기는커녕 등록금과 용돈 등을 대주었던 자신이 한심했다. 그렇다고 시집 간 친구들이 죄다 여유롭게 사는 건 아니었다. 겉은 아닌 척했지만, 피부 톤이나 눈가의 주름과 눈썹 정돈만 봐도 짐작할 수 있었다. 가물가물 다시 잠속으로 빠져들었다.

띠리리리. 띠리리리.

손을 뻗어 휴대폰의 알람을 해제했다.

이 집에서 가장 화장실을 오래 사용하는 이는 예진이었다. 어깨까지 닿는 긴 생머리 때문이었다. 남자친구가 좋아하는 스타일이라 십년째 유지하고 있었다. 수건으로 머리를 감싸고 방으로 들어왔다. 이불과 요는 발로 쭈욱 밀어놓고 거울 앞에 앉았다. 형광등을 켜면 현서가 신경질을 부리기 때문에 스탠드를 켰다.

기초화장을 끝냈다. 휴대폰을 열어 시간을 확인했다. 7시 10분. 머리를 말리기 위해 헤어드라이어를 켰다. 위이잉. 모터 소리에 현서가 끙 소리를 내며 돌아누웠다. 어차피 이제 현서도 일어나야 했다. 형광등을 켰다. 현서가 이불을 끌어당겨 제 얼굴을 덮었다.

이제 세밀 화장을 할 차례였다. 눈썹과 아이라인을 그리고 속눈썹을 붙이고 마스카라로 마무리를 하고 립라이너로 입술 선을 그리고 그 위에 립스틱을 바르고…… 고대기로 끝머리 웨이브 손질만 하면 끝이었다. 그런데 오늘 따라 웨이브가 마음에 들지 않았다. 현서가 머리 손질을 해주면 훨씬 풍성했고 예뻤다. 휴대폰을 열고 시간을 확인했다. 7시 40분. 현서의 옆구리를 발로 꾹 찔렀다. 한 번에 일어날 현서가 아니었다. 예진은 이불을 걷어내고 엉덩이를 철썩 때렸다. 인상을 찌푸리며 일어났다. 예진이 들고 있던 고대기를 내밀었다. 현서는 하품을 하며 예진 뒤에 무릎을 대고 섰다. 예진은 손거울로 뒷머리를 비춰가며 점검했다. 손질을 마쳤을 때는 7시 55분.

예진은 펼쳐 놓은 화장품이며 고대기를 그대로 놓고 붙박이장을 열었다. 시간이 아무리 빠듯해도 전신거울을 보며 블라우스에 스커트를, 스트라이프가 들어간 셔츠에 청바지를 대보았다. 고개를 좌우로 젓고 일주일 전에 산 시폰 원피스를 입었다. 화사하고 예뻤다. 아직 쌀쌀한 날씨가 신경이 쓰이긴 했지만 서랍을 열어 스타킹을 꺼내 빠르게 신었다. 완성된 모습을 다시 거울에 비춰보았다. 나쁘지 않았다. 백을 어깨에 걸고 휴대폰을 보았다. 8시 15분. 헐! 예진은 부리나케 집을 나섰다.

현서는 예진이 나가자 늘어지게 기지개를 켜며 하품을 했다. 9시 30분까지 출근하려면 일어나야 했다. 새로 오픈한 미용실이라 일이 많았다. 화장실로 들어갔다. 예진의 긴 머리카락이 세면대는 물론이고 변기 위에도 징그럽게 붙어 있었다. 세정제 뚜껑과 샴푸 병 주위에는 흰 거품이 묻어 있었으며 젖은 수건은 걸이에 둘둘 말려 있었고 치약은 허리가 짓눌러져 속엣 것을 토하고 있었으며 뚜껑은 어디에 있는지 보이지도 않았다.

현서는 한숨을 내쉬었다. 샤워기를 틀어 세면대와 변기 위에 물줄기를 뿌렸다. 하지만 긴 머리카락은 제 몸을 배배 꼬기만 할 뿐 수챗구멍으로 사라지지 않았다. 무엇을 치우고 정리하는 것은 미용실에서도 넌더리가 났다. 인상을 찌푸리고 수챗구멍에 걸린 긴 머리카락을 엄지와 검지로 집어 변기통에 집어넣고 물을 내렸다. 젖은 수건으로 변기 둘레를 훔친 다음 세탁바구니에 던져 넣었다. 반바지와 팬티를 동시에 내리고 소변을 본 후 물을 내렸다. 분홍 칫솔에 치약을 묻

80

혀 양치질을 시작했다.

8시 30분. 수건으로 젖은 머리를 털며 뭘 먹을까? 주방으로 갔다. 안방에서 잠든 예순은 아직 인기척이 없었다. 싱크대에는 종호가 사용한 밥그릇 하나와 수저, 젓가락이 담겨져 있었다. 냉장고를 열었다. 눈으로 훑었지만 냉큼 손이 가지 않았다. 벽면에 누리끼리한 토스트용 빵이 눈에 띄었다. 딱딱한 느낌이 드는 게 일주일은 유통기간이 지난 것 같았다. 다행히 곰팡이가 피지는 않았다. 냄새를 맡았다. 구수한 빵 냄새를 기대한 건 아니었지만 시큼한 냉장고 속, 정체모를 음식 냄새에 저절로 인상이 찌푸려졌다.

토스터기 전원을 넣고 식빵을 꽂았다. 다시 냉장고를 열고 딸기잼을 찾았다. 보이지 않았다. 양문을 활짝 열고 살폈다. 병 바닥에 아주 조금 남아 있는 딸기잼을 발견했다. 숟가락으로 긁으면 한 번 정도는 먹을 수 있을 것 같았다. 우유는? 그 역시 눈에 뜨지 않았다. 김태희가 커피잔을 들고 활짝 웃고 있는, 식탁 위에 박스 채 놓인 믹스커피를 하나 꺼냈다. 종호가 사용한 주전자에는 보리차 물이 남아 있었다. 가스불을 켰다. 식빵이 토스터기에서 튀어나오기를 기다리며 수건으로 젖은 머리를 털었다. 가스불 위의 주전자 물이 끓는데도 토스터기는 식빵을 토해내지 않았다. 토스터기 전원에 빨간 불이 켜져 있지 않다는 것을 그제야 발견했다.

"아이 씨, 짜증나!"

식빵을 빼내어 음식물 통에 넣었다. 바닥만 보이는 딸기잼 병은 개수대에 담갔다. 10분이 지나버렸다. 냉장고를 다시 열었다. 야채 칸에서 사과를 한 알 꺼냈다. 껍질이 쪼글쪼글 말라 있었다. 야채 칸에 도로 던져 넣었다. 밥통을 열었다. 밥이 누렇게 말라 있었고 냄새도 시큼했다.

"아이, 진짜!"

현서는 싱크대 서랍을 신경질적으로 당겼다. 라면을 꺼냈다. 냄비에 물을 받아 가스레인지에 올렸다. 냉장고를 다시 열었다. 김치보시기를 꺼냈다. 잎사귀 두 장밖에 없었다.

"아이 씨!"

김치냉장고를 열었다. 김치통을 들어 올려 김치를 한 포기 꺼냈다. 김치보시기에 담고 가위로 싹뚝싹뚝 썰었다. 김치냉장고에 김치통을 다시 넣고 김치보시기는 식탁 위에 놓고 손으로 김치를 하나 집어 먹었다. 작년 김장김치라 너무 시큼했지만 어쩔 수 없었다. 물이 끓었다. 라면을 넣었다. 냉장고에서 계란도 꺼내 넣었다.

라면을 먹고 나니 8시 50분. 빈 냄비를 개수대에 담가놓고 방으로 뛰어갔다. 서랍장에서 청바지와 면티를 꺼내 입었다. 스니커즈를 꿰신고 현관문을 나섰다. 디리리릭. 자동문 닫히는 소리가 났다. 9시 10분. 다른 때보다 10분이나 늦었다.

예순은 9시 30분 알람 소리에 잠이 깼다. 아랫도리가 벗겨져 있었다. 한쪽 구석에 처박힌 팬티와 파자마를 얼른 주워 입었다.

화장실에 들러 볼일을 보고 거실에 서서 집을 한 번 둘러보았다. 밤색 소파 위에는 과자 봉지와 수건, 옷 등이 펼쳐져 있었고 바닥에는 텔레비전 리모컨과 머그컵, 마스크 팩 종이와 포장지가 널브러져 있었다. 베란다에는 주말에 널어놓은 빨래가 사흘째 그대로 걸려 있었다. 자신이 아니면 누구 하나 집을 치우지 않으니 당연했다. 성큼성큼 걸어 문간방을 열었다. 경서가 자고 있었다. 방으로 들어가 책상 위에 붙은 시간표를 보았다. 3교시에 표시되어 있었다. 예순은 주방으로 부리나케 갔다. 개수대에는 양은냄비와 밥그릇과 딸기잼 병이 담겨져 있었다. 물을 틀고 후다닥 설거지를 했다.

김치냉장고에서 김치를 꺼내고 냉동고를 열었다. 김치찌개를 끓이기 위해 돼지고기를 찾았다. 정체를 알 수 없는 몇 개의 검정 봉투가 가득했다. 고등어 한 토막, 지난 설 때 친정에서 얻어 온 쑥떡과 팥시루떡, 녹은 상태로 다시 언 메론맛 아이스바 두 개, 마지막 봉투에 거무튀튀한 찌개용 돼지고기가 조금 있었다. 냄새를 맡았다. 오래 보관했을 때의 음식 냄새가 배어 있었다.

김치보시기에 담긴 김치를 냄비에 털어 넣고 돼지고기를 넣은 후 가스레인지에 올렸다. 꺼내놓은 검정 비닐봉지의 물건들은 도로 뭉쳐 냉동고에 집어넣었다.

예순은 화장실로 가서 양치질을 하고 머리를 감았다. 거실로 나오자 김치찌개가 끓어 시큼한 냄새가 났다. 군침이 돌았다. 수건으로 머리를 감싼 채 냄비 뚜껑을 열고 간을 보았다. 조금 싱거웠다. 다시

다를 넣고 다시 간을 봤다. 마침맞았다. 고춧가루도 반 수저 넣었다. 두부가 있었으면 좋겠어서, 없다는 것을 알면서도 냉장고를 열고 안을 살피다가 닫았다. 벽시계를 보았다. 벌써 10시였다. 상가까지 가기에는 시간이 없었다. 불을 가장 작게 조절해놓고 방으로 들어가 빠르게 화장을 했다. 스킨과 로션, 립스틱을 바르는데 5분이면 충분했다. 옷을 갈아입었다. 머리는 수건으로 툴툴 다시 털면서 후다닥 주방으로 가서 가스레인지 불을 껐다.

문간방을 열었다.

"경서야, 김치찌개 끓여 놓았으니까 밥 먹고 학교 가!"

경서는 대답은커녕 옴짝달싹도 하지 않았다. 예순은 방문을 닫고 안방으로 한달음에 걸어가 머리를 틀어 올린 후 집게 핀을 꽂아 마무리했다. 10시 10분. 큰 길 건너에 있는 〈24시감자탕〉집으로 출근을 위해 발을 재게 놀렸다.

경서는 눈을 번쩍 떴다. 11시 5분이었다. 아이, 씨! 욕을 하며 벌떡 일어났다. 어제 벗어놓은 머리맡의 청바지와 면티를 다시 입고 그 위에 후드 티를 걸치며 책상 위에 있는 백팩을 한쪽 어깨에만 걸치고 나가려다가, 챙모자를 썼다. 방을 나서자 시큼한 김치찌개 냄새가 났다. 군침이 돌았지만 시간이 없었다. 현관으로 달려 나갔다. 11시 15분. 3교시 수업이 시작한 지 15분이나 지났다. 핏발이 선 눈은 학교에 도착할 때까지 가시지 않았다.

점심

종호는 밥을 푸고 냉장고에서 김치와 멸치볶음을 꺼냈다. 한 숟가락 밥을 막 입에 넣으려고 하는데, 경비팀장이 벌컥 문을 열고 들어왔다.

"몇 시지? 밥 드시네?"

경비팀장은 벽시계를 보았다. 11시45분. 종호는 얼굴이 벌게졌다.

7시부터 8시 30분까지 아파트 정문에서 출근하는 차량들의 안전을 위해 차량통제를 했다. 통제가 끝나자 커피를 한 잔 마시며 미팅을 했다. 봄맞이 대청소와 정비 중이니, 내 가족이 사는 아파트라는 생각으로 솔선수범하여 참여하시라고, 소장이 극존칭을 섞어 말했다. 경비팀장은 소장의 미팅이 끝나자 헛기침을 하고는 소장님이 말씀하시는 솔선수범이라는 말이 무슨 뜻인지 다 알고 있을 거라고, 자신은 긴 말하지 않겠다고 했다.

엄밀히 말하면 봄맞이 대청소 및 정비는 경비팀과는 별개의 일이었다. 즉 미화팀이 할 일이었다. 아파트 경비원은 24시간 365일 아파트 주민들의 안전을 위해 방문자의 출입을 점검하고 필요한 정보를 제공할 수 있으며 침입, 도난, 화재, 기타 위험 방지와 재산을 감시하는 일을 하는 것이라고, '경비업무지침서'에 기록되어 있었지만, 그들이 실질적으로 하는 일은 쓰레기 분리수거, 택배사로부터 온 물건을 받아 보관했다가 잘 전달하기, 화단의 잡초제거 및 나무의 전지와 전정 작업하기 등의 일을 더 많이 했다. 무엇보다 점심시간은 12시부터 1시까지로 규정되어 있었다. 그러나 그 시간에 점심을 먹어본 적이 없었다. 경비팀장은 12시부터 2시 사이에 '유도리' 있게 식사를 하라고 했다.

미팅을 마친 후 종호는 믹스커피를 마신 종이컵을 구기며 쓰레기 분리장으로 갔다. 그곳에서 오전 내내 분리수거 작업을 했다. 오후에는 이틀째 공사 중인 해빙으로 누수가 있는 노인정 앞 주차장을 파헤치는 공사에 참여했다. 설비 업체가 해야 할 일이었지만 공사비용을 줄이는 차원에서 땅파기 정도는 아파트 관리실에서 처리하기로 했다는 말을 108동 경비 오에게 들었다.

종호는 점심을 먹고 후딱 은행 일을 보고 올 참이었다. 아파트 코앞에 새마을금고가 있었다. 어제 퇴근길에 요양원에 계시는 형님에게 돈을 보내려다가 비밀번호가 헷갈려 세 번이나 잘못 누르는 바람에 초기화가 되었다. 부득이 창구에 들러 다시 설정해야 했다. 그래서 서둘러 점심을 먹으려고 했던 것인데 경비팀장이 들이닥친 것이다.

경비팀장은 종호가 해놓은 분리수거가 잘못됐다고, 종이나 박스의 비닐제거를 제대로 하지 않았다고 했다. 종호는 입에 넣은 밥을 제대로 씹지 못한 채 고개를 주억거렸다. 오후에 있을 노인정 앞 주차장 공사에 삽질을 좀 해야겠다며 경비팀장이 나갔다. 종호는 더 이상 밥맛이 없었지만 밥에 물을 말아 후르륵 마시듯 했다.

성진은 작업이 끝나자 주변을 정리하고 물휴지를 꺼내 꼼꼼하게 거실을 닦았다. 보조 역할을 하는 진규에게 미루지 않았다. 성진은 특히 마무리에 신경을 썼다. 도급업체에서 작업 후 고객에게 확인 전화를 하기 때문이었다. 뒷정리 부분이 말끔하지 못하다는 고객평가를 받으면 일감을 못 받게 되고 그러면 당연히 돈을 벌지 못했다.

　　설치비를 정산하는 과정에서 실랑이가 벌어졌다. 집주인이 가격을 깎아달라고 했다. 성진이 집주인을 설득했지만 11시 40분이었다. 1시까지 다음 설치 장소로 가려면 더 이상 꾸물거릴 수가 없었다. 진규가 가방을 챙겨들고 현관에 서서 성진을 보았다. 성진은 진규에게 먼저 내려가라고 고갯짓을 하고, 점심 먹을 데가 있는지 알아보라고 했다. 성진은 상차장에서 율무차를 한 잔 마신 것 외에는 지금껏 아무것도 먹지 못했다. 아침에 예순과 사랑을 나누고 출근할 때까지만 해도 자신도 모르게 콧노래가 나왔다. 그런데 40킬로그램의 에어컨을 등에 지고 5층 다세대 주택의 계단을 오르는데 2층에서 자신도 모르게 다리가 휘청였다. 연장 가방을 들고 뒤따르던 진규에게 넘기고 성진은 연장 가방을 들었다.

　　드릴로 벽을 뚫는 작업도 진규가 했다. 성진은 실외기와 에어컨의 거리를 가늠하고 배관을 잘랐다. 배관을 보기 좋게 연결하는 게 무엇보다 중요했다. 축 늘어지거나 눈에 띄게 설치하면 베테랑이 아니었다. 너무 많이 배관을 쓰면 고객에게 추가요금을 요구해야 하는데 별말 없이 그냥 돈을 주는 고객은 없었다. 최대한 짧고 눈에 띄지 않게 설치하는 게 실력 좋은 기술자였다.

이러한 일들을 신경 써 작업을 마무리했는데 집주인은 막무가내로 오만 원 지폐 두 장만 내밀었다. 그때 휴대폰이 울렸다. 진규가 아파트 바로 앞에 〈김밥나라〉가 있는데 무엇을 먹을 거냐고 물었다.

"인마, 아무거나 시켜!"

성진은 괜히 진규에게 쏘아붙였다. 어느 새 12시 10분. 더 이상은 시간을 지체할 수 없었다. 결국 이만 오천 원은 받지 못했다. 주인은 그럼에도 고맙다는 말보다는 문제가 생기면 전화를 하겠다고 했다. 성진이 나가려는데 다시 휴대폰이 울렸다. 다음 설치할 장소의 고객 전화였다. 성진은 네에, 고객님! 이라며 전화를 받았다. 고객은 지금 바로 와주면 안 되겠느냐고 했다. 급한 볼일이 생겨서 그렇다고 했다. 성진은 최대한 공손하게 이곳 작업이 금방 끝나서 그곳까지 가려면 최소 30분은 걸릴 거라며 12시 50분까지 찾아뵙겠다고 했다.

"큰일 났네! 그럼, 다음에 오세요."

고객의 말에 성진은 얼른 휴대폰을 손으로 모아 쥐고 그럼 40분까지 가겠다고 했다. 고객은 40분까지 와야 한다며 전화를 끊었다. 곧바로 진규에게 전화를 걸었다. 음식이 나왔냐고 물었다. 진규는 아직 안 나왔다고 했다. 성진은 취소하고 김밥이나 넉 줄 사가지고 빨리 차로 오라고 했다. 진규는 두 말하지 않았다.

성진은 차에 가방을 던지고 시동을 걸었다. 주차장을 빠져나오는데 진규가 헐레벌떡 검정 비닐봉지를 들고 뛰어와 조수석에 올라탔다. 성진은 진규가 건네주는 김밥을 입에 쑤셔 넣고 씹으며 가속페달을 밟았다.

예진은 왈칵 짜증이 났다. 매장 문을 열자마자 프리미어가 딸과 함께 들어섰다. 그때만 해도 오늘 매출 일진을 조심히 점쳤었다. 그런데 두 시간째 프리미어의 딸, 예비 신부는 색깔 선택에서 망설이고 있었다. 그녀는 피부 톤이 투명하지 않고 검붉었다. 잡티 또한 많았다. 엄마와는 딴판이었다. 예진은 프리미어의 얼굴을 곁눈질하며 닮은 부분을 꼽아 보았지만 찾을 수 없었다. 예비 신부는 자신의 단점을 잘 알고 있었다. 문제는 너무 잘 알고 있다는 것이었다. 직업이 패션디자이너라는 그녀는 전체적인 이미지를 중요하게 생각했는데, 자신의 피부 톤이 깨끗하지 못하기 때문에 기본 23호를 선택하는 게 맞다고 하면서도, 선택하지 않았다. 메이크업베이스로 피부 톤을 잡아주는 것은 어떠냐고 예진이 덧붙였을 때도, 고개를 저었다. 컨실러를 사용하여 잡티를 감춰보면 어떠냐고 했을 때도 마찬가지였다.

프리미어는 전혀 까탈스러운 손님이 아니었으나, 그의 딸 스물셋의 예비 신부는 달랐다. 그러고 보니 그의 딸은 프리미어를 '엄마'라고 한 번도 부르지 않았다.

신부 화장세트는 최소 이백만 원에서 삼백만 원이었다. 단번에 하루 매출을, 아니 지금 같은 불경기라면 이틀 매출을 올릴 수 있는 기회였다. 예진은 자신의 스물셋 때를 떠올렸다. 무엇을 발라도, 아니

바르지 않아도 피부는 탱탱했고 탄력이 넘쳤다. 하지만 마흔을 코앞에 둔 지금은…… 갑자기 한숨이 나왔다. 프리미어와 그의 예비신부가 동시에 쳐다보았다. 예진이 평소에는 절대 하지 않는 실수라 자신이 더 당황했다. 가슴을 펴고 활짝 웃었다. 십 대가 와도 무조건 발라야 하고 가꿔야한다고, 연예인들이 쉴 때는 쌩얼로 쉰다고 하는 데 그거 다 사기라고, 끈질기게 상품 설명을 하는데 오늘은 잘 되지 않았다. 예비 신부가 갑자기 프리미어에게 짜증을 부렸다.

"내가, 누구처럼 한가해야 피부 관리를 받지?"

프리미어가 미간을 찌푸렸지만 이내 화사하게 웃으며 레이저토닝이나 셀토닝을 받아보는 게 어떻겠느냐고, 피부과나 성형외과에서 나눠야 할 대화를 했다. 예진도 작년에 오십만 원을 들여 레이저토닝을 받았다. 남자친구는 물론이고 언니한테도 말하지 않았다. 직업상 투자하는 것이라고 생각했다. 레이저토닝을 받았다고 피부가 더 좋아졌다는 생각은 들지 않았다. 예진은 웃음을 잃지 않기 위해 눈을 크게 뜨고 입꼬리를 올리며 끼어들었다.

"중요한 것은 어머니 말씀처럼 관리인데, 피부숍 같은 데에서 관리받기가 어디 쉽나요. 전문직 종사자라면 더욱 그렇지요. 게다가 결혼이 일주일밖에 남지 않았는데. 요새는 화장품이 원체 잘 나왔어요. 특히 저희 제품은……."

12시 50분. 점심시간이 지나가고 있었다. 마사지사인 미스 정이 손목시계를 가리키며 사인을 보냈다. 그 모습을 본 예비 신부가 자신의 은색 메탈 손목시계를 들여다봤다.

"어머, 시간이 벌써 이렇게 됐네!"

예비신부가 손바닥만 한 백을 어깨에 메고 프리미어에게 먼저 간다며 사라졌다. 프리미어는 테이블 위에, 예비신부를 위해 펼쳐놓은 한 보따리 화장품과 케이스를 애써 외면하고 내일 다시 올게, 라며 가버렸다. 예진이 발로 의자를 걷어찼다.

현서는 다섯 살짜리 남자아이를 달래고 어르면서 한 시간째 머리를 깎고 있었다. 아이는 잠시도 가만히 있지 않았다. 고개를 이리저리 돌리고 몸을 흔들었다. 아이의 엄마는 두피 마사지를 끝내고 수석 디자이너에게 매직펌을 시술 받는 중이었다. 간간이 아이를 향해 협박과 회유의 말을 했지만 효과는 그닥 없었다. 이제 뒷머리를 깎아야 했다.

전동 바리캉을 갖다 댔다. 아이가 어깨로 목을 쓸며 아이, 간지러워! 소리를 쳤다. 현서는 놀라 얼른 기계를 껐다. 혹시나 아이의 보드라운 살이 바리캉에 베지 않았을까? 얼른 살폈다. 그런데 뒷머리가 움푹 파인 걸 발견했다. 현서는 가슴이 철렁했다. 미간을 찌푸리고 한숨을 쉬다가, 옆에서 남자의 머리를 시술하고 있던 최 디자이너와 눈이 마주쳤다. 하지만 그녀는 외면해 버렸다.

현서는 다시 아이의 머리를 붙잡고 가만히 있으라고 애원하며 바리캉의 전원을 올렸다. 음푹 파인 부분을 최대한 티 나지 않게 하기 위해서 바리캉을 아이의 머리에 갖다 대고 신경을 집중했다.

갑자기 아이가 울음을 터뜨렸다. 아이의 엄마를 비롯한 미용실이 발칵 뒤집혔다. 아이의 머리가 마치 가마솥뚜껑을 덮어 놓은 것처럼, 더 정확히 말하면 손잡이만 없는 까만 솥뚜껑이 되어 있었다. 아이는 엄마보다 더 극악을 떨었다. 아이의 엄마가 변신 〈로보카 폴리〉를 사 주겠다고 약속하자 겨우 울음을 멈췄다. 현서는 그게 얼마인지 모르지만 자신이 돈을 내겠다며 지갑에서 만 원을 꺼냈다. 아이의 엄마는 그 돈을 아이의 손에 쥐여주었다.

울다 지친 아이를 현서는 업고 있었다. 오후 1시였다. 다른 직원들은 눈치껏 탕비실을 들락거리며 배달 온 반찬을 펼쳐놓고 교대로 밥을 먹었다. 현서는 이제 막 봄이 시작됐는데, 민머리가 된 아이를 보자 한숨이 나왔다.

현서는 2시가 돼서야 다른 직원이 남긴 반찬으로 밥을 먹기 위해 탕비실에 들어섰다. 하지만 눈물이 쏟아져 밥을 먹지 못했다.

예순은 눈코 뜰 새가 없었다. 식당 주인 아들이 씨름 선수인데, 이번 춘계대회에서 100킬로그램 급에서 우승을 차지했다. 식당 주인은 평소에도 한 달에 한 번 선수 및 코치들에게 뼈다귀탕을 제공하는 후원자였다. 그런데 이번에는 우승 턱으로 뼈다귀찜 大자를 테이블마다 제공했다. 선수를 포함한 코치와 교장, 씨름부 관계자 학부모까지 참석하다 보니 오십 명이 훌쩍 넘었다. 서른 평 홀과 방 두 곳이 꽉 찼다.

예순이 일하는 감자탕집은 24시간 운영되었다. 주인 내외가 번갈아가며 식당 카운터를 봤으나 그들은 자리를 잘 지키지 않았다. 예순은 오전 10시부터 저녁 10시까지, 낮 시간대 근무자로 새벽 근무자와 막 교대했다. 안주인은 11시쯤 식당에 도착해서 오후 2시까지 자리를 지키다가, 슬며시 식당을 빠져나가 5시쯤에 다시 돌아와 저녁 장사를 거들었고, 8시에 퇴근을 했다. 밤 9시나 10시가 되면 바깥주인이 와서 12시까지 식당을 지키다가, 그도 슬그머니 식당을 빠져나갔다가 아침 7시쯤 다시 나타나 정산했고 9시쯤 퇴근을 했다.

　10시가 되면 퇴근하는 새벽 근무자와 낮 근무자, 그리고 주방의 찬모와 설거지 담당 직원들이 함께 밥을 먹고, 한 팀은 하루를 시작했고, 한 팀은 퇴근을 했다. 그런데 오늘은 그러지 못했다. 막 상을 차리려는데 안주인이 도착했다. 점심때 단체 손님이 들어온다며 준비를 하라고 했다. 찬모는 미리 말을 하지 않았다고 짜증을 냈지만 안주인은 밤늦게 학부모 운영위원회와 통화가 돼서 어쩔 수 없다고 했다. 찬모는 오십인 분의 뼈다귀 감자탕을 점심에 다 써버리면 저녁 장사에 차질이 있다고 했다. 안주인은 다 조치했다고 했다. 그 말이 끝나기가 무섭게 곧바로 부식차량이 도착했고 재료들이 주방 한 쪽에 놓이기 시작했다. 그들은 10시에 먹는 아점을 먹지 못했다.

　예순을 비롯한 직원들은 핏물을 빼놓은 뼈다귀를 찜통에 앉히고 감자를 깎고 반찬을 준비했다. 그 사이에 일반 손님이 오면 주문을 받고 서빙을 했다.

4인 식탁에 4인분의 뼈다귀탕과 반찬을 준비했다. 그런데 그들은 한 사람이 4인분의 양을 해치웠다. 예순은 한 식탁마다 4배수의 심부름을 했다. 반찬을 비롯한 밥, 그리고 뼈다귀탕도…… 그뿐 아니라 뼈다귀찜 大자가 완성되자 그것을 테이블마다 날랐다. 그 와중에 일반 손님이 왔다. 그쪽으로 달려가 주문을 받고 서빙을 했다. 이런 때만이라도 일반 손님을 받지 않으면 안 되겠느냐고 말하고 싶었지만 하지 못했다. 손님들은 단체의 씨름 선수들을 보고 와아, 대단하다! 고 했고, 평소와 다른 식성으로 반찬과 밥과 뼈다귀탕을 그들도 해치웠다.

그들이 빠져나가고 얼추 뒷정리를 마쳤을 때, 찬모가 밥을 먹자고 했을 때는 오후 5시였다. 말린 시래기처럼 조금만 건드려도 온몸이 바스라질 것 같았지만 밥을 먹기 위해 식탁 앞에 앉았다. 그 사이 손님이 또 들어왔다. 예순이 끙 소리를 하고 일어나 주문을 받고 돌아와 남은 밥을 입에 우겨 넣는데, 찬모가 벌떡 일어나 소주 두 병을 꺼내왔다. 물 컵에 따라 들이켰다. 그러고는 예순의 잔에도 따라 주었다. 예순도 마다하지 않고 마시고 국물을 대접째 들고 마셨다.

경서는 3, 4교시로 이어지는 〈체육학개론〉 수업에 지각을 했다. 강의가 끝나자 앞으로 나가 교수에게 출석 체크를 했다. 그러다 보니 1시 10분이 되었다. 곧바로 20분 후에 5교시 강의가 있었다. 그런데 과제 수행을 하지 않았다. 〈글쓰기 이론과 실제〉 시간으로 자기소개서를 이클래스에 제출하라고 교수가 말했는데, 아직 쓰지도 않았다.

점심을 먹을 시간이 없지만 아침을 굶어 너무 배가 고팠다. 매점에서 김밥과 컵라면을 샀다. 한꺼번에 김밥 세 토막을 입에 넣고 씹으며 노트북을 켜고 자기소개서를 쓰려고 했다. 그런데 할아버지는 아파트 경비원이고 아버지는 에어컨 설치기사이며 어머니는 식당에서 이모는 화장품 매장에서 일하고 한 살 많은 누나는 미용실 스텝이라고 쓰려니 암담했다.

경서는 김밥을 씹으며 깜빡깜빡 움직이는 커서만 쳐다보았다. 컵라면의 느끼하고 칼칼한 스프 특유의 냄새가 그 참담하고 암담함에서 벗어나게 했다. 컵라면 뚜껑을 땄다. 후후 불지도 않고 라면을 먹기 시작했다. 노트북의 커서는 깜빡거리며 주인이 어떤 문장이라도 써주길 바랐지만 소식이 없었다.

저녁

종호는 8시가 돼서야 휴대용 가스버너 위에 양은 냄비를 올리고 불을 켰다. 노인정 앞 주차장 누수공사 때 주민대표가 우유와 빵을 간식으로 주었다. 종호가 좋아하는 팥빵이라 두 개를 먹었다. 그래도 저녁밥은 먹어야 했다. 짬뽕을 시켜 먹을까 하다가 라면을 끓여먹기로 했다. 저녁밥까지 물 말아 김치 하나에 때우고 싶지는 않았다. 오후 내내 삽질을 했더니 기운도 달렸다. 삼겹살에 소주 한 잔만 했으면 하는 마음이 간절했다.

금세 물이 끓었다. 서랍에서 라면을 꺼내 넣고 계란도 넣었다. 느끼하고 짭조름한 스프 냄새가 경비실을 가득 채웠다.

냄비 뚜껑에 면발을 건져놓고 후후 불어 식혔다. 후르륵 마시듯 먹기 시작했다. 냄비 손잡이에 손을 대어 보니 뜨거웠다. 두루마리 휴지를 뜯어 양손잡이에 감싸고 냄비째 들고 국물을 마셨다. 얼큰하고 시원했다. 속이 확 풀리는 것 같았다. 김치를 하나 집어 씹으며 자리에서 일어났다. 경비실 창문으로 바깥 동정을 살폈다. 책상 제일 아래 칸에서 먹다 남긴 소주를 꺼내 머그컵에 후딱 따랐다. 다시 제자리에 넣고 컵을 들고는 물을 마시는 것처럼 들이켰다. 카아, 자신도 모르게 목구멍소리가 나왔다. 라면 국물로 다시 입가심을 했다.

"아저씨! 어머, 식사하시네!"

105동 동대표였다. 종호는 후딱 일어났다. 동대표는 미안하다는 표정을 짓기는 했지만 할 말은 해야겠다는 단호함으로 경비실 창문에 얼굴을 들이밀었다.

"백오동 앞에 트럭 한 대가 서 있는데, 우리 아파트 차량이 아닌 것 같던데, 이중 주차를 해놓았네요."

"아, 제가 바로 조치하겠습니다!"

종호는 라면이 반이나 남았지만 그대로 놓고 105동 앞으로 뛰어갔다. 동대표나 주민대표의 지시를 바로 이행하지 않으면 어떤 불미스러운 일이 생기는지 잘 알았다. 작년에 잘린 김 씨처럼 되고 싶지 않았다.

성진은 진규와 건배를 하고 단숨에 소주를 털어 넣었다. 삼겹살을 기름장에 찍어 씹었다. 역시 소주는 삼겹살이고, 삼겹살은 연탄불에 구워야 하고, 소주와 삼겹살은 땀을 쭉 뺀 후, 진규 너와 함께 먹어야 최고다!고 너스레를 떨었다. 진규도 그렇다고 맞장구를 치고 헤벌쭉 웃었다.

성진은 오늘 본의 아니게 진규에게 신세를 많이 졌다. 예전 같으면 그게 신세라고도 할 수 없는 일이었지만, 지금은 아니었다. 진규는 성진에게 일을 배우는 입장이었지만, 에어컨을 나를 때는 번갈아 가며 했다. 그때와 지금은 엄연히 다르기 때문이었다. 그런데 오늘은 힘이 달려 진규 신세를 두 번이나 졌다. 진규의 빈 잔에 소주를 따르고 노릇노릇 잘 익은 삼겹살을 상추에 얹고 마늘과 청양고추를 된장에 찍어 함께 넣고 그의 입에 넣어주었다. 진규는 거절도 안 하고 냉큼 받아먹었다.

일을 마치고 왕십리 연탄집에 도착하니 9시였다. 이곳은 성진과 같이 몸을 써서 일하는 사람들로 늘 북적거렸다. 단골이 된 지 십오 년이었다. 그러니까 성진도 지금의 진규처럼 에어컨 설치기사가 되기 위해 보조 일부터 시작했다. 성진은 작년에야 자신의 이름으로 다세대주택 28평을 마련했다. 조금 더 무리해 32평을 마련할까 예순과 오랜 시간 고민했지만 어차피 반 이상이 대출금이라 욕심을 접었다.

알뜰히 보살피고 정성들여 키우지 못한 아이들은 애당초 공부와는 거리가 멀었다. 현서는 실업계 미용학과를 졸업 후 학원을 다녀 자격증을 취득했다. 지금은 스텝으로 일하고 있었다. 경서는 올해 대학생이 되었다. 제 용돈은 벌어 쓰겠다고 알바를 하고 있었다. 내년이 일흔인 아버지도 경비 일을 했다. 말로는 이제 그만 편하게 쉬라고 했지만 당신 용돈이라도 벌어 쓰겠다고 하니 감사할 따름이었다. 이런 가족 덕분에 큰 마음먹고 대출을 반이나 받아 집을 장만했다.

아내 예순만 생각하면 청양고추와 마늘을 한 움큼 넣은 상추쌈을 먹는 것처럼 눈과 코가 매웠다. 애를 낳고 몸조리를 위한, 각각의 일 년을 빼고는 남의 집 식당에서 평생을 살았다. 대출금이 반만 갚아지면 예순 소원대로 분식집을 내주고 싶었다. 성진도 예순과 함께 식당을 하는 것도 나쁘지 않겠다고, 요새는 그런 생각이 들었다. 에어컨 설치일이 힘에 부치기 때문이었다. 쉰이 넘어도 이 일을 계속할 수 있을까? 예순 앞에서야 늘 환갑까지 끄떡없다고 큰소리를 쳤지만 점점 자신이 없었다.

알딸딸해진 성진은 휴대폰을 꺼내 단축번호 1을 길게 눌렀다. 통화 연결 음이 이어질 뿐 예순의 목소리는 들리지 않았다. 감자탕집도 밥과 술손님으로 정신이 없을 시간이었다. 성진은 올 겨울 예순의 생일에는 제주도에 꼭 다녀오자고 말할 참이었다. 물론 그 약속을 열 번도 더 했다. 하지만 한 번도 지키지 못했다. 예순은 이제 말 뿐이라는 것을 알고 대꾸도 안 했다. 그래도 그 말을 또 하고 싶었다.

성진은 그냥 끊으려다가 하트 모양의 이모티콘을 다다다다닥 눌러 보냈다.

예진은 사람들로 북적거리는 생맥주 집에서 양념 반 프라이드 반에 맥주를 마셨다. 오늘은 그냥 집에 갈 수 없었다. 아침부터 프리미어가 진상을 떨고 간 이후 종일 시달렸다. 점심도 굶었다. 퇴근시간이 다가오자 몇 번 망설이다 경석에게 전화를 걸었다. 서른다섯을 넘기자 술 한 잔 하자고 말할 친구 놈을 비롯해 년도 없었다. 열 살 어린 미스 정에게 말하려면 마음을 다잡아야 했다. 미스 정의 남자친구까지 술을 사줘야 했기 때문이었다. 돈이 배로 드는 것도 그랬지만 그들의 지나친 애정행각을 참아 내려면 굳은 결심 같은 게 필요했는데 오늘은 그럴만한 컨디션이 못 됐다.

예진은 앞머리가 휑하고 눈가의 주름도 자잘하고 볼 살도 처진 경석을 빤히 쳐다보았다. 자신이 선물해 준 링클 프리를 안 바르는 모양이었다. 아니, 화장품으로 막을 수 있는 게 아니지. 혼잣말을 하며 잔을 들고 맥주를 마셨다. 나는 얼마나 늙었을까? 그 곱고 예뻤던 시절이 있기나 했을까? 갑자기 서러웠고 기가 찼다. 이제는 트림을 해도 방귀를 껴도 아무렇지 않은 경석이 입가에 양념을 묻혀가며 닭다리를 뜯고 있었다. 그 역시 점심을 굶은 것 같았다. 예진이 검지로 경석의 입가에 묻은 양념을 닦은 후 제 입에 넣고 쪽 빨았다. 그 모습을 보고 경석이 인상을 찌푸리고 말했다.

"야, 이예진! 나도 이제 늙었다. 술주정 못 받아준다!"

말본새도 바닥까지 추락했다. 예진은 어이가 없지만 어서 드시기나 하세요, 하며 어린아이 얼리 듯 입과 미간을 모으고 고개를 끄덕였다. 알뜰히 뼈를 발라 먹는 그에게 물었다. 맛있냐? 경석이 당연한 말을 왜 묻느냐는 표정으로 어깨까지 으쓱했다. 예진이 입술을 쭈욱 내밀고 뽀뽀! 라고 했다. 이게 정말 미쳤나? 하는 표정이었지만, 양념이 묻은 그 입으로 얼른 입을 맞췄다. 카아! 예진은 술을 마신 것처럼 목구멍소리를 냈다. 그러고는 자리에서 벌떡 일어나며 말했다.

"박경석, 이 차 가자!"

경석은 아직 다 안 먹었는데? 이 차도 네가 내는 거냐? 라며 뜯다 만 닭다리를 들고 뒤따라 일어났다.

현서는 미용학교 동기였던 정민과 오뎅탕에 소주를 마셨다. 정민도 〈여성시대〉 미용실의 스텝이었다. 현서는 〈가위손〉 식구보다는 미용학교 동기와 만나는 게 편했다. 미용실을 벗어나서까지 막내 역할을 하고 싶지 않았다. 정민도 현서를 만나자마자 〈여성시대〉에 대해 성토하기 시작했다.

정민은 가장 서러울 때가 선생과 선배들이 먹고 남은 음식 쓰레기 같은 반찬으로 밥을 먹을 때라고 했다. 선생의 은행 심부름하기, 꼬맹이 손님들 비위맞추기, 머리를 감기는 데 물이 너무 뜨겁다고 짜증을 내는 왕재수 손님 같은 것도 다 참을 수 있다고 했다. 그런데 먹는 것에는 관용이 베풀어지지 않는다고 했다. 현서는 고개를 끄덕여 긍정해주고 물었다.

"정민아, 너 지금까지 남자 커트는 몇 번 했냐?"

정민은 손가락을 하나하나 짚어가다가 멈췄다. 다섯 손가락 중 약지와 새끼손가락이 펴진 채 그대로였다. 현서는 다시 물었다.

"꼬맹이들 말고 진짜 남자 커트 말이야."

정민은 고개를 살래살래 흔들었다. 현서는 더 이상 할 말이 없었다. 오늘 일을 다시 떠올리고 싶지도 않았고, 아무리 친하다고 해도 정민에게 그 치욕적인 일을 말하고 싶지 않았다. 현서는 남자 어른 머리를 커트해 본 적이 그나마 한 번 있다는 것에 스스로를 위로하며 정민의 빈 잔에 소주를 따르고 건배했다.

예순은 9시 30분에 찬모가 특별히 준비한 동태탕에 밥을 먹었다. 사장은 직원들이 밥을 먹을 준비를 하자 여느 때와 마찬가지로 슬그머니 일어나 의자에 걸쳐놓은 점퍼를 들고 나갔다. 요새 가게에서 늘 휴대폰을 들여다보고 진동으로 돌려놓는 것이 어째 수상하다고, 찬모가 사장이 나가자 말했다. 찬모가 말하지 않아도 예순도 짐작이 갔다. 직원들은 사장이 자리를 비워주니 잘 됐다며 자리를 잡았다. 예순이 자리에서 일어나 소주를 두 병 꺼내왔다. 찬모가 한 병 더 가지고 오라고 했다. 알바를 비롯한 다섯은 소주를 한 잔씩 하며 얼큰한 동태탕에 저녁을 먹기 시작했다.

남자 둘에 여자 둘 손님이 들어왔다. 알바생 하나가 부리나케 일어나 컵과 물을 챙겨갔다. 감자탕 중자를 주문받고 자리에 앉아 다시 밥을 먹기 시작했다. 저녁밥을 먹는 시간은 그래도 느긋했다. 당연히 사장이 없고 손님이 뜸했기 때문이었다.

퇴근시간이 훌쩍 넘었다. 10시 30분이었다. 예순은 앞치마에 넣어둔 휴대폰을 꺼냈다. 부재 중 전화가 찍혀 있었고 카톡에도 숫자 1이 찍혀 있었다. 웬 생뚱맞게 하트가 화면을 반이나 채우고 있었다. 딱히 신경 쓰지 않고 전화기를 주머니에 넣고 11시가 다 되어 가게를 나왔다.

경서는 성적이 좋은 편도 아니었고 딱히 하고 싶은 것도 없었다. 대학에 가야 할 이유도 없었다. 그런데 엄마가 대학에 안 가면 죽어버리겠다는, 말도 안 되는 협박에 어쩔 수 없이 집에서 가까운 대학의 체육학과에 들어갔다. 원래는 축구 선수가 되고 싶었다. 중학교 때까지 선수로 뛰었다. 하지만 집안 형편 때문에 고등학교 때 그만두었다.

아빠는 학사장교가 되라고 했다. 나쁘지 않겠다고 생각했다. 체육학과를 나와 봐야 할 게 없을 거라는 것을 자신도 알고 있었다. 그런데 친구나 선배들의 말에 따르면 성적이 좋아야 한다고 했다. 아무래도 이번 달까지만 알바를 하고 그만둬야 할 것 같았다.

경서는 주인이 내민 치킨과 전표를 받아들고 오토바이에 시동을 걸었다. 새벽 2시가 넘어가니 배달도 뜸해졌다. 이번 배달을 마치면 밥을 먹을 수 있었다. 더 이상은 주문 전화가 오지 않기를 바라며 새벽바람을 가르며 골목길을 질주했다.

장마리 원광대학교 문예창작학과 박사과정을 수료했다. 2009년 『문학사상』에 단편소설 「불어라 봄바람」으로 등단했다. 창작집으로 『선셋 블루스』와 9인 가족 테마소설집 『두 번 결혼할 법』(공저)이 있다. 제7회 불꽃문학상 수상. 2011년 올해의 문제소설에 「선셋 블루스」 선정. 2013년 문예창작기금을 수혜했다.

모니카, 모니카

황보윤

CD 플레이어에서 흘러나오는 음악은 벨리니의 〈청교도〉, 2007년 메트로폴리탄 무대 실황이다.

은수는 노트북을 켜고 작업 중이던 한글문서 창을 띄운다. 마지막으로 손보던 문장 끝에서 커서가 깜박이고 있다.

희곡의 줄거리를 여러 개의 장면으로 나누고 등장인물에게 지문과 대사와 액션을 주는 작업은 언제나 더디게 진행된다. 작중 인물과 하나가 되려면 온전히 그가 살아온 삶의 방식에 공감해야 하기 때문이다. 여러 차례 수정을 거듭한 희곡의 주인공은 삼십 대 후반의 딸이다. 딸은 소파가 되어버린 엄마를 밖에 내다 버릴 생각이다. 엄마에게 폐기물 딱지를 붙이는 딸의 행동을 은수는 관객에게 이해시켜야 한다. 은수는 극중 화자가 이제 엄마의 굴레에서 벗어나 자유로워지길 바란다. 딸의 이름은 모니카. 은수는 입술을 달싹여 '모니카' 라고 불러 본다. 모니카를 떠올리면 언제나 허기가 진다. 은수는 주방으로 걸어가 가스불을 켜고 프라이팬에 기름을 두른다. 그릇에 계란 두 개를 풀고 함초 소금 대여섯 개를 녹인다. 달궈진 팬에 계란을 붓자 치익 소리를 내며 단백질이 노랗게 응고된다. 접시에 얇게 밥을 깔고 그 위에 계란 지단을 덮는다.

　모니카는 그해 사월에 전학을 와서 십일월까지 학교에 다녔다. 학기 중간에 학교를 옮기는 아이들은 대개가 안 좋은 꼬리표를 달고 왔다. 전에 다니던 학교에서 왕따를 당했다는 설, 장기결석생이었다는 설, 연애 사건이 있었다는 설…… 무성한 뒷말 가운데 가장 놀라운 사실은 그 애가 낙태를 했다는 설이었다. 단지 소문이었을 뿐인데도 아이들은 저 애가 임신한 애래, 라고 현재형으로 수군거렸다. 마치 모니카의 배가 둥글게 부풀어 올랐다가 바람이 꺼지듯 홀쭉해진 어느 날을 목격한 사람들처럼 말이다. 아궁이에 불을 땠으니까 굴뚝에서 연기가 나겠지, 근거 없이 소문나는 거 봤어? 국어 시간에 배운 대로라면 성급한 일반화의 오류였지만 누구도 반론을 제기하려 들지 않았다. 그건 아름다운 피사체에 대한 일종의 거부반응으로도 볼 수 있었는데 복도를 지나는 모니카의 얼굴이 조각처럼 단정했기 때문이다.

　전학 온 첫날, 모니카는 담임 수녀님을 따라 은수의 반으로 들어왔다. 빈자리가 없어서 수녀님은 창고에서 책상을 들여와 창가 쪽 뒷줄에 모니카의 자리를 배치했다. 자연스레 은수는 그 애의 오른편에 앉게 되었다. 2학년 여덟 개 반 중 하필이면 은수의 반으로 배치된 것에 대해서도 아이들은 말이 많았다. 아이들은 오지랖 넓은 담임의 성격 때문일 거라고 입을 모았다. 1반 담임은 그 반에서 1등급이 가장 많이 나와야 직성이 풀리는 수학 선생이었고, 2반썬 센 아이들이 일으키는 크고 작은 문제 때문에 담임이 자주 병가를 내는 반이었으며, 3반은 수업 시간에 교실 뒤 게시판만 바라보고 수업하는 샤이한 총각 선생이 담임이었다. 그렇게 손가락으로 꼽다 보니 문제를 일으키고 전학 오는 학생을 흔쾌히 받아줄 만한 반이 없었다. 우리 반만 담임이 수녀잖아. 모니카가 본명이라는 거 다들 알고 있지? 니들이라면 아기 이름을 하모니카도 아니고 권모니카라고 짓겠니? 분명 골수 천주교 집안일 거야. 그래서 안젤라 수녀가 수호천사를 자청한 거겠지. 그럼 우린 뭐냐? 디아블로라도 되는 거냐? 깔깔깔. 화장실에서 떠들고 있을 때 모니카가 화장실 칸막이 안쪽에서 다 듣고 있었다는 사실을 은수는 알지 못했다.

미대 입시를 준비하던 은수는 모니카의 단아한 얼굴선에 매료되었다. 이마에서 콧잔등을 지나 턱으로 이어지는 유연한 선을 바라볼 때마다 미술실에 처박아 둔 그림이 떠올랐다. 종교 수업 시간에 영화를 본 뒤 어떤 열기에 휩싸여 그리던 그림이었다. 종교담당 수녀님이 틀어주던 하품 나는 고전영화 중에 〈25시〉라는 영화가 있었다. 루마니아인 농부였던 요한 모리츠의 파란만장한 일대기가 러닝타임 134분에 담겨 있었다. 한 시간에 다 볼 수 없었으므로 은수와 아이들은 그

재미없는 영화를 삼 주에 걸쳐 봐야 했다. 그리고 영화 감상문이라는 것을 썼다. 거칠고 투박하기 짝이 없는 화면 속에서 은수가 건진 베스트 장면은 요한이 강제노동수용소에서 독일군 장교에 의해 순수 혈통의 아리아인으로 발탁되는 순간이었다. 종교 수녀님은 은수의 영화감상문 마지막 부분을 수업 시간에 읽어주었다.

게르만민족 연구가인 독일군 장교가 먼 옛날 헝가리까지 건너갔던 진정한 아리아인의 후예를 찾았다며 요한의 얼굴에 윤곽측정기를 들이댔을 때 거푸집에서 막 찍어낸 주물처럼 그것과 완벽하게 일치하던 요한의 우뚝 솟은 콧날과 강인한 턱 선을 잊을 수 없다. 그러나 잘생긴 안소니 퀸의 얼굴은 독일을 대표하는 얼굴이 아니라 전시에 이용할 목적으로 독일군 장교가 찾던 얼굴이었다. 지극히 주관적인 시각으로 적임자를 찾던 장교의 눈에 뜨인 순간, 요한은 가혹한 운명의 소용돌이에 휘말리고 말았다. 그리고 인간의 시계에 존재하지 않는 25시를 살아야 했다.

은수는 하얀 도화지에 하나의 얼굴을 그려나가기 시작했다. 그것은 여자 같기도 하고 남자 같기도 했는데 미의 완성에 있어 성별의 구분이 무의미했기 때문이다. 스스로를 사로잡는 완벽한 얼굴. 은수가 미술실의 이젤 앞에 머무는 날들이 많아질수록 도화지 속 얼굴은 가장 아름답다는 황금비율에 가까워졌다. 그러나 아무리 완벽하다 한들 그것은 상상 속의 인물에 지나지 않았다. 실재하지 않는 얼굴에는 생명력이 없었다. 은수는 차츰 흥미를 잃었고 그리다 만 그림을 미술실 구석에 처박아두었다. 모니카는 그런 은수를 다시 이젤 앞으로 불러들였다. 은수의 그림에 다시 생기가 돌기 시작했다. 그림은 누군가의 얼굴을 닮아갔다. 여자도 남자도 아니라고 생각했던 그 얼굴이 모니카의 얼굴이었다는 것을 은수는 나중에야 알았다.

모니카는 말이 없는 아이였다. 쉬는 시간이면 표정 없는 얼굴로 창밖을 오래 바라보거나 내내 엎드려 있곤 했다. 그 애의 시간은 다른 아이들에 비해 몇 배나 더디게 흘러가는 듯했다. 도심 중앙에 서 있는 조형물 주위를 수많은 차들이 빠른 속도로 스쳐 지나는 영상과 크게 다르지 않을 거라고 은수는 생각했다. 존재하지 않는 사람처럼 소리 없이 앉아 있다 집으로 돌아가는 모니카를 보고 아이들은 고개를 갸우뚱했다. 원래 임신은 노는 부류에서 일어나는 사건이었고 노는 애들은 화장을 하거나 담배를 피우며 센 척 한다는 것을 누구나 알고 있었다. 처음 낙태설을 입에 올렸던 아이조차도 학원에서 들은 이야기인데 사실 여부는 잘 모르겠다며 슬그머니 발을 뺐다. 연예인의 가십거리와 모니카의 이야기가 맞물리며 A의 이야기가 C에 합성되었을지 모른다고 말을 바꾼 것이다.

두 달여가 지난 후에야 모니카는 자신도 모르게 찍힌 주홍글씨를 지우고 비로소 아이들의 세계에 온전히 편입될 수 있었다. 색안경을 벗자 모니카는 차라리 평범한 축에 들었다. 모니카는 몹시 마른 체형이었다. 돋보이는 얼굴이긴 했지만 표정이 없어서인지 꽈리가 터지듯 잘 웃는 생기발랄한 열여덟 소녀들 사이에서 존재감이 없었다.

모니카가 다시 화제의 중심으로 떠오른 것은 그 애의 노래 실력 때문이었다. 마음은 감출 수 있어도 목소리는 감추지 못하는 법이었다. 음악을 가르치는 수녀님은 성악을 전공한 것에 대한 자부심이 대단해서 새로운 노래를 가르칠 때마다 시창과 청음교육을 시키는 것으로 유명했다. 목련꽃 그늘 아래서 베르테르의 편질 읽노라 구름꽃 피는 언덕에서 피리를 부노라. 그녀가 감정에 취해 허공을 응시하며 노래를 부르면 아이들은 계단식 교실에 앉아 성악가의 꿈을 좌절시킨 그녀의 검은 수녀복을 내려다보곤 했다. 그러나 고음이 불안하다는 것이 그녀의 결정적인 흠이었다. 고음에서 두어 번 음 이탈이 난 적이 있었지만 그녀는 꿋꿋하게 시창을 이어갔고 아이들은 목을 쥐어짜며 후창을 아니할 수 없었다. 따라 부르기만이 제대로 된 음정교육을 시킬 수 있다고 믿는 그녀를 시창의 굴레에서 벗어나도록 해준 아이가 모니카였다.

그날은 가창 시험이 있던 날이어서 모두들 족쇄를 찬 노예들처럼 발걸음도 무겁게 음악실로 향했다. 피아노 반주도 없이 생목소리로 노래 한 곡을 완창 하는 일은 부르는 이도 듣는 이도 고행이었다. 음정이 제멋대로인 경우에는 웃음을 참느라 안면 근육에 경련이 일 정도였다. 주여, 어서 이 고통의 시간이 끝나게 해주소서. 기도를 올리고 있는데 모니카가 호명되었다. 또 한 명의 희생양이 교탁에 올라서는 것을 바라보며 은수는 다시 한 번 배에 힘을 주었다. 한번 웃음이 터지면 감당할 수 없다는 것을 경험으로 익히 알고 있었기 때문이다. 조수미 정도는 되어야 이탈리아 가곡인 〈오 솔레미오〉를 무반주로 소화할 수 있겠다 싶었는데, 모니카가 바로 조수미였다. 오 맑은 햇빛 너 참 아름답다 폭풍우 지난 후 너 더욱 찬란해 시원한 바람 솔솔 불어올 때 하늘의 밝은 해는 비친다…… 오 솔레 오 솔레 미오 스탄프론테 아 테 스탄프론테 아 테. 모니카의 목소리는 바이올린의 현처럼 가늘고 맑았는데 고음에서는 망설임 없이 한 줄기 빛처럼 쭉 뻗어나갔다. 가늘고 높은 음색이 날카로워질까 봐 모니카는 잔물결 같은 비브라토로 음을 분산시키며 청중을 가장 높은 고지까지 이끌었다. 노래가 끝나자 아이들은 잠시 동안 입을 벌리고 앉아 있었다. 모니카의 이탈리어 발음은 성악을 전공했다는 수녀님보다 더 원어에 가까워 보였다. 나중에 안 사실이지만 모니카는 어려서 이탈리아에서 잠시 살았던 적이 있었다. 우레와 같은 박수가 쏟아졌고 끼 많은 오락부장이 음악회의 커튼콜처럼 입술을 비틀어 삐익, 소리를 냈다. 그 애가 수줍게 웃으며 고개를 숙였다. 처음으로 보는 모니카의 미소였다. 그뿐이었다. 음악실을 나오는 순간 모니카는 다시 가면 같은 얼굴로 돌아가 있었다.

베일에 싸인 아이답게 모니카는 점심시간이면 혼자서 밥을 먹었다. 왁자지껄한 시장통으로 변하는 교실 한구석에서 홀로 고개를 숙이고 밥을 먹었기 때문에 은수는 모니카의 반찬을 본 적이 없었다.

모니카가 계란프라이 하나만으로 밥을 먹는다는 사실을 알게 된 것은 유월 초였다. 모니카가 오던 날부터 친해질 기회를 엿보던 은수는 그날 아침 특별한 요리를 만들었다. 엄마가 싸놓은 도시락을 한쪽으로 치우고 삼색 유부초밥을 만들기 위해 고추장과 계란과 김을 꺼내놓았다. 밥에 고추장을 비벼서 붉은 빛깔을 만들고 스크램블드에그로 노란 빛깔, 김 가루를 흰밥에 솔솔 뿌려서 검은 빛깔을 만들어냈다. 이번엔 또 누구야? 그래가지고 대학이나 가겠니? 정신 똑바로 차려. 엄마가 마스카라를 덧칠하다 말고 나와서 혀를 찼다. 엄마는 은수가 몇 달 간격으로 선생님을 바꿔가며 짝사랑한다는 것을 알고 있었다. 화장이나 마저 하시죠. 그 말이 목젖까지 올라왔지만 은수는 꾹 눌러 참았다. 엄마가 회사에서 승진하는 것과 퇴근이 늦어지는 것과 화장이 요란해지는 것과의 상관관계가 궁금할 따름이었다. 은수는 냉장고 야채 칸에 들어있는 과일을 몽땅 꺼내 도시락 가방에 옮겨 담았다. 왜, 냉장고를 아예 들고 가지 그래? 엄마의 비아냥이 현관문을 나서는 은수의 뒤통수로 날아들었다.

강당 밑에는 음악실과 종교실, 상담실, 가사실 등 여러 특별실이 복도를 사이에 두고 양 옆으로 배치되어 있었다. 미술실은 그중 하나였고 뒷 건물에 가려져서 빛이 잘 들어오지 않았다. 은수는 열쇠로 문을 따고 들어가 형광등 스위치를 올렸다. 테레빈유와 물감 냄새가 훅 끼쳤다. 은수는 어질러진 미술실이 마치 제 탓이라도 되는 양 허둥거리며 정리하고 책상 위에 보자기를 펼쳤다. 보자기 위에 삼색 유부초밥을 꺼내놓자 모니카의 눈이 휘둥그레졌다.

이게 다 뭐야?

너랑 같이 먹으려고 내가 만든 거야.

이런 거 못 먹는데…….

모니카가 난감한 표정을 지었다. 모니카의 도시락 위에는 얇게 부쳐진 계란지단 한 장이 덮여 있었다. 다른 반찬은, 심지어 김치 쪼가리 하나도 없었다.

이게 반찬이야?

모니카는 천천히 고개를 끄덕였다. 은수는 그 말을 곧이곧대로 믿지 않았다. 다른 아이들처럼 다이어트를 하는 거라고 생각했다.

딱 하나만, 내 성의를 봐서라도.

못 먹는다고 난색을 표하는 모니카의 입에 은수는 유부초밥 하나를 억지로 밀어 넣었다. 모니카는 두어 번 밥을 씹는 시늉을 했다.

맛있지?

은수가 막 젓가락질을 시작했을 때 모니카가 손으로 입을 틀어막고 헛구역질을 하기 시작했다. 씹다 만 밥을 뱉어내고서도 모니카의 입에서는 말간 침이 흘러내렸다. 은수가 바닥을 닦고 휴지를 내밀었을 때 모니카의 눈은 붉게 충혈 되어 있었다.

괜찮아?

은수가 미안해서 어쩔 줄 몰라 하자 모니카는 토끼 눈을 하고 겸연쩍게 웃었다.

놀랐지? 내가 좀 예민해.

거식…… 증 같은 거야?

섭식 장애래. 맵고 짜고 단 음식들을 못 먹어.

그럼, 맛있는 건 하나도 못 먹는다는 거네?

음식이 맛있다고 생각해 본 적이 한 번도 없어.

모니카는 평소처럼 둥글고 작은 제 도시락을 조용히 먹었다. 계란 지단과 밥 한 술, 다시 계란지단과 밥 한 술, 그렇게 대여섯 번을 먹으니 식사가 끝나버렸다. 먹성 좋은 은수가 그 많은 유부초밥을 남김없이 먹어치우는 동안 모니카는 자리에서 일어나 천천히 미술실을 둘러보았다. 그 애가 이젤 앞에 멈춰 섰을 때 은수는 아차 싶었다. 그림을 미처 치워놓지 못했던 것이다. 미완성의 그림은 안경이 깨져버려 무방비 상태로 드러난 민낯과도 같았다. 안경테라는 분명한 포인트가 사라진 흐리멍덩한 얼굴을 누구에게도 보여주고 싶지 않듯이 미완성의 그림 역시 그러했다. 도화지는 무수히 많은 선들이 지나간 흔적들로 어지러울 터였다.

이 그림, 추상화야?

모니카가 손짓으로 은수를 불렀다. 은수는 그림을 아무리 못 그렸어도 추상화로 보일 리가 없다고 생각하며 이젤 앞으로 다가갔다. 하얀 도화지 가득 4B 연필로 낙서가 되어 있었다. 검게 도배된 낙서를 보며 은수는 창피함과 분노로 얼굴이 벌겋게 달아올랐다. 흰 종이 위에 빼곡하게 휘갈겨진 낱말은 백합, 이었다.

도화지에 적힌 백합이 향기가 좋고 독성이 강한 구근류의 꽃을 말하는 게 아니라는 것을 은수는 잘 알고 있었다. 여학생들만 모여 있는 공간에서 친구들끼리 미묘한 감정이 싹트는 것은 어쩌면 자연스러운 일이었다. 여자 친구들끼리의 감정은 이성애처럼 불꽃 튀는 열정이 아니라 일종의 집요함으로 나타났다. 서로의 마음을 끊임없이 의식하고 바라보고 갈구하고 확인하는 일들이 대부분이었다. 수업 시간에 몰래 쪽지를 보내거나 비밀 일기장을 교환하는 일들은 오로지 여자 친구들 사이에서만 가능한 일이었다. 백합은 그 단계를 넘어선 연인 관계로 볼 수 있는 경우를 의미하는 은어였다. 쌍쌍이 붙어 다니는 짝들은 많았지만 그때까지 백합이라고 부를 만한 관계는 없었다. 아니, 적어도 표면적으로는 드러나지 않았다. 그러니까 백합이라는 말은 판도라의 상자처럼 봉인된 금기어였고 원죄의식을 부르는 단어였다.

이따위 유치한 낙서를 한 아이가 누굴까. 미술실 출입이 자유로운 미술부원 중 짐작이 가는 아이가 한 명 있었다. 기본 실력이 갖춰지지 않아 미술 선생님이 받아주지 않으려고 했을 때 매일 그림을 한 장씩 그리겠다는 각서를 쓰고 들어온 유리라는 일학년 아이였다. 과장된 액션을 잘 취하고 생각 없이 말을 내뱉는 유리를 미술부원들은 좋아하지 않았다. 그러거나 말거나 유리는 날마다 미술실에 들러 은수의 옆에 앉아 조잘대며 그림을 그렸다. 은수는 난청이 생길 지경이었으므로 mp3에 이어폰을 꽂고 음악을 들었다. 그러면 음악 사이

사이로 유리의 수다가 후렴구처럼 끼어들었다. 은수는 유리의 그림을 찾아 연필로 휘갈긴 사인을 찾았다. 백유리. ㅂ을 쓸 때 둥근 바구니를 만들고 가로 획으로 처리하는 방식은 유리의 필체와 같았다. 은수는 유리의 성격을 잘 알고 있었다. 그 애의 레이다망에 걸려들었다면 뜬소문이 퍼지는 건 시간 문제였다. 유리에게 뒤통수를 맞은 것처럼 머릿속이 하얘졌지만 묘한 오기가 고개를 들었다. 은수는 영문을 모르는 모니카를 데리고 미술실을 나왔다. 그날부터 보란 듯이 모니카와 붙어 다니기 시작했고 유리가 이젤 앞에 올려놓은 초코바에는 손도 대지 않았다. 유리가 미술실에 들어오면 그림을 그리다 말고 밖으로 나가기도 했다. 은수는 자신에게 전혀 득이 되지 않는 소모적인 싸움을 이어갔다.

학교를 졸업한 뒤 은수는 자주, 그때를 떠올렸다. 유리의 경고를 받아들여 모니카를 멀리 했다면 상황이 달라졌을까? 모니카는 노래를, 은수 자신은 그림을 계속할 수 있었을까? 그러나 시간을 되돌린다 해도 은수는 그 해의 모니카 곁으로 다시 돌아갈 것이었다. 그해 늦은 봄에서 늦가을까지 모니카와 나누었던 수많은 대화들과 함께 걷던 성모동굴의 자갈소리와 까만 밤의 선선한 대기를 은수는 결코 잊을 수 없었다. 돌이켜보면 몇 개월이 몇 백 년 같은 시간들이었는데 그때 은수는 알지 못했다. 영혼이 데칼코마니처럼 잘 맞는 친구는 인생에서 단 한 번밖에 마주칠 수 없다는 것을.

너 마리아 칼라스라고 알아?

모니카가 목소리를 낮춰서 물었다. 밤공기는 소리를 아주 멀리까지 실어 날랐다.

응, 음악 시간에 수녀님이 영상으로 보여준 적 있어.

수녀님이 틀어준 영상에서 그녀는 긴 목선이 드러난 드레스를 입고 허리가 접힐 것처럼 야윈 몸을 양팔로 감싸고 노래를 부르고 있었다. 다소 낮은 중저음의 굵직한 목소리로 한 마리 백조처럼 고고하게 노래 부르던 모습은 은수에게 강렬한 인상을 남겼다.

마리아 칼라스는 내 롤 모델이야. 너 마리아 칼라스가 뚱보였다는 거 알고 있어?

뚱보? 그게 진짜야?

응, 천 가지 음색으로 연기할 수 있는 실력이었지만 너무 뚱뚱해서 좋은 배역을 얻지 못했대. 그러다가 친지의 도움으로 뉴욕 메트로폴리탄 극장의 나비 부인 역에 캐스팅됐나 봐. 근데 그걸 거절했대.

왜? 좋은 기횐데?

웃음거리가 될까 봐 그랬대. 구십 킬로그램에 육박하는 몸으로 열다섯의 게이샤 역을 할 수 없다고 그랬다는 거야. 그 뒤로 악착같이 다이어트해서 프리마돈나가 된 거래. 대단하지 않니?

타고난 것이라 여겼던 기품 있고 우아한 몸매가 사실은 뼈를 깎는 고통의 결과였다니. 은수는 감춰진 그녀의 내면을 발견한 느낌이었다. 모니카의 말을 들으니 미운 오리에서 백조가 된 그녀의 노래가 다시 듣고 싶어졌다. 은수는 모니카에게 노래를 청했다.

너 '정결한 여신' 부를 수 있어?

내가 제일 좋아하는 노래야.

불러 줄래?

지금 여기서?

그럼 나도 네 얼굴 그려줄게.

진짜? 실물보다 낫게 그려 줄 거지?

그건 안 되겠는데. 인물 소묘는 있는 그대로 그리는 게 생명이거든. 나는 미대에 가고 싶단 말이지. 얀 베르메르가 그린 〈우유 따르는 하녀〉라는 그림이 있어. 난 그 그림을 볼 때마다 기분이 좋아져. 건강한 하녀는 지치지도 않고 매일매일 우유를 따르지.

하녀는 무슨 죄야? 하루도 아니고 몇 세기에 걸쳐 우유를 따르고.

그녀의 운명이지, 뭐. 그래도 이름이 없는 건 너무 한 거 같아. 우유 따르는 모니카, 어때? 훨씬 입체적이지? 아, 그러지 말고 여기에 잠깐 서봐. 살짝 옆으로.

모니카는 벤치에서 일어나 포즈를 잡아주는 대로 비스듬히 서서 은수를 바라보았다. 노란 가로등 불빛이 모니카의 짧은 커트머리와 전체적인 실루엣을 비추었다. 은수는 연습장에 빠르게 크로키하며 내레이션을 이어갔다.

상상해 봐. 아침 햇살이 창으로 환하게 비껴드는 부엌에서 우유 따르는 소리가 들려오고 구수한 빵 냄새가 풍겨. 말하자면 십칠 세기에 그려진 그림 한 장이 우리에게 영원히 계속되는 인류의 아침을 선사

하고 있는 거야. 자, 다 그렸어. 이건 내 선물.

은수는 모니카에게 그림을 내밀었다. 거기에는 우유를 따르는 모니카가 역동적인 선으로 그려져 있었다.

이 그림 나, 주는 거야?

크로킨걸 뭐. 나중에 제대로 그려줄게. 그러니까 잘 먹고 살 좀 찌워. 무슨 하녀가 그렇게 비리비리해? 우유병 들 힘도 없겠다. 일단 계란만 먹는 편식 습관부터 고치고.

알았어, 노력해볼게.

모니카는 노력해본다고 했다. 노력해본다는 말만으로도 은수는 마음이 놓였다. 은수는 모니카가 음악 수녀님 대신 시창을 할 때마다 조마조마했다. 노래를 부르는 일이 얼마나 힘든 일인지 은수는 잘 알고 있었다. 살을 빼러 노래방에 가는 친구들이 있을 정도로 칼로리가 많이 드는 일이었다. 그러나 모니카의 얼굴이 점점 노래지는 것에 반하여 목소리는 더욱 청아해진다는 느낌이었다. 가끔 은수는 두려운 생각이 들었다. 스스로 기아에 빠지는 방법으로 자발적 고행을 선택했던 중세의 수녀들이 떠올랐기 때문이다. 종교수녀님은 '성스러운 거식증'이라고 이름 붙여졌던 그들의 행위가 자기만족에 불과하다는 역사학자의 의견에 공감한다고 말했다. 은수는 단식이 가져오는 영혼의 고양을 처음으로 알게 되었다. 성경에 자주 등장하는 사십 일간의 단식이 신을 만나는 통로였다는 것도 이해하게 되었다. 은수의 두려움은 모니카에게 닿아 있었다. 모니카 역시 자발적 고행은 아닌

지 염려스러웠기 때문이다.

약속!

은수는 모니카의 손을 잡아당겨 새끼손가락에 고리를 걸었다. 섭식 장애. 그 원인을 짐작할 수 없지만 모니카는 실체가 보이지 않는 대상과 힘겨운 싸움을 하고 있었다. 은수가 할 수 있는 일은 모니카가 그 싸움에서 이기기를 바랄 뿐이었다. 은수의 마음이 모니카를 둘러싸고 있는 단단한 갑옷을 뚫고 들어가 말랑말랑한 심장에 닿은 것처럼 마주 건 손가락이 따뜻해졌다.

니들, 여기서 뭐해! 화장실에 간다더니 여기가 화장실이냐!

어둠 속에서 하얗게 빛나는 자갈을 밟으며 누군가 걸어왔다. 굵직한 남자 목소리였다. 얼굴을 확인하지 않아도 학생부장을 겸하고 있는 수학 선생이라는 것을 알 수 있었다. 은수와 모니카는 성모동굴 앞 벤치에서 벌떡 일어섰다. 성모동굴은 맞은편 건물에서 내려다보이는 곳에 위치하고 있었다. 이학년 교실 여덟 개가 나란히 배치된 삼 층 건물의 환하게 불 밝힌 창문가에 야간 자습을 하던 아이들의 검은 실루엣이 모여 들었다. 어두웠지만 고요한 밤공기를 타고 뺨을 때리는 소리가 공명했다. 은수와 모니카는 공평하게 뺨을 한 대씩 나눠 맞았다.

그날 듣지 못했던 모니카의 '정결한 여신'은 칠월에 있었던 백합제에서 들을 수 있었다. 해마다 치러지는 개교기념일 행사인 백합제의 하이라이트는 소프라노 독창이었다. 작년 백합제에서는 이학년 선배가 구노의 '아베마리아'를 불렀다. 백합제가 끝나고 일학년 팬클럽이 생겨서 선배는 한동안 초콜릿을 달고 살았다는 이야기가 들리기도 했다. 백합제 전, 선배와 모니카는 음악실로 나란히 불려갔다. 선발의 기준은 알 수 없었지만 선배가 울면서 먼저 음악실을 나왔다. 그렇게 모니카가 낙점된 뒤로 복도에는 미묘한 기류가 흘렀다. 삼학년 선배들이 복도를 지나갈 때면 이학년들은 복도 한쪽에 일렬로 서서 입을 봉하고 서 있어야 했다. 교실로 찾아와 모니카를 복도에 불러 세우고 머리끝에서 발끝까지 스캔하는 선배들도 있었다. 모니카는 그 모든 불신과 시샘과 견제를 한순간에 가라앉혀버렸다. 야유 섞인 웅성거림이 가라앉은 것은 모니카가 원어로 첫 소절을 부른 뒤였다. 오 오오오오 카스타 디바. 모니카의 노래가 강당에 물무늬를 그리며 파도처럼 퍼져나가자 강당은 찬물을 끼얹은 것처럼 조용해졌다. 은수는 강당 바닥에 줄맞춰 놓은 수백 개의 의자 가운데 하나에 앉아 모니카의 노래가 서서히 몸을 적셔오는 것을 느꼈다. 천상의 목소리가 때론 잔잔하게, 때론 드높은 파고로 은수를 전율케 했다. 은수는 무대 위에서 프리마돈나처럼 빛나는 모니카를 바라보며 처음으로 외롭다는 생각을 했다. 은수는 모니카의 주변을 스쳐 지나는 차들 중 하나였을 뿐이다. 그러나 훗날 졸업 앨범에 실린 모니카의 사진을 보며 은수는 자신이 틀렸다는 것을 알았다. 행사 사진에 실린 두 장의 사진 모두 모니카는 오른쪽으로 몸을 십오 도 정도 틀고 누군가를 향해 삐딱하게 서 있었다.

소파는 폐기물 배출신고를 마친 물건이라는 종이를 달고 가로등 아래 놓여진다. 멀어지던 딸이 무언가 잊었다는 듯 다가와 종이 한 장을 덧붙인다.

누구든 가져가도 좋아요. 그러나 너무 가까이하지는 마세요. 삶이 고통스러워질 테니까요.

딸은 비가 내리는 거리에 소파를 놓고 돌아선다. 노래는 계속 흐른다.

그리운 이여, 돌아와 주오. 당신의 엘비라에게 돌아와 주오.

엘비라는 사랑을 잃고 실성한 여인. 벨리니는 말한다. 악극이라는 장르는 노래를 통해 눈물과 영감과 공포를 자아내고 때에 따라서는 사람들을 죽게 할 수도 있다고. 커서는 소파를 두고 멀어지는 딸의 발자국을 따라 깜빡인다. 이제 그만 엄마를 용서해 주지 않겠니? 소파는 에코로 묻고 딸은 대답이 없다. 암전.

십칠 세기 청교도들에게 있어 삶이란 구원이라는 목표를 향해 가는 여정이었으므로 자신을 엄격한 도덕적 잣대로 다스렸다. 청교도들이 정착한 미국 뉴잉글랜드에서는 안식일인 일요일에 청소나 목욕을 해도 처벌받았고 불을 지펴 요리하는 것도 금했다. 그들은 토요일에 미리 음식을 해놓았다가 일요일에 차디차게 식은 음식을 먹었다. 아담과 이브가 선악과를 따 먹은 뒤에 정욕에 눈 뜨고 신에게 추방당했으므로 그들에게 음식은 즐거움의 추구가 아니라 경계해야 할 고통스러운 무엇이었다. 탐욕과 탐식을 금하며 끊임없이 원죄를 속죄해야 한다고 믿었던 청교도, 그리고 엄마. 엄마가 어린 딸에게 허락

한 단백질은 계란이 유일했다.

식탁 위의 접시는 몇 번의 젓가락질로 깨끗이 비워진다. 모니카의 심상한 식사처럼.

여름방학은 짧게 지나갔다. 모니카는 방학 때 보충수업을 신청하지 않았다. 성악 공부를 한다는 말을 끝으로 모니카는 학교에 나오지 않았다. 방학 동안 은수는 모니카와 이메일을 주고받았다. 모니카의 메일을 확인하고 답장을 보내는 기쁨으로 은수는 한 달을 보냈다. 개학 날 다시 만난 둘 사이에는 만나지 못한 시간만큼 그리움이 깊어져 있었다.

구월의 교정은 여름에서 가을로 가는 간이역 같았다. 푸른빛이 붉은빛으로 물들어가는 과정은 평화롭고 고즈넉했다. 하늘은 높아졌고 초목은 야위었으며 물은 가물었다. 가을은 공간이 넓어지고 확장되는 계절이었다. 재잘거리며 몰려다니던 아이들이 따뜻한 실내로 자취를 감추자 붉은 벽돌로 지어진 성당과 사제관, 성모동굴은 쓸쓸하다 싶게 텅 비어갔다. 커다란 느티나무의 노란 잎들은 잔바람에도 우수수 낙엽이 졌다. 수업을 듣다 말고 창밖으로 시선을 돌리는 아이들이 많아졌다. 은수와 모니카는 가는 계절이 아쉬워 자율학습을 하다 말고 자주 밤의 성모동굴로 나갔다. 뺨 맞았던 일을 떠올리며 깔깔거리기도 했다. 모니카의 팔짱을 끼고 걸으며 은수는 시간이 이대로 멈춰주길 바랐다. 미술실기대회가 있기 전의 일들이었다.

가을비가 몇 차례 내린 뒤 겨울은 빠르게 찾아왔다. 성모동굴 앞의 느티나무도 낙엽을 떨구고 앙상한 가지를 하늘로 뻗고 있었다. 모든 것이 대지로 돌아가는 시간이었다. 은수는 가을 내내 청소구역인 느티나무 아래에서 수북이 쌓인 낙엽을 쓸고 또 쓸었다. 쓸고 쓸어도 끝이 없을 것 같던 잎이 어느 순간 하나도 남지 않았을 때 은수는 하늘을 올려다보았다. 나뭇가지 사이로 비치는 쨍한 햇살이 코끝을 간질였다. 낙엽 하나가 팔랑거리며 어깨 위에 내려앉았다. 은수는 손끝으로 낙엽을 털어냈다. 홀가분한 기분이 들었다. 은수는 아름드리나무의 둘레를 천천히 걸었다. 나무뿌리 근처에 등이 갈라진 매미의 허물이 떨어져 있었다. 은수는 쪼그려 앉아 그것을 오래 들여다보았다. 모든 일에는 끝이 있고 어떤 상황도 끝까지 지속되지 않는다고 매미의 허물은 온몸으로 증명하고 있었다. 은수는 일 년에도 수차례 단짝을 바꾸던 습관대로 모니카와도 끝내야 할 시기라고 생각했다. 이번에는 좀 특별했고 좀 오래갔을 뿐이었다. 그래서였을 것이다. 수업시간에 모니카에게 숫자를 나무에 새기자고 쪽지를 보낸 것은. 모니카에게서 답장이 왔다. 077777이 뭐야? 은수는 다시 쪽지를 보냈다. 2007년 7월 7일 7시 7분, 느티나무 아래에서 만나자고. 모니카가 쪽지를 받아 펼친 순간, 흰 분필이 날아와 책상 위에 떨어졌다.

가져와!

모니카는 은수의 쪽지를 들고 쭈뼛거리며 칠판 앞으로 나갔다.

십 년 뒤에 만나자고? 니들이 〈냉정과 열정〉 사이에 나오는 아오이와 준세이냐? 수업 끝나고 둘 다 교무실로 내려와!

큰 키와 곱슬머리 때문에 지저스라고 불리는 국어 선생님이 화를 내는 경우는 드물었다. 졸음이 오는 목소리로 수업을 하는 바람에 국어시간은 대놓고 자는 아이들이 많았다. 수학시간이었다면 감히 쪽지를 전달할 꿈도 꾸지 못했을 것이었다. 그러니까 국어 선생님을 만만하게 보고 벌인 일이었다. 야간 자율학습이 시작되는 저녁 여섯 시에 둘은 이 층 교무실로 내려갔다. 지저스는 둘을 교무실 옆 방송실로 이끌었다. 강당 밑에 있는 상담실이 교무실과 너무 떨어져 있어서 방송실은 종종 상담실이 되곤 했다. 두 사람 앞에 흰 종이와 볼펜 한 자루씩이 놓여졌다.

너희 두 녀석, 요즘 무슨 생각을 하며 살고 있는지 써봐. 다 쓰면 교무실로 가져오고.

개인적으로 예술가들을 좋아하고 은수와 모니카에게서 예술가의 기질이 엿보인다며 둘을 지지하던 지저스가 화내는 모습은 처음이었다. 엄한 표정으로 꾸짖는 지저스의 모습에 적응이 되지 않아 겨우 웃음을 참고 있던 은수는 지저스가 나가자 배를 잡고 웃기 시작했다.

지저스 화내는 거 우습다, 안 그래?

은수가 동의를 구했지만 모니카는 웃지 않았다. 은수는 모니카 옆에 나란히 앉아 볼펜을 집어 들었다.

그나저나 뭐라고 쓰지? 너는 요즘 무슨 생각으로 사니?

무심히 던진 은수의 말에 모니카는 아무렇지도 않게 대답했다.

죽고 싶다는 생각.

은수가 놀란 눈으로 바라보자 모니카는 고개를 묻고 종이에 무언가를 그리기 시작했다. 모니카는 그림을 잘 그리지 못했고 좋아하지도 않는 편이었다. 모니카가 무엇을 그리는지 궁금했지만 묻고 싶지 않았다. 어쩐지 모든 게 귀찮아졌다.

은수는 일어나서 창가로 걸어갔다. 느티나무의 가지가 창문 쪽으로 뻗어 있었다. 바람이 나뭇가지를 흔들었고 흐린 하늘에서는 금방이라도 눈이 쏟아질 것 같았다. 나뭇가지에 앉은 새의 시선으로 나무를 그린다면 어떤 그림이 나올까. 은수는 그런 생각을 하고 있는 자신을 발견하고 소스라치게 놀랐다. 대학 미술실기대회에서 부감법으로 그림을 그려 상을 받은 아이는 유리였다. 데생도 모르고 들어왔던 유리의 실력이 나날이 발전하고 있다는 것을 눈치 채고는 있었지만 그 정도인지는 몰랐다. 은수가 모니카와 어울려 그림을 게을리 하는 동안 유리는 미술실 지킴이가 되어 있었다. 그런 유리를 기특하게 여긴 미술 선생님의 개인지도가 빛을 발했다고는 해도 은수로서는 받아들이기 힘든 결과였다.

가을의 끝 무렵, 서울의 모 대학에서 주최한 대회에서 유리는 금상을 받고 은수는 그보다 두 단계 아래인 특선을 받았다. 은수와 유리의 결정적인 차이는 대상을 바라보는 관점에 있었다. 그날 대부분의 아이들이 정면이나 측면, 또는 사선으로 위를 올려다보는 지점에 앉아 그림을 그리는 동안 유리는 건물의 옥상으로 올라갔다. 유리는 높은 옥상에서 내려다본 교정을 그렸다. 유리의 눈은 융단처럼 깔린 단풍잎 사이로 비친 낯선 세상을 포착하고 있었다. 그곳에는 아름다운 건물도, 잘 조성된 정원도 없었다. 찬란한 빛과 어룽대는 그림자만이 땅 위에 점점이 흩뿌려져 있을 뿐이었다. 은수는 처음으로 자신에게 재능이 없을지도 모른다고 생각했다. 중학교 때부터 그림을 그리고도 새까만 후배에게 추월당했다는 충격이 컸다. 다른 사람도 아닌 유리에게 말이다.

언제부터였을까? 유리에게 뒤처지기 시작한 것은. 유리의 낙서…… 그건 나를 끌어내리기 위한 덫이 아니었을까. 이젤 앞의 초코바가 자취를 감춘 것도 비슷한 시기였지.

너, 무슨 생각 해?

모니카가 은수의 등 뒤에 다가와 있었다. 창밖은 어느새 어둠이 내렸고 불을 켜지 않은 방송실은 더욱 어두웠다. 은수는 길을 잃은 자신과 앞서 가는 유리에 대한 생각으로 꽉 차 있는 마음을 들킨 것 같아 당황스러웠다.

응, 나무줄기 어디쯤에 숫자를 새길까 생각했어.

너 좀 이상해진 거 알아? 미술실기대회 다녀온 뒤부터.

모니카의 말이 다시 한 번 정곡을 찔렀다. 은수는 짐짓 언성을 높였다.

그럼 기분 좋겠냐? 그림을 엉망으로 그렸는데.

잘 그릴 때도 있고 못 그릴 때도 있지. 대회가 그렇게 중요한 거니?

그 대학에 들어가고 싶었는데 망쳤으니까 그렇지.

그래? 그 대학에 가고 싶어 하는 줄 몰랐어.

모니카가 쓸쓸하게 웃었다. 은수는 말실수했다는 것을 깨달았지만 이미 쏟아진 물이었다. 모니카와 같은 대학에 들어가자고 입버릇처럼 말해놓고 그 사실을 까맣게 잊은 것이다. 미술대회가 열린 대학에는 성악과가 없었다. 모니카는 다시 도심의 거리로 돌아가 있었다. 은수는 흘러가는 차들 중 하나였지만 이제는 시간을 멈추고 싶지 않았다. 아주 먼 곳으로 가고 싶었다.

다른 대학이면 어때? 나중에 만나면 되지.

십 년 뒤에? 나는 십 분 뒤의 일도 잘 모르겠는데.

은수는 문득 죽고 싶다던 모니카의 말이 어쩌면 진심일지 모른다고 생각했다.

아까 한 말, 진심이야?

열여덟이면 많이 산 거 아닐까.

무슨 소리야?

우리 엄마가 나를 낳은 나이야. 나도 엄마처럼 아이를 낳고 싶었어.

말을 마친 모니카는 책상으로 걸어가 그림이 그려진 종이로 비행기를 접었다. 그런 다음 창문을 열고 캄캄한 밤하늘로 비행기를 날렸다. 비행기는 바람을 타고 핑그르르 돌다가 어둠 속으로 추락했다. 은수는 가슴이 덜컥 내려앉았다.

왜?

복수하고 싶었으니까.

모니카의 대답에는 아무런 감정도 실려 있지 않았다. 은수는 고개를 돌려 모니카를 바라보았다. 어둠을 배경으로 드러난 모니카의 옆얼굴은 창밖에서 들어온 가로등 불빛에 반사되어 데스마스크처럼 간결했지만 복합적인 마음을 담고 있었다. 단선적이지 않고 복선적인 얼굴. 단층적이지 않고 중층적인 얼굴. 한 겹이 아니고 몇 겹으로 중첩된 얼굴. 처녀의 몸으로 임신한 소녀와 아이를 품에 안은 성모는 다른 사람이 아니고 하나였다는 둔중한 깨달음이 왔다. 은수는 굳게 다문 모니카의 턱 선을 훔쳐보며 연필을 잡고 싶다는 생각에 손이 떨렸다. 얀 베르메르가 세상의 모든 아침을 그렸다면 은수는 천 개의 얼굴을 가진 어머니의 얼굴을 그리고 싶었다.

딸은 벽을 더듬어 전등 스위치를 올리고 두 손바닥을 들여다본다. 빛에 반사된 두 손이 부시도록 희다. 피의 흔적은 보이지 않는다. 딸이 손바닥을 쳐들어 형광등에 비추는 사이, 서서히 조도가 낮아진다. 어디선가 달그락거리는 소리가 들리며 무대 구석이 동그랗게 밝아진다. 작은 여자아이가 책상 밑에서 무언가를 먹고 있다. 아이 앞에 치킨이 가득 담긴 그릇이 있다. 아이는 포크로 치킨을 찍어 탐욕스럽게 먹는다. 딸깍, 문 여는 소리가 들린다. 아이는 치킨이 담긴 그릇을 얼른 치마 속에 감춘다. 다시 고요해진다. 아이는 옷 속에서 조각 난 치킨 부위들을 차례로 꺼내 입속으로 가져간다. 잘려진 다리를, 부러진 날개를, 울지 못하는 목을 오도독거리며 씹는다. 보랏빛 드레스를 입은 엄마가 소리 없이 다가온다. 이리 내. 엄마는 아이의 손에 들린 치킨을 빼앗는다. 싫어! 아이는 들고 있던 포크로 엄마를 찌른다. 엄마가 쓰러진 자리에 보랏빛 소파가 놓여진다.

소파는 여러 사람의 집으로 옮겨졌다가 며칠을 견디지 못하고 제자리로 돌아온다. 소파를 집으로 들여놓는 순간부터 사람들은 계란만 먹게 된다. 다른 육류는 누린내 때문에 입에 댈 수조차 없다. 맵고 달고 짠 맛있는 음식을 하나씩 거부하기 시작한다. 옆집에서 풍기는 음식 냄새를 참을 수 없어 쫓아가 싸움을 벌인다. 이 모든 일이 소파로 인한 것이라는 걸 그들은 며칠 뒤에 알게 된다. 아직 쓸 만한 소파는 다시 버려진다. 현명한 사람들이다. 딸은 소파가 옮겨졌다가 다시 돌아오는 과정을 창가에서 묵묵히 지켜본다. 사람들이 하루도 견디지 못하는 것을 딸은 평생 동안 겪었다. 희곡은 이제 마지막 장면으로 가고 있다.

그날, 은수와 모니카는 방송실에서 밤을 보냈다. 집에 들어가지 말자고 제안한 것은 은수였다. 나무에 숫자를 새기려던 계획이 틀어졌으니 모니카와 단둘이 밤을 보내는 것도 나쁘지 않을 거라 생각했다. 그것으로 매듭을 짓고 싶었다. 은수의 제안에 모니카는 외박해도 집에서 크게 개의치 않는다고 자조적으로 말했다. 그것은 은수도 마찬가지였다. 창문 틈으로 들어오는 바람을 막기 위해 암막 커튼을 치고 나자 방송실은 완벽한 어둠이었다. 방송실은 서로의 숨소리만 들릴 정도로 방음이 잘 됐고 어둡고 추웠다. 은수와 모니카는 각각 매트 위에 누워 코트를 뒤집어썼다. 하얀 입김으로 방송실의 공기를 따뜻하게 데우려면 숨을 크게, 자주 쉬어야 했다. 눈을 감자 방송실은 은수와 모니카가 탄 작은 조각배가 되었다. 밤배의 항해사는 모니카였고 은수는 뱃전에 찰싹이는 물소리를 들으며 먼 바다로 나아갔다. 배는 나뭇잎처럼 흔들리며 검은 바다를 유영했다. 여기가 어디쯤일까. 생각하다 보면 졸음이 쏟아졌고 물소리가 아득히 멀어져 갔다.

잠든 은수와 모니카를 태운 조각배가 낯선 해안에 닿은 것은 활짝 열어젖힌 커튼 사이로 햇살이 쏟아져 내리는 초겨울 아침이었다. 매트 위에 누워 있는 두 사람을 수녀님들과 아이들이 빙 둘러서서 내려다보고 있었다. 두 장의 코트가 한 몸이 된 두 사람 위에 두 겹으로 덮여 있었다. 은수가 태어나서 처음인 듯 따뜻하고 포근한 잠을 잘 수 있었던 이유였다. 그날 학교는 달궈진 도가니 속 같았다. 재발 방지를 위한 징계위원회가 열리는 동안 수군거리는 뒷말 속에서 모니카의 낙태설이 다시 불거졌고 유리는 모니카에게 불리한 증언을 했다. 은수가 가벼운 근신처분을 마치고 돌아와 보니 모니카는 올 때와 마찬가지로 소문과 함께 떠나고 없었다. 은수는 모니카가 징계를 피하기 위해 아무런 노력도 기울이지 않았다는 것을 알았다.

은수는 시간을 견디는 법을 익혀나갔다. 답답함도 허전함도 쓸쓸함도 안타까움도 모두 혀 밑에 감추었다. 쉬는 시간이면 엎드려 있거나 창밖을 바라보았다. 모니카를 생각하면 가슴이 답답했다. 왜 두 사람 모두 약속이나 한 것처럼 깊이 잠든 것일까. 모니카는 왜 은수의 코트 속으로 들어왔을까. 몹시 추웠던 걸까…… 어쩌면 그날 밤 모니카가 들려준 말 속에 그 해답이 들어있을지 몰랐다. 그러나 단 한마디도 떠오르지 않았다. 은수는 희박한 공기 탓이라 여겼다. 잠이 들며 모두 휘발되어버렸다고.

모니카가 떠나고 은수는 딱 한 번 바람에 실려 온 그 애의 소식을 들었다. 수능을 치르지 않았고 대학에 가지 못했으며 아빠의 장례식에 참석하기 위해 이탈리아에 갔다가 영영 돌아오지 않았다고 했다. 은수 역시 미술부에서 나왔으며 그림을 접었다. 그림과 무관한 철학과에 들어갔으며 연극영화과에 다니는 친구의 공연에 갔다가 무대연출을 돕게 되었고 공동작업으로 희곡까지 쓰게 되었다. 음악이나 미술 쪽으로는 아예 관심을 끊고 살아왔다.

그리고 십 년 뒤의 여름. 은수는 베로나의 아레나 극장에 앉아 있었다. 베로나에서는 해마다 오페라 페스티벌이 열렸다. 그곳에서 오페라가 열린다는 것을 알려준 이는 극단 대표였다. 극단 대표는 은수에게 오페라를 직접 본 적이 있는지 물었고 은수는 고개를 저었다. 그러니까 오페라를 보기 위해 이탈리아까지 날아간 것은 희곡에 뮤지컬적 요소를 담고자 하는 대표의 강력한 의지 때문이었다. 스케일이 큰 시대극은 대사만으로는 주제를 함축적으로 담아내기 어렵다는 것이 표면적인 이유였지만 은수는 몇 년 전부터 시작된 대표의 오페라 사랑을 잘 알고 있었다. 이탈리아가 세 번째라는 대표가 옆자리에서 속삭였다.

아레나 극장은 마리아 칼라스가 이태리에서 데뷔한 장소야. 마리아 칼라스처럼 드라마틱한 삶을 산 사람도 드물 걸? 성공한 소프라노 가수였지만 나중에는 실연을 당하고 급격히 무너졌지. 그녀는 평생 폭식과 거식에 시달렸는데 어린 시절의 애정결핍이 그녀를 그렇게 만든 거라고 해. 그녀의 엄마는 처음부터 마리아 칼라스를 사랑하지 않았어. 그녀가 태어났을 때 아기를 저리 치우라고 했다는 일화가 유명해.

은수는 마리아 칼라스가 롤 모델이라던 모니카의 말이 떠올랐다. 모니카와 함께 왔더라면. 은수의 상처는 순수하게 모니카를 추억할 수 있을 정도로 회복되어 있었다. 오페라의 시작을 알리는 서곡과 함께 1막이 시작되었다. 고대 로마시대에 세워진 야외 원형극장에서 듣는 푸치니의 〈토스카〉는 장중하고 비극적이었다. 친구를 숨겨주려다 처형장에 끌려온 카바라도시가 토스카와의 행복했던 시절을 떠올리며 '별들은 반짝이고'를 부를 때 은수의 뺨으로 눈물이 툭 떨어져내렸다. 노래에 살고 사랑에 살던 토스카가 성의 절벽 아래로 뛰어내릴 때 은수는 모니카의 귓속말을 들었다. 은수야, 사랑해.

캄캄한 어둠 속이었다. 모니카의 목소리는 다소 격앙되어 있었다. 한꺼번에 쏟아졌다.

나는 죄가 많아. 죄로 인해 잉태되었으니 원죄에서 벗어날 수 없는 인생이지 뭐야. 할머니는 나를 볼 때마다 성호를 그어. 우리 모니카에게 평화를 주소서. 평화는 빌어먹을. 엄마는 어려서부터 알고 지내던 아빠를 성당에서 다시 만나 우연찮게 나를 가졌대. 엄마는 고등학생이었고 아빠는 막 바티칸 유학을 마치고 온 사제였지. 두 사람은 이탈리아로 달아났어. 숨을 곳이 없었으니까. 행복할 수 없었던지 둘은 곧 헤어졌지. 초등학교에 들어갈 무렵 나는 외할머니에게 맡겨졌어. 아직 어렸을 때 엄마가 말하는 죄의 범위는 헤아릴 수 없을 정도였어. 예를 들면 이런 거지. 모니카, 죄는 먼지처럼 쌓인단다. 닦아도 닦아도 사라지지 않아. 한 아이가 텔레비전을 보고 있었어. 그런데 아프리카에서 굶어 죽어가는 아이들이 나왔단다. 그 애는 밥을 먹다 말고 무릎을 꿇고 앉아서 기도했대. 밥을 먹었으니 죄를 용서해달라고. 모니카야, 너도 그 애처럼 늘 기도하렴. 죄를 사하여 달라고. 무슨 죄? 내가 물으면 엄마는 이렇게 말했어. 살아가는 모든 게 죄란다. 엄마는 지금도 일하는 시간을 제외한 대부분의 시간을 성당의 제대 앞에 엎드려 있대. 우습지? 그런다고 원죄가 사라지나? 내가 이렇게 살아 있는데.

은수야, 자니? 모니카는 때때로 잠의 수렁으로 빠져드는 은수를 차가운 매트 위로 건져 올리곤 했다. 모니카는 이미 마음이 멀어진 은수가 깨어나지 않을 정도로 깊이 잠들었을 때 코트 속으로 들어가 은수의 차가운 손과 발을 녹이고 언 몸을 끌어안아 세상에서 가장 따뜻한 이별을 고했다.

은수는 극장을 나와 베로나의 거리를 걸었다. 학교에 찾아온 엄마는 은수를 화장실로 끌고 들어갔다. 엄마가 알아서 할게. 은수는 말 없이 고개를 끄덕였고 친밀하지 않았던 두 사람은 거울 앞에 나란히 서서 손을 씻었다. 발길이 멈춘 곳은 오래된 성벽이었다. 오페라 페스티벌의 플랜카드 앞에서 은수는 눈을 뗄 수 없었다. 2007년 7월이라는 숫자가 흐릿하게 번져갔다.

소파를 가져가는 사람이 더는 나타나지 않는다. 진한 보랏빛은 이제 많이 퇴색되고 낡아졌다. 딸이 캐리어를 끌고 다가와 소파 옆에 선다. 이젠 아무도 엄마를 알아보지 못하겠지? 그런데 사람들은 보라색이 막달라 마리아의 색이라는 것을 알까? 딸은 캐리어를 세워두고 바닥에 떨어진 종이비행기를 집어 든다. 종이를 펼쳐 찬찬히 그림을 살펴본다. 버리지 못한 로만칼라를 목에 단정히 채운 평상복의 젊은 남자와 갓난아기를 안고 있는 무표정한 여자의 모습이 그려져 있다. 딸은 종이를 소파 위에 반듯이 세워놓는다. 딸은 소파를 향해 아리아를 부른다. 청중은 단지 그림 속의 두 사람 뿐. 노래를 마친 딸은 캐리어를 끌고 무대 밖으로 걸어 나간다. 막이 내린다.

은수는 희곡 파일을 〈모니카, 모니카〉 라는 이름으로 저장한다. 베로나에서 돌아온 뒤 완성된 초고 파일은 여러 차례 수정된다. 고칠 때마다 은수는 화자의 마음을 오래 들여다보고 매만진다. 은수는 모니카의 메일 주소로 희곡 파일을 보낸다. 은수의 아이디는 '보랏빛 소파'다.

은수의 메일은 읽지 않음으로 쌓여 있다. 은수는 노트북을 닫고 가스레인지의 불을 켠다. 프라이팬에 기름을 두르고 계란 물을 붓자 소금 간도 하지 않은 제병祭餅이 노릇하게 익어간다.

시침이 자정을 지나 25시로 향하고 있다.

황보윤 2006년 동서커피문학상 대상을 수상했다. 2009년 대전일보, 전북일보 신춘문예 당선. 2012년 전북해양문학상을 수상했다. 창작집으로 『로키의 거짓말』과 9인 가족 테마소설집 『두 번 결혼할 법』(공저)이 있다. 2016년 해외출간지원사업에 『로키의 거짓말』이 선정되었다.

초대

차선우

냉장고에서 로메로Romero를 꺼낸다. 물이 팔팔 끓는 냄비에 넣는다. 굵은 줄기와 마른 잎은 어제 저녁에 제거해놓았다. 데친 로메로를 스테인리스 볼에 넣고 파, 마늘, 된장, 고춧가루를 넣어 조물조물 무친다. 영어 이름 로즈마리인 로메로를 이렇게 무치면 맛있다고, 이곳에 온 지 얼마 되지 않았을 때 희린이 알려주었다. 한국에서 고수라 불리는 실란토르Cilantro도 데쳐서 무친다. 근대와 비슷한 아셀가Acelga는 마른 새우를 넣어 볶는다. 청경채는 버섯과 같이 볶다 한인마트에서 산 들깨가루를 넣어 마무리한다. 바쁘게 잡채를 만들고 전날 재워 둔 갈비를 익힌다. 그리고 남편이 좋아하는 김치찌개를 끓인다. 지금쯤 희린과 함께 이곳으로 오고 있을…….

　앞치마를 벗고 화장실로 간다. 차오른 방광을 비운 뒤 찌개에 마지막 간을 하고 불을 끈다. 정성껏 만든 반찬을 접시에 담는다.

남편이 오지 않는다. 차가 밀린다더니 생각보다 많이 늦는다. 나는 거실로 나가 소파에 몸을 부린다. 거실 창에 몬테레이 하늘이 가득 들어차 있다. 세탁기 배수 호스에서 나온 땟물색 하늘이다.

"멕시코로 가게 됐어요."

작년 이맘때쯤 남편이 말했다. 시아버지 생신이었고, 시댁 식구들이 모두 모인 자리였다. 몇 달 전부터 회사는 주재원 출신 중에 역량이 되는 사람들을 뽑아 법인장 교육을 시켰다. 남편의 외국 근무는 예견되었다. 그럼에도 나는 내키지 않았다. 예전 같지 않게 낯선 인종, 낯선 언어에 섞이는 게 부담스러웠다. 내 기분을 알아차렸는지 동서가 장난스레 말했다.

"형님이 가고 싶지 않으면 제가 따라갈까요? 가사도우미로, 거기 우리 사촌 언니도 사는데……."

나는 생각에 잠긴다. 그동안 내가 삶을 산 게 아니라 삶이 나를 끌고 다녔던 건 아닐까. 여태 삶이 끄는 대로 끌려 다닌 건 아닐까.

땟물색 하늘에서 부슬부슬 비가 떨어진다. 안개처럼 가는 입자가 주저하며 땅으로 내려온다. 나는 허리를 세우고 허공을 향해 웃는다. 초대 받은 이들을 위해 웃음을 연습한다.

비행기에서 내리자 숨이 막혔다. 공기에서 먼지 냄새가 났고 햇볕은 살을 태울 듯이 뜨거웠다. 이곳은 지형이 분지라 많이 더워. 지금도 벌써 사십 도야. 두 달 먼저 이곳에 온 남편이 말했다. 다행히 하늘은 높고 넓고 파랬다. 더위가 땀구멍 속을 파고들지도 않았다. 우리는 거대한 공룡 화석 옆을 지나 차에 올랐다. 남편이 고속도로를 달렸다. 독특한 건물들을 돌아 깔끔한 빌라단지로 들어갔다. 한 층에 한 가구만 있는, 넓고 쾌적하고 전망 좋은 빌라였다.

희린은 단정하고 단아했다. 나이는 나보다 한 살이 많았고, 스페인어를 전공했는데 여행 겸 어학연수를 왔다가 이곳에 눌러앉았다고 말했다. 남편은 인테리어 사업을 하는 세 살 연하의 멕시코 남자이며, 중학생인 외동딸은 우리 아들이 다니는 국제학교에 다닌다고 덧붙였다. 나는 좋은 집을 소개해줘서 고맙다고 인사했다.

"멀리서 도시를 감싸고 있는 저 바위산은 말안장산이라고 해요."

희린이 말했다.

"한 레히오가, 아 몬테레이 사람을 레히오라고 불러요. 구두쇠, 수전노라는 뜻이죠. 아무튼 한 레히오가 산 정상에 올랐다가 실수로 동전을 떨어뜨렸는데 그 동전을 찾으려고 여기저기를 파다보니 움푹 들어가서 말안장 모양이 되었다고 해요."

희린은 멕시칸들의 기질이나 습성도 얘기해주었다. 이 나라 사람들은 대체로 느긋하고 느리다, 부모님을 아들이 아닌 딸이 모신다, 한국에서는 남자들끼리 골프나 술 접대를 하지만 여기서는 저녁식사 자리에 부부를 함께 불러야 한다, 상대방 부인에게 호감을 사야 일하기가 편하다 같은. 희린은 또 근처의 멕시칸 마트와 한인 마트의 위치를 알려주었다. 수돗물에 섞인 석회성분을 효과적으로 제거하는 방법, 소매치기나 날치기를 피하는 방법들도 알려주었다. 멕시코 거주 십육 년 차답게 경험에서 나온 조언을 아끼지 않았다. 나는 그녀가 마음에 들었다. 갈색 머리를 쓸어 넘기는 가늘고 흰 손가락, 진지하고 사려 깊은 눈, 천박하지 않은 말투. 그녀 덕분에 이곳의 삶이 따뜻할 것 같았다. 희린이 돌아가면서 말했다. 어려운 일이 있으면 언제든 말하세요. 힘닿는 데까지 도울게요.

어려운 일은 그날 당장 생겼다. 집에 들어오면서부터 배가 아프다던 남편이 설사를 했다. 나는 한국에서 가져온 상비약을 내밀었다. 약이 듣지 않았고 남편은 계속 화장실을 들락거렸다. 밤이 깊어지자 극심한 근육통까지 호소했다. 신열도 뒤따랐다. 날이 밝기를 기다렸다가는 무슨 일이 생길 것 같아 나는 희린에게 전화했다. 희린이 달려왔다. 직접 운전을 해서 나와 남편을 대형 병원 응급실로 데려갔다. 콧수염을 기른, 심드렁한 표정의 멕시칸 의사에게 나와 남편 대신 증상을 설명했다. 의사가 식중독이라고, 살모넬라균 E형에 노출되었다고 말했다. 한국 사람에게 면역력이 거의 없는 종류라고 했다. 물론 희린이 통역한 말이었다. 남편은 희린이 이끄는 대로 주사를 맞고 약을 처방 받았다. 희린이 운전하는 차를 타고 집으로 돌아왔다. 그동안 내가 한 일은 병원을 들고날 때와 차에 타고 내릴 때 남편을 부축한 정도였다. 남편은 내가 오기 전에도 장염으로 고생했는데 그때도 희린이 약국에 딸린 진료실에 데리고 가서 의사에게 진찰을 받게 했다고 했다.

병이 나은 남편이 회사에 갔다. 나는 안도의 숨을 쉰 뒤 집안일을 했다. 세계 어디에서와 다르지 않은 일이었다. 낮에는 희린을 따라 몬테레이를 쏘다녔다. 희린은 나를 근처의 멕시칸 마트와 한인 마트, 그리고 월마트와 코스트코에 데려갔다. 몬테레이에 있는 한인 식당과 한인 미용실, 생선가게와 떡집에 데려갔고 예전에 제철 공장이었다는 푼디도라 공원과 몬테레이 센트로, 두 개의 계단이 나선형으로 꼬인 역사박물관에도 데려갔다. 스페인어로 되어 이해하기 어려운 멕시코 고대문명과 스페인 침략과 관련된 유물들을 상세히 설명해주었다. 말의 꼬리라는 이름이 붙은 폭포를 보여주었고, 반짝거리는 장신구와 알록달록한 무늬가 박힌 물병과 떼낄라가 있는 전통 시장을 구경시켜 주었다. 항아리에 필론시요라는 감미료와 계피를 함께 넣어 끓인 전통 커피를 맛보게 했고 멕시칸 식당에서 내 입맛에 맞는 음식을 골라주었다. 그리고 두어 시간 거리에 있는 미국 텍사스 주에 데리고 갔다. 휴스턴이나 오스틴, 샌안토니오의 마트와 프리미엄 아웃렛에서 저렴한 가격으로 생필품과 유명 브랜드 운동화와 청바지와 가방을 사게 했다.

나는 빠르게 이 나라와 도시를 익혔다. 이 나라 특유의 기후와 사람들에게 적응했다. 이곳에 적응하기 위해 희린은 오랫동안 한국 방송을 안 보고 한국 사람도 멀리했다고 했다. 그런 희린의 도움으로 나는 이 땅에 연착륙했다. 나는 희린이 고마웠다. 그녀는 도리어 내게 고맙다고 말했다. 새 직장을 잡기 전에 좀 쉬고 싶었는데 덕분에 즐거운 시간을 보내고 있다고…….

남편은 열심히 일했다. 직위가 주는 압박감 때문인지 다른 어디에서보다 의욕적으로, 활기차게 생활했다. 매일 아침 일찍 출근했고 새벽 한두 시쯤, 대개는 술에 취해서 돌아왔다. 주말에도 거의 쉬지 않았다. 남편은 외모에도 신경을 썼다. 갈아입으라고 말하지 않으면 며칠씩 입던 사람이 거의 매일 옷을 갈아입었다. 머리와 구두도 깔끔하게 관리했다. 나는 먼 나라까지 와서 최선을 다하는 남편이 고맙고 안쓰러웠다.

멕시코로 오기 전 남편은 이사 후보에 올랐다 물을 먹었다. 회사는 임원 대신 '대우' 라는 꼬리표를 달아주었다. 나는 남편이 열심히 일하는 게 승진 탈락의 부당을 온몸으로 시위 중이거나 다음 이사 선임을 앞둔 포석이라고 생각했다. 꼬리표를 떼기 위한 몸부림이라고 여겼다. 그것이 개인적 성취든, 가장의 책무든 결국은 나를 위한 것이기도 했다.

나는 혼자 못질을 하고 전구를 갈았다. 혼자서 막힌 배수구를 뚫고 이삼 일에 한 번씩 이십 리터짜리 생수통을 낑낑대며 갈았다. 새벽 다섯 시에 일어나 밥하고 도시락을 싸서 아이들을 학교에 데려다주고 데려왔다. 틈틈이 무거운 식료품과 생필품들을 사 날랐다. 마트에 갈 때는 희린이 주의를 준대로 트렁크에 훔쳐갈 만한 것을 두지 않았다. 웬만하면 혼자 걸어 다니지 않았고 잠깐이라도 걸을 때는 가방을 길 안쪽으로 맸다. 실내에서도 벽 쪽으로 두었다.

혼자 나다니기 어렵다는 점과 남편이 지나치게 바쁘다는 점을 빼면 이곳의 삶은 만족스러웠다. 그만큼 조심할 것도 많지만 나는 지사장 사모님이었다. 백 평이 넘는 집은 몬테레이의 강남이라고 불리는 산뻬드로에 있었다. 청소와 빨래는 도우미가 했다. 그리고 희린이 있었다.

이곳에 온 지 두 달쯤 지났을 때 남편 회사에 비서 겸 통역 자리가 비었다는 말이 들렸다. 나는 적극적으로 희린을 추천했다. 희린은 취직을 했고 남편처럼 얼굴보기가 힘들어졌다. 나의 역동적이던 시간도 사라졌다.

모처럼 남편이 쉬는 날 같이 교회에 갔다가 희린을 보았다. 내가 화장실을 갔다 돌아와 보니 남편이 희린과 얘기하고 있었다. 더 단아하고 매력적으로 변한 희린과 남편은 다정해 보였다. 출근하면 매일 만나고 때 되면 같이 밥 먹고 밤늦게까지 술 마시는 사람들이 할 얘기가 저리 많을까. 문득 어떤 교민에게서 들은 얘기가 떠올랐다. 다른 회사의 부장이 바람피우다 들켜서 본국으로 쫓겨 갔다는…… 나는 큰 소리로 인사했다. 희린이 반가워했고 남편은 얘기를 계속했다. 회사 얘기였다. 현지 공장의 일부 라인을 본국으로 옮기는 일이 검토 중이라는 등의…….

"보는 눈들이 많은데 조심해. 괜히 구설수에 오르지 말고……."

희린과 멀어지자마자 내가 말했다.

"왜 그래. 비즈니스잖아. 그리고 사돈 사이잖아."

남편이 한심하다는 눈빛으로 나를 보았다.

"아무리 사돈이고 일 때문이라 해도 이 차 가고 삼 차 가다 보면 남들이 이상하게 볼 수 있잖아."

"당신만 이상하게 본다. 당신만 이상하게 생각해. 만날 집에서 드라마나 보니까 그런 쓸데없는 생각이나 하지."

만날 드라마나 보니까……? 기가 막혔다. 여기는 노상강도와 좀도둑이 기승을 부리는 나라였다. 경찰관이 보는 데서도 오토바이를 탄 강도들이 총을 들이대고 행인의 가방을 뺏어가는 나라였다. 얼마 전에는 가방을 뺏기지 않으려고 버티던 교민이 강도가 쏜 총에 맞아 그 자리에서 숨진 일도 있었다. 신호 대기 중인 차에 강도가 다가와 금품을 요구하는 걸 거절했다가 그 자리에서 사살되는 경우도 많았다. 최근 두 주 사이에 현직 시장 세 명이 피살된, 살인과 강도와 마약이 일상인 나라였다. 한국드라마는 언제 옆구리에 칼이 들어올지, 심장에 총알이 박힐지 모르는 이런 나라의 장기 체류자에게, 특히 전업주부에게 탁월한 우울증 치료제였다. 남편도 그 사실을 모르지 않았다. 어이가 없었지만 나는 더 말하지 않았다. 요즘 일이 너무 많나 보다, 스트레스가 많나 보다, 하고 넘겼다.

나는 일주일에 두 번 스페인어 스터디를 나갔다. 틈틈이 멕시코 문화를 익히고 요리도 배웠다. 인터넷으로 한국 책을 주문하고, 한국 드라마와 오락프로를 다운 받았다. 그리고 음식을 만들었다. 외국에 나오면 가족들이 한국에서보다 한국 음식을 더 찾았다. 가끔 손님을 치르기도 했다. 임원급이 출장 나오면 남편은 그들을 집으로 초대했다. 그들의 혀가 멕시코의 별미에 진저리를 칠 때쯤이었다. 이곳에 혼자 나와 있는 직원이나 업무상 알게 된 현지인들도 더러 초대했다.

남편으로부터 일정을 통보받으면 나는 마트에 가서 무와 배추를 사다 김치부터 담았다. 무가 마땅치 않을 때는 히까마로 깍두기를 담았다. 초지에 방목해서 값이 싸고 질 좋은 쇠고기로 국을 끓이고, 불고기를 재거나 스테이크를 구웠다. 돼지고기로 삼겹살 구이와 보쌈을, 고추장 불고기를 만들었다. 아셀가나 식용꽃인 관손뿔레Huan zontle를 사다 된장국을 끓이고, 숙주나물을 무치고, 무와 호박의 중간 맛이 나는 차요떼chayote는 나박나박 썰어 새우젓을 넣고 볶았다. 초대받은 사람들은 흡족해하며 돌아갔다.

별미 요리 한두 가지를 해서 스페인어 팀을 부르기도 했다. 직원 가족이나 교회에서 알게 된 사람들도 불렀다. 그들의 요청으로 가끔 쿠킹 클래스도 열었다.

손님을 초대하고 음식을 대접하는 것. 외국에서의 중요한 내 일이기도 했다. 그러고 보니 남편과 근무했던 주재원 상사 중에 내 김치를 안 먹어본 사람이 거의 없는 것 같다.

시월이 되자 천연사우나 같던 도시가 아침저녁으로 선선해졌다. 그럼에도 한낮의 기온은 삼십오 도가 넘어갔다. 남편은 여전히 바빴다. 현지 공장의 세탁기 라인을 본국으로 옮기는 일을 진행한다고 했다. 국내 주요 제조업체 중 첫 리쇼어링 사례라고, 세탁기 라인이 빠진 자리에는 텔레비전과 냉장고 조립라인이 깔릴 예정이라고 했다. 그 와중에 직원이 납치되는 일이 발생했다. 남편은 더 바빠졌다. 내가 도울 일은 없었다.

사흘 뒤였다. 비가 지짐지짐 내렸고 나는 아이들 학교에 차례로 다녀왔다. 담임선생들과의 상담 때문이었다. 선생들은 아이들의 교우관계나 성적이 나쁘지 않다고 말했다. 남편처럼 아이들도 이곳에 잘 적응하고 있었다. 나의 내조와 보살핌 덕분일 터였다. 십여 년 전 슬로바키아에 처음 갔을 때는 그 나라 말은 물론 영어조차 제대로 되지 않아서 고생을 했다. 다른 무엇보다 선생들과의 면담이 힘들었다. 상담은 시장에서 물건 사듯 손짓발짓 섞어 대충할 수 없었다. 제대로 알아듣지 못하고 예스, 예스만하다 올 수가 없었다. 그래서 한인 교회에서 알게 된 사람이나 주재원 가족에게 통역을 부탁했다. 그마저 여의치 않을 땐 아이들이 통역을 했다. 아이 때문에 상담을 하는데 아이가 통역하는 웃지 못 할 일을 연출했다. 지금은 물론 옛날 일이 되었다.

그날 남편은 평소보다 일찍, 평소보다 많이 취해서 퇴근했다. 비틀비틀 안으로 들어온 남편이 거실 바닥에 먹은 것들을 쏟았다. 음식물과 소화액과 뒤섞인 알코올이 지독한 냄새를 풍겼다. 나는 남편을 화장실 변기 앞으로 데려갔다. 다 토하도록 기다렸다가 거실로 데려와 옷을 갈아입혔다. 따뜻한 물수건으로 얼굴과 손을 닦아주었다. 그리고 안간힘을 다해 남편을 안방 침대에 끌어다 눕혔다. 돌아서는 내게 남편이 혀 꼬부라진 소리를 했다. 오늘 납치됐던 직원이 돌아왔어.

희린 씨가 많이 애썼지. 직원을 아주 잘 뽑았어. 이쁘고 똑똑해. 그리곤 곯아 떨어졌다. 납작하게 튀긴 옛날 통닭처럼, 침대에 납작 엎드린 채 잠든 남편을 바라보며 나는 생각했다. 우리에게 희린 씨가 있어서 얼마나 다행인가. 한 달 전에 납치됐던 스페인 여성처럼 몸값을 다 치르고도 시체로 발견되었으면 어쩔 뻔했나.

　뼛속을 파고드는 추위가 도시를 덮쳤다. 겨울이 깊어지면서 애들 학교가 방학을 했고 온 가족이 짐을 싸서 한국으로 왔다. 한국에 와서도 남편은 바빴다. 도착한 지 삼 일 만에 회사로 출근했고 시부모님을 찾아본 뒤 일주일 후에 멕시코로 돌아갔다. 나는 미리 알아본 단기 기숙학교에 딸을 보냈다. SAT만 집중적으로 가르치는 학원이었다. 아들은 보습학원에 보냈다. 한국 아이들에 비해 상대적으로 부족한 국어와 사회와 수학을 배우도록 했다. 한국의 대학에 갈 때를 대비해서였다. 아이들이 학원에서 공부를 하는 동안 나는 유학원에서 컨설팅을 받았다. 멕시코 국제학교의 학생이 거의 그렇듯 딸도 미국 대학에 진학할 예정이었다. 딸의 학교 선생은 원서를 열 개까지 써주겠다고 했다. 문제는 삼천 개가 넘는 미국의 사 년제 대학 중에서 열 개를 고르는 일과 그 대학들이 원하는 서류를 알아보는 일이었다. 다행히 한국의 유학원에서 그 일을 해주었다. 아이비와 주립대, 사립대를, 군별로 알아보고 준비할 서류까지 알아봐주었다. 학기 중에 메일로 보내면 에세이도 교정해준다고 했다. 나는 애들 일을 대충 마무리 짓고 친정엄마를 찾아갔다.

친정엄마는 고스톱을 치고 있었다. 딸들에게 노후를 맡기고 싶지 않다며 아직까지 베이비시터를 하는 엄마는 쉬는 날이면 자주 친구들을 불렀다. 나물을 무치고 생선을 굽거나 찌개를 끓여 점심을 먹고 고스톱을 쳤다. 각자 오천 원씩 내서 점에 백 원짜리 화투를 열심히 치다 해가 저물 때쯤 원금을 나눠 갖고 헤어졌다. 왔니? 내가 들어서자 엄마가 말했다. 나는 인사를 하고 엄마 옆에 앉았다. 화투판이 잠시 멈췄다. 지금 외국에 있다고 하지 않았어? 초등학교 교감 출신의 마른 아줌마가 말했다. 네. 어디? 멕시코요. 아들을 의사로 키운, 뚱뚱하고 눈이 큰 아줌마가 물었다. 그전에 러시아인가 어디서도 살지 않았어? 러시아가 아니고 슬로바키아, 미국에도 한 삼 년 살았지. 중국에도 살았고. 친정엄마가 대답했다. 나는 웃으며 PRADA 라는 글자가 크게 박힌 종이 백에서 PRADA 로고가 박힌 가방을 꺼냈다. 조용히 엄마 옆에 내밀었다. 뭐니? 화투장에서 눈을 돌리며 엄마가 말했다. 프라다네. 마른 아줌마가 아는 척했고 뚱뚱한 아줌마가 거들었다. 비쌀 텐데…… 엄마가 양손에 가방을 올려놓고 바라보았다. 딸이 외국에 사니까 좋겠다. 이런 가방도 잘 사오고, 한 달씩 다른 나라에 가서 살다오기도 하고…… 마른 아줌마가 부러움을 감추지 않았다. 뭐 하러 이런 걸 사 와. 친정엄마가 가볍게 타박했다. 기분은 나쁘지 않은 표정이었다. 나는 다시 들르겠다고 말하고 밖으로 나왔다.

친구들의 화제는 작년과 거의 다르지 않았다. 애들과 남편과 시댁의 범주에서 벗어나지 못했다. 패키지로 다녀온 나라가 달라진 것이 그나마 달라진 화제랄까. 친구들은 열심히 쥐어짠 돈과 시간을 들고 먼 나라를 대충 돌아보고 와서는 영혼까지 위로 받았다며 웃었다. 그렇게라도 질주하는 삶에 브레이크를 걸지 않고는 살아가기 힘들다고 말했다. 그리고 언제나처럼 나를 부러워했다. 내 글로벌한 삶과 글로벌한 소지품을, 그리고 시댁과 입시에 전전긍긍하지 않는 삶을…….

　신호등 앞에 차를 세웠다. 지저분한 멕시코 아이들이 달려와서 앞유리에 세정제를 뿌리고 마른 걸레로 닦기 시작했다. 그냥 갈까 하다 나는 애들에게 10페소를 건네고 모로네스 길로 접어들었다. 산호세 병원 옆, 해물전문점 앞에 차를 세웠다. 주차를 하고 들어가자 남편과 희린이 보였다. 테이블마다 청색 줄무늬 테이블보가 깔린 식당은 고급스러워보였다. 파란 벽에 걸린 주황색 물고기 장식들도 멋졌다. 희린이 돌문어 석쇠구이와 매콤한 새우 알라 디아블라를 시켰다. 치킨을 피망, 양파와 함께 볶은 치킨 쉬림프 파히타도 시켰다. 이마의 땀을 닦으며 내가 말했다.

　"날씨가 갑자기 더워졌어요. 여름이 된 것 같아요."

　"여기서는 햇볕이 뜨거우면 여름이고 추워지면 겨울이라고 생각하면 돼요. 간혹 이월부터 여름이 시작되기도 하는데 이곳의 절기는 겨울, 여름, 여름, 여름이라고 보면 맞을 거예요."

　희린이 말했다. 주문 전에 나온, 따뜻하고 바삭한 나초칩을 먹으며 남편이 물었다.

"희린 씨는 쉬는 날 뭐해요?"

희린이 갈색머리를 귀 뒤로 쓸어 넘기며 말했다.

"주로 클래식 음악을 들으면서 쉬어요. 미술관이나 박물관에 다니며 안목도 좀 키우고……."

취향이 고급스럽다고 남편이 희린을 치켜세웠다. 업무 파트너에게 하는 발언치곤 과할 정도였다. 내게도 정말 대단하지 않냐는 듯한 눈빛을 보냈다. 원래 남편은 칭찬에 후한 사람이었다. 그것이 그의 성장을 추동했다고 해도 과언이 아닐 정도였다. 하지만 기분이 살짝 뒤틀렸다. 내가 말했다.

"내 친구 순진이 알지? 그 애는 가야금 배우잖아. 음악도 수제천처럼 장중한 것을 즐겨 듣고…… 저번에 연주하는데 아주 잘하더라고……."

남편이 오랜만에 일찍 들어왔다. 납치됐다 풀려난 뒤로 힘들어하던 직원을 공항까지 데려다주고 오는 길이라고 했다. 남편이 욕실에 들어갔고 나는 서둘러 김치찌개를 끓였다. 찌개가 끓기 시작할 때 문자 알림음이 들렸다. 나는 앞치마에 손을 닦았다. 조심스레 남편의 휴대폰을 들었다. 액정화면에 '네'라는 글자가 떠 있었다. 발신자는 희린이었다. 네, 라는 글자 앞뒤로 다른 글자는 없었다. 집에 들어오기 전에 통화나 문자기록을 지우고 왔나. 오늘도 문 앞에서 다 지웠는데 저쪽에서 뒤늦게 대답을 한 것인가. 맥락 없이 불거진 글자가 나를 생각에 빠뜨렸다. 며칠 전 식당에서 봤을 때, 유난히 가까워 보이던 둘의 모습이 떠올랐다. 샤워를 하고 나온 남편이 어이없다며 웃었다. 퇴근 전에 중요한 사안으로 얘기하다 끝을 못 냈는데 뒤늦게 대답을 해온 것이라고 했다. 그리곤 덧붙였다.

"이런데 신경 쓸 시간에 스페인어 한자라도 더 배워. 아니면 프리다 박물관에라도 가보던지."

거길 나 혼자 가보라고? 예전에 가볼까 하고 같이 노선을 알아본 적이 있었다. 살띠요와 마떼왈라를 거쳐 산루이스포트시와 까레따로를 지나 차로 열 시간은 달려야 하는 곳이었다. 아침 일찍 출발해서 중간에 주유하고 점심 먹고 계속 달리면 저녁에나 도착하는 곳이었다. 게다가 지난달 멕시코시티에서 신고 된 납치 건수는 이백 건에 가까웠다. 실제 납치 건수는 열 배쯤 될 거라고 했다. 그런 데를 혼자 가라는 저 사람이 내 남편이 맞나. 자기가 같이 못 가주니까 혼자라도 다녀오라는 소리인가. 아니면 희린과 진짜 뭐가 있나. 뒤늦은 연애감정이라도 생긴 걸까. 남편은 강력하게 부인했다. 남자와 여자가 만나면 다 연애하냐고 화를 냈다. 할 일이 없으니 쓸데없는 생각이나 한다고, 당신은 머릿속에 뭐가 들어서 그렇게 불순한 생각만 하냐고 덧붙였다. 기분이 상했지만 나는 반박하지 못했다. 생각해보니 저 외모에 지성, 교양까지 다 갖춘 여자가 숱 적어지고 배까지 나온 아저씨랑 연애를 할 것 같지 않았다. 가족을 부양하느라, 임원 탈락의 수모를 견디느라 고생하는 사람을 더 힘들게 하지 말자. 자극하지 말자. 나는 스스로에게 말했다.

회사의 리쇼어링 작업이 끝났고 남편이 오랜만에 쉬었다. 같이 교회에 갔다 돌아오는 길에 마트에 들르기로 했다. 남편과 함께 마트에 가는 길은 든든하고 편안했다. 무거운 걸 혼자 들지 않아도 되고 사소한 시빗거리를 직접 해결하지 않아도 될 터였다. 어찌된 일인지 이 나라의 마트 계산원들은 실수가 잦았다. 한 개의 물건을 두 번 계산하거나 거스름돈을 자주 모자라게 주었다. 은행에서조차 몇 번이나 세서 건넨 돈이 부족하다는 걸 보면 단순한 실수는 아닐 터였다. 그럴 때마다 지적하고 항의하는 일은 몹시 피곤했다. 다행히 오늘은 그런 일이 없었다.

　집으로 가는 길에 남편의 휴대폰이 울렸다. 남편이 주저하다 전화를 받았고 수화기 너머에서 여자의 소리가 흘러나왔다. 밝고 명랑한 소리였다. 여자가 말을 계속했다. 남편은 옆자리의 내가 신경 쓰이는지 짧게 대답만 했다. 나는 무심한 척 앞을 보았다. 그러다 문득 귀를 세웠다. 수화기에서 나오는 여자의 말이 거슬렸다. 남편이 전화를 끊었고 내가 물었다.

"희린 씨?"

남편이 고개를 끄덕거렸다.

"근데 그 여자 당신한테 반말하네."

"반말을 했다고?"

"좀 전에……."

"같이 지내다 보니까 오빠 같고 친근하게 느껴져서 그랬나 보지."

"친해지면 직장 상사한테 반말해도 되는 거야?"

"피곤하게 왜 그런 것까지 따지고 그래."

"사실이 그렇잖아. 어떻게 상사한테 반말을 할 수 있어. 여기선 그래도 된대?"

남편이 인상을 찌푸리며 내뱉었다.

"그럼 어쩌라고, 그 사람이 반말한 걸 나더러 어쩌라고?"

"진짜 둘이 아무 사이도 아냐?"

"……."

"혹시 사귀는 거 아냐?"

그 소리가 떨어지기 무섭게 남편이 비명을 질렀다.

"아악!"

남편이 두 손으로 운전대를 미친 듯이 쳐댔다. 금방이라도 눈을 까뒤집을 것 같았다. 발작을 일으킬 것 같았다. 나는 어찌할 줄 모르고 남편은 휴대폰을 들어 거칠게 번호를 눌렀다.

"희린 씨! 우리 마누라가 당신하고 나하고 사귄대. 이런 오해를 받을 바에 우리 진짜 사귀어버릴까? 아니 아예 사귀어버리자."

전화를 끊고도 남편은 화를 주체하지 못했다. 규정 속도 이상으로 속력을 내고 핸들을 좌우로 거칠게 꺾었다. 나는 잘못했다고, 미안하다고 사과했다. 관속에 눕거나 골분이 된 채 한국으로 가기 싫었다. 아이들을 고아로 만들고 싶지 않았다. 남편의 분노가 수그러들었다. 나는 시트 깊숙이 몸을 묻었다. 넓고 파란 하늘에 분필로 긋는 듯한 줄이 천천히 그어지고 있었다. 남편이 중얼거렸다.

"이 정도면 병이야 병. 정신과 상담을 받든가 해야지."

미심쩍고 혼란스러운 시간이 거칠게 갔다. 나는 여전히 스터디를 하고 같이 공부하는 사람들과 밥을 먹었다. 텍사스까지 운전하고 가서 쇼핑을 하고 김치를 종류별로 사다 냉장고에 넣었다. 남편이 원할 때는 집에서 손님을 치렀다.

한 달쯤 지났을까. 집을 나서는 남편의 차림이 평소의 출근복이 아니었다.

"골프 치러 가?"

"어, 엊그제 왔던 상무님이랑……."

나는 현관문까지 배웅 나갔다가 안방으로 들어갔다. 화장대 위에 남편의 휴대폰이 보였다. 남편은 이미 엘리베이터에서 내렸을 시간이었다. 나는 휴대폰을 들고 발코니로 달려갔다. 창문을 열고 아래를 내려다보았다. 남편은 보이지 않았다. 벌써 차에 탄 것 같았다. 아니나 다를까, 남편의 차가 천천히 움직이기 시작했다. 필요하면 와서 가져가겠지. 돌아서는 순간, 밖으로 나가던 남편의 차가 빌라 입구에서 멈췄다. 동양 여자가 다가와 남편의 차에 올라탔다. 희린이었다. 희린도 동반자 중 한 명인가?

나는 휴대폰을 들고 소파에 앉았다. 괜히 심장이 쿵쾅거렸다. 떨리는 손으로 통화기록을 살폈다. 희린과 통화한 기록은 하나도 없었다. 주고받은 문자나 카톡도 없었다. 이메일도 없었다. 거의 만날 만

나는데 주고받은 기록이 하나도 없을 수 있나? 그것이 더 수상했다. 나는 여기저기를 보다 사진첩을 클릭했다. 사진첩에는 많은 사진이 있었다. 작업 현장을 찍은 것도 있고, 살티요의 울트라바로크식 성당과 산타루시아 수로, 자연사 박물관의 사진도 있었다. 언제 다녀왔는지 프리다 박물관의 사진도 있었다. 나는 빠르게 훑어 내렸다. 한참을 훑어 내리다 한 사진 앞에서 숨을 멈췄다. 여자의 유두와 허리 아래 거웃이 한눈에 들어오는 사진이었다. 사진 속의 희린은 실오라기 하나 걸치지 않고 있었다. 나는 눈을 감았다 뜨고 다시 사진을 봤다.

희린의 몸은 군살하나 없이 미끈했다. 중력의 영향 따위는 전혀 받지 않은 듯, 가슴이 막 솟은 처녀의 그것처럼 봉긋했다. 허리에 자신 있게 얹은 두 팔도 매끈했다. 사십 대라고 믿기 어려운 몸매였다. 이십 대라고 해도 될 정도였다. 희린은 긴 다리를 살짝 꼬고 서서 활짝 웃고 있었다. 벗은 것을 부끄러워하거나 찍는 사람을 경계하는 표정이 아니었다. 신체의 일부를 찍은 사진도 여럿 보였다. 통화기록과 문자는 악착 같이 지우더니 이 사진은 버리기가 그리 아까웠나. 휴대폰을 든 손에서 힘이 빠졌다. 둘이 이런 사진을 찍는 사이였어. 이 나라에서 유독 바빴던 이유가 따로 있었어.

나는 오래 생각했다. 삶이 내 앞에 새롭게 던진 패를 머리가 빠개지도록 분석했다.

깜박 잠이 들었나보다. 현관문 너머에 남편과 희린이 와 있다. 나는 벌떡 일어나서 현관문으로 달려간다. 활짝 웃으며 그들을 맞는다.

"이렇게 초대해줘서 정말 고마워요."

희린이 들고 온 작은 상자를 다탁 위에 놓으며 말한다.

"그동안 저희에게 도움을 많이 줬는데 제대로 인사도 못하고 해서 준비했어요."

말을 하는 내 목소리가 떨린다. 나는 서둘러 찌개를 데우고 밥솥에서 세 공기의 밥을 푼다.

희린이 항상 그렇듯 조심스럽게 입을 벌리고 음식물을 입안 깊숙이 밀어 넣은 뒤 조신하게 씹는다. 김치찌개를 좋아하는 남편은 찌개 국물을 열심히 떠먹는다. 나는 밥과 함께 로메로를 천천히 씹어 삼킨다. 음식이 목에 걸려서 잘 넘어가지 않는다. 머릿속을 꽉 채운 불륜, 배신, 기만 같은 단어들이 식도를 틀어막는다. 내가 있어도 그렇게 붙어 돌아다녔는데, 내가 이곳에 오기 전에, 또 애들 방학 때 나와 애들이 두 달씩 집을 비웠을 때는 얼마나 거리낌 없이 놀아났을까 생각하면 심장이 벌렁거린다. 화가 치솟는다.

식탁 위로 날씨 얘기, 회사 얘기, 몬테레이 얘기들이 흘러 다닌다. 희린은 풍부한 표정과 어감으로 재치 있게 얘기한다. 말 한 마디 한 마디가, 표정과 손짓이, 계산된 듯이 우아하다. 나는 웃는 얼굴로 경청한다. 경청하는 척하면서 속으로 욕한다.

"찌개가 정말 맛있어요."

희린이 잊지 않고 내게 치사한다.

"다행이네요. 손님 초대한다고 신경을 좀 썼거든요. 특별한 양념도 넣고……."

"그랬어? 특별한 양념이 뭔데?"

희린이 맛있다니 좋은 모양이다. 남편의 얼굴에 미소가 번진다. 통통한 뺨이 더 통통해진다. 저 얼굴을 피떡이 되도록 패주고 싶다. 아니 아예 죽여 버리고 싶다. 일주일 전만 해도 나는 살인을, 살인자를 이해하지 못했다. 저급한 유전자의 농간이라고만 생각했다. 아니면 사회 부적격자의 자기 파괴행위거나. 그러나 지금은 아니다. 나도 저 뻔뻔한 생명체들의 목을 베고 싶다. 거침없이 단칼에 확. 하지만 나는 목청을 가다듬는다. 톤을 높이고 웃음까지 곁들이며 말한다.

"들으면 좀 놀랄 텐데……."

놀랄 일이 뭐지? 둘의 얼굴에 긍정적인 호기심이 어린다. 그 모습이 우습고 역겹다. 나는 억지로 웃느라 경련이 이는 입술로 말한다.

"그렇게 특별한 건 아니고, 오늘 좀 색다른 육수를 넣어봤거든요."

화제는 며칠 전에 있었던 강도 사건으로 옮겨 간다. 공사 중인 고속도로를 서행하는 버스에 이 인조 무장 강도가 올라가 승객들의 물품을 빼앗고 한 여성 승객을 성폭행까지 하고 달아난 사건이다. 성폭행 당한 여성이 전직 의원의 부인이어서 더 화제가 됐었다. 이야기는 이곳의 극심한 빈부 격차와 열악한 치안과 생활환경으로 이어진다. 희린은 그럼에도 이곳이 좋고 살아볼 만한 곳이라는 걸 나열한다. 남편이 고개를 끄덕거린다.

남편의 외도도 그렇지만 상대가 희린이라는 게 더 충격이었다. 부정하는 것도 모자라 나를 의부증 환자로 몰았다는 게 견딜 수 없었다. 정신병 환자로 몰았다는 게 참을 수 없었다. 수치와 모욕이, 분노와 비통이 가슴을 찢었다. 그럼에도 나는 술에 취해 잠든 남편의 목을 조르지 못했다. 문설주에 내 목을 매달지도 못했다. 희린을 찾아가 패악을 부리거나 그녀의 남편을 찾아가지도 못했다. 희린의 딸이 다니는 학교 게시판에 그녀의 알몸 사진을 올리지도 못했다. 생각이 극단으로 치달을 때마다 내 삶이 나를 붙잡았기 때문이다. 삶이 말했다. 죽이는 일은 쉽다. 하지만 너와 애들 인생이 꼬인다. 그리고 일을 까발려 본들 저 여자는 잃을 게 별로 없다. 네 남편의 목만 날아간다. 너의 지사장 아내, 호텔 같은 집, 명품 백이 사라진다. 주변인들의 선망에 찬 눈빛이, 친정엄마의 자긍심이 사라진다.

희린이 고개를 갸웃거리며 얘기한다. 희린을 보는 남편의 표정은 생기가 넘친다. 따뜻함이 넘친다. 저 등신. 머저리. 집을 소개하면서, 아니 동서에게 미리 말을 들어서 이 남자가 뭐하는 사람인지 알았을 것이고, 옆에 와이프도 없겠다 작정하고 꼬여서, 또 내게도 잘 보여서 직원으로 채용됐겠지. 몸 바쳐가며 일하겠지. 그런 줄도 모르고 지가 좋아서 그러는 줄 알고…… 연봉에 저년 몸값까지 얹어줬겠지.

이혼을 하지 않으려면 어떻게든 참아야 한다. 그런데 여기선 내가 할 수 있는 일이 아무것도 없다. 누구한테 하소연도 못하고 밖에 나가서 술을 퍼마시거나 혼자 쏘다니지도 못한다. 시차가 안 맞아서, 그보다 부끄럽고 창피해서 한국에 있는 가족이나 친구에게 털어놓지도 못한다. 놀아난 건 두 사람인데 나만 고통에 시달린다. 다시금 화가 치솟는다. 김치찌개에 내 소변을 두 컵이나 넣었다고 불어버리고 싶다. 그 사실을 알면 기겁하겠지. 희린은 구역질을 해대고 남편은 손님 초대해놓고 이 무슨 짓이냐며 미쳤다고 날뛰겠지. 나는 깍두기를 한 조각 입에 넣고 와작와작 씹는다.

남편과 희린이 깔깔거리고 웃는다. 가슴속으로 경멸이 차오른다. 환멸이 차오른다.

근데 남들 앞에서도 저렇게 티내는 거 아냐? 갑자기 불안이 엄습한다. 저 인간들이 내 초인적인 인내를 물거품으로 만들까, 내 미래를 쓰레기통에 처박을까 겁이 난다. 아무래도 내 식탁에 저 둘을 자주 불러야 할 것 같다. 우리가 사돈 사이이며 한 가족처럼 친하게 지내고 있다는 것을 사람들에게 더 알려야 할 것 같다. 좁은 교민 사회에 나쁜 소문이 퍼지지 않도록 힘써야 할 것 같다. 마침 잡채를 먹던 희린이 얄밉도록 우아하게 말한다.

"어쩜 이렇게 음식 솜씨가 좋으세요. 갈비도 맛있고 잡채도 많이 달지 않으면서 간도 잘 맞고 아주 맛있어요."

몸 팔아서 벌어먹는 주제에, 파렴치한 창녀 주제에 고상한 척, 교양 있는 척 더럽게 하네. 속으로 욕하면서 대답한다.

"많이 드세요. 동서를 생각해서라도 진즉에 이런 자리를 마련했어야 하는데…… 그래서 앞으로는 한 달에 한 번쯤 이런 자리를 만들까 하는데, 괜찮겠죠?"

"어머! 그러면 저야 고맙죠. 정말 감사하죠."

희린이 반색한다. 남편의 입이 헤벌쭉 벌어진다.

"꼭 그렇게 하지 않아도 되는데…… 하긴 어느 식당 밥보다 당신 밥이 정갈하고 맛있긴 하지."

남편과 희린의 눈길이 허공에서 자주 얽힌다. 역겨움과 슬픔이 가슴을 짓누른다. 행동을 조심하라고, 경고삼아 남편에게 묻는다.

"혹시 소식 들었어? 얼마 전에 연애하다 들켜서 본국으로 쫓겨난 그 사람 회사에서도 잘렸다는 소문이 돌던데……."

남편의 눈빛에 긴장감이 스민다. 그러나 이내 희린을 향한 다정과 기쁨으로 바뀐다. 화제는 이 나라의 아름다운 풍경으로 옮겨간다.

나는 기름에 볶은 버섯을 질경질경 씹는다. 분노를, 혐오를 드러내지 않으려고 안간힘을 쓴다. 그래, 어차피 이곳 삶에서 남편은 거의 존재하지 않았다. 그런 남편을 버리는 거다. 대신 남편이 가져오는 돈을, 품격 있는 삶을 취하는 거다. 곧 임원을 달겠지. 월급이 더 많아지겠지. 옆집 아저씨가 내 구찌 원피스를 프라다 재킷을 안나수이 스타킹을 사준다고 생각하자. 내 자식의 학비를 대준다고 생각하자. 그런데 왜 자꾸만 한숨이 나오지?

며칠 내로 비행기를 타고라도 프리다 박물관에 가봐야겠다. 돌아오는 길에 백화점에 들러 가방을 하나 더 사야겠다.

그나저나 다음 달엔 저 인간들에게 무슨 음식을 해줄까? 찌개에는 뭘 넣어주지?

차선우 「내일을 여는 작가」로 신인상을 수상했으며, 창작집으로 『우리는 많은 것을 땅에 묻는다』가 있다.

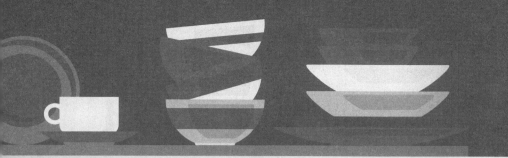

장마

김소윤

밤새 비가 내렸다. 나는 완전히 잠에 취해 있었다. 그럼에도 비가 내린 것은 똑똑히 알 수 있다. 귀로 듣는 게 아니라 몸으로 느낀다. 거대한 동물의 내장 속에 파묻힌 것처럼 축축하고 안온하다. 몇 번이나 잠에서 깼다가 마치 늪으로 빨려 들듯 다시 잠이 들었다. 늦게야 간신히 일어나 보니, 온 집 안이 습기로 흠뻑 젖어 있었다.

베란다에 비가 들쳤다. 미처 걷지 못했던 빨래는 눅눅하다. 하수구에서 역한 냄새가 올라온다. 집 안을 둘러보다가 간신히 제습기의 버튼만 누른다. 머리가 지끈거리고 눈은 쑤시듯 아프다. 술을 마신 것도 아닌데 숙취가 오는 것 같다. 잠에 취했던 것인지도 모른다. 지난밤의 일이 기억나지 않는다. 하루, 이틀…… 사흘을 자버렸는지도 모르겠다. 핸드폰은 방전됐고 벽시계는 멈춰 섰다. 어쩌면 일주일, 한 일 년쯤 지나간 건 아닐까. 그 생각을 하자 목이 타는 듯 마르다. 냉장고는 비었다. 오래된 반찬 몇 가지, 말라버린 야채, 곰팡이가 핀 빵 조각. 허기는 느껴지지 않았다. 반쯤 남은 물병을 비우고 비스킷 하나를 집어먹는다. 눅눅한 덩어리가 입천장에 자꾸만 들러붙었다. 몸에선 땀 냄새가 풍기고 끈끈한 머릿속은 간지럽다. 시원한 물로 샤워를 하고 옷도 갈아입고 청소를 해야겠다고 생각한다. 집 안은 과자 부스러기, 더러운 옷가지, 쓸모없는 전단지 쓰레기, 고양이 털 뭉치로 지저분하기 짝이 없다. 가만, 고양이 엔젤이 보이지 않는다. 울음소리도 없다. 틀림없이 또 밖으로 나간 게다. 고양이들은 어떻게든 밖으로 나가는 길을 안다. 가끔은 그 본능이 부러웠다. 결국엔 아무것도 하지 못한다. 다시 침대에 누웠다.

신경질적인 빗줄기가 창문을 두들긴다. 조금의 머뭇거림도 없다.

좍좍 밑줄을 긋듯 하늘에서 땅으로 이어지는 숱한 철창이다. 빗속에 갇힌 것이다. 빗소리에 귀를 기울이다 보니 잠이 쏟아지려고 했다. 또 얼마나 자게 될까, 잠의 아득한 달콤함 속으로 빠져들면서도 그 끝없는 경계가 섬뜩해진다.

빗소리…… 빗소리…… 빗소리…….

처음부터 사랑받지 못했다. 분명히 기억하고 있다. 날 내려다보는 눈빛에 온기라고는 없었다.

— 어쩌자는 거야?

남자의 차가운 목소리.

– 나도 몰라. 데려가라는 걸 어째.

여자는 진저리를 치며 자그만 가방을 내던졌다. 둘은 위태로운 침묵 속에서 바르르 떨다가 내 쪽을 노려봤다. 인사성 바른 자식은 어딜 가서든 이쁨 받는다. 할머니는 회초리로 종아리를 때릴 때마다 말했다. 할머니에게 인사만큼 중요하고 쉬운 사랑법은 없었다. 그러나 십 년의 가르침이 무상하게도 내 입에서는 인사 한 마디가 떨어지질 않았다. 나는 끝내 그들에게 안녕하세요, 하고 인사할 수 없었다.

문득 매실장아찌를 생각하고 침이 고였다. 잠이 들려던 찰나였다. 잡다한 꿈에서였든지 시공간을 떠도는 기억에서였든지 할머니의 매실장아찌를 깨물었다. 그러자 자연스럽게 현실에서도 침이 고였다. 들큼하고 신 매실이다. 너무 무르면 맛이 없는 게여. 지금이 딱 좋으니 어여 먹어. 할머니의 밥상은 소박했다. 검은 콩을 듬성듬성 넣은 잡곡밥에 된장국이나 김칫국. 나물과 장아찌 두어 가지. 특별한 날에만 꽁치나 고등어를 구웠다. 와드득 씹히는 매실이 입안에 퍼질 때마다 나는 눈을 꼭 감았다. 신맛이 퍼질 때의 강렬한 자극이 싫으면서 좋았다. 어이구, 지 애비랑 똑같네. 할머니는 혀를 쩌쩌 차면서 웃었다. 할머니가 웃는 일은 흔치 않았다. 나는 간혹 그 소리를 듣고 싶어서 고집스럽게도 매실장아찌를 씹었다.

난데없는 식욕이 돋았다. 매실장아찌만 있으면 밥을 먹을 수 있을 것 같다. 그것만 먹으면 잠에서도 깨어나고 집 안을 감싸고 있는 불길한 우울감도 떨쳐낼 수 있을 것이다. 쌀이 있던가? 아마 조금은 남았으리라. 쌀을 일어 밥을 안치고 도마를 꺼내 잘 익은 배추김치를 한 포기 썰면 좋겠다. 잘 담가둔 매실장아찌를 꺼내 반 토막씩 자르고, 끈적한 국물도 뿌려서 내놓으면 먹기가 좋다. 멸치를 우려낸 된장국이나 얼큰한 김칫국을 끓이면 좋겠지만, 그렇게까지 욕심을 내지 않는다. 갓 지어낸 쌀밥에 매실장아찌만 얹어도 두 그릇은 뚝딱 먹을 수 있다. 입안에 들어온 밥알이 부드럽게 씹힐 때, 매실 반 조각을 더해 오도독 오도독 경쾌하게 씹는다. 시고 달고 맛있다. 또다시 침이 고인다.

꿈속의 꿈이 있다. 분명 깨었는데, 다시 깨어난다. 매실장아찌를 생각한 것은 꿈속의 나였다. 문득 눈을 떠보니, 비 오는 날의 어둑어둑한 방 그대로다. 맴돌던 군침은 말라버렸고, 입안은 혓바늘이 선듯 깔깔하다. ……틀림없이 일어나서 밥을 안치고 요리를 할 생각이었다. 그런 의지와는 관계없이 육신은 잠들고, 영혼은 허방을 헤맨다. 두 존재가 영원히 결합할 수 없이 멀어져버린 걸까. 그와 나처럼…… 그 남자와 여자처럼…… 너와 나처럼…….

백화점에 가면 코끝에서부터 달콤했다. 일 층 매장에 자리한 국내

외 화장품 브랜드점과 향수가게, 명품 가방들. 깨끗하고 단정하게 차려입은 점원들에게서는 내가 사는 세상에 없던 향이 풍겼다. 대형마트일망정 화장품 코너에 근무하게 된 것은 행운이었다. 내 손끝은 야무졌고 메이크업도 자신 있었다. 고객들을 위해 매일 화장을 했다. 향수도 뿌렸다. 매장은 늘 밝고 달콤한 기운이 맴돌았다. 그 일터를 사랑했다. 네 평 남짓한 고시텔보다 그곳이야말로 내가 원하는 세상과 더 닮았다. 어느 여름날, 그가 찾아왔다. 흔한 피부 상담이었다. 지성피부에 맞는 스킨과 로션을 사갔다. 다음에는 쉐이빙 크림을, 그 다음엔 바디 제품을 사갔다. 올 때마다 그는 달라보였다. 천진한 대학생 같았는데, 또 어느 때는 피곤한 샐러리맨 같았고, 가난한 기술 견습생처럼 보이기도 했다. 웃을 때마다 보조개가 폭 파이는 것은 변함없었다. 그와 내가 한 침대에 누웠을 무렵에는, 그가 아무 일도 하지 않는 백수라는 것을 알고 있었다.

빗소리가 간혹 멈춘다. 매미소리가 쏟아지는 숲 한가운데서 일시에 정적에 휘말린 듯 낯설고 기이하다. 젖은 창문엔 먼 풍경의 초록빛이 번졌고 집 안은 더욱 괴괴하게 느껴진다. ……그는 돌아오지 않았다. 돌아올 리가 없다. 가슴이 두방망이질 친다. 돌아오지 않기를 바란다. 돌아오기를 바란다. 아니…….

먹구름이 다시금 비를 쏟아낸다. 오디오 버튼이 on이 된 듯, 빗소리가 일시에 울려 퍼졌다. 베개에 얼굴을 깊숙이 파묻었다.

남자가 지방으로 일을 하러 떠나면 여자는 기다렸다는 듯이 장을 봤다. 혼자서 다 못 들 정도로 뚱뚱한 봉투를 몇 개씩 들고 나타나서는 요란스럽게 요리를 했다. 여기저기 전화를 돌리고 찾아가 데려오기도 하면서 친구들을 잔뜩 불러 술을 마셨다. 여자는 타고난 이야기 꾼이었다. 몇 명이 모였든 그들은 여자의 말에 웃고 울었다. 나는 구석에 쪼그려 앉아 처음부터 없었던 것처럼 입을 다물고 있었다. 간혹 내 이름을 불렀다. 대개 술이나 담배 심부름이었다. 그런 자리는 아침까지 이어졌다. 마지막까지 멀쩡한 사람은 여자뿐이다. 빈 술병을 치우고 설거지를 하고 쓰레기를 버린다. 마치 술은 한 방울도 마시지 않은 것처럼 침착하고 평온하다. 그제야 나도 이불을 눈 바로 밑까지 끌어당기고서, 여자를 생경하게 바라본다. 여자는 굉장히 불행해보였다. 어쩌면 나보다 더…….

늘 한 쪽이 때리고 한 쪽이 맞은 것은 아니다. 남자는 돈이 제법 벌렸거나 기분이 좋으면 여자의 어깨에 코를 박고 시시덕거렸고, 여자도 때때로 애교를 부리며 코맹맹이 소리를 냈다. 그러다가도 남자가 생활비를 탕진하고 돌아올 때면, 여자는 고래고래 소리 지르며 살림을 집어던졌다. 남자는 여자가 다른 놈과 어울렸다고 주먹질을 하기도 했다. 둘은 툭하면 으르렁댔고 사랑했으며 증오하면서도 엉겨 붙었다. 유일하게 이견 없이 장단이 맞는 것은, 나를 미워하는 일이었다.

그 시절, 내 정수리의 머리칼은 듬성듬성했다.

– 맞아도 싸.

– 개만도 못한 것.

마당에 묶어둔 개는 목줄에 묶여 밥 먹고 똥 싸는 일이 전부였다. 나는 개의 서열보다 아래였다. 머리채를 잡혀 개집에 처박히거나 개밥이나 먹으라며 입을 벌리기도 했다. 학교에 못가는 날이 많았다. 그런 날은 괜한 트집을 잡히지 않기 위해 스스로 개집에 머물렀다. 적어도 개를 끌어안고 있을 때는 맞지 않았다. 개에게 말을 걸었다.

– 할머니…….

늙은 개였다. 할머니라고 불러도 하나 이상할 게 없었다. 그래도 내 말은 우스운 것이다. 옆집에 사는 녀석이 그 말을 듣고 소문을 퍼뜨렸다. 구질구질하고 지저분한 데다 정신까지 이상한 아이가 동네의 천덕꾸러기가 되는 건 당연한 결과다. 아무도 나를 동정하지 않았다.

잠시 비가 잦아들었다. 땅을 후려치던 빗소리가 줄어들자 흐릿하던 다른 소리가 섞여든다. 문을 긁는 소리. 딸꾹딸꾹 살아 있는 짐승의 소리. 엔젤이 돌아왔을까. 엔젤은 순백의 털을 가진 터키시 앙고라다. 털이 부드럽다 못해 녹을 것처럼 매끄럽다. 코끝은 말랑하고 발바닥은 폭신하다. 내 어린 시절을 털어놓았던 날, 그가 품에 안고 왔다.

– 끌어안고 있으면 따뜻해질 거야.

― 네가 안아주면 되잖아.

　― 내가 널 안고 네가 걜 안으면 두 배로 따뜻해질 걸.

　그는 빛이었다. 믿을 수 없을 만큼 좋았다. 설사 그 순간 세상이 끝
난다 해도 족했으리라. 심장은 속절없이 뛰고 온 혈관과 뼈마디마다
꿀이 흐르는 것 같았다.

　― 자기가 설사 사람을 죽인대도 나는 자길 사랑할 거야.

　말이 너무 무겁다고 생각했는지 그는 크게 웃었다.

　― 무시무시하군. 혹시라도 그럴 일이 생긴다면 네가 숨겨주기다.

　우리의 나이 스물둘이었다. 말의 힘도 모르고 사람의 깊이는 더욱
몰랐다. 때론 극단적인 상상의 말들이 사랑의 언어가 됐고, 상대에
대한 가공의 선물이 되기도 했다. 실체도 없고 의미도 없었지만, 그
때는 솔직히 아무래도 좋았다. 그런 날이 오리라곤 생각하지 않았고,
온다고 해도 두렵지 않았다.

　여자는 전 애인에게서 나를 얻었다. 이미 두 사람이 헤어진 뒤였
다. 원치 않는 생명을 뱃속에 품고 낳아야 하는 일이 꽤나 괴로웠던
모양이다. 감정이 격해질 때마다 그 시절의 원망을 퍼붓곤 했다. 돈
도 없고 갈 곳도 없던 여자는 미혼모 쉼터에서 반년을 지내며 간신히
출산을 마쳤다. 입양을 결정해두고 며칠이 지났을 때, 용케도 애인의
어머니와 연락이 닿았다. 할머니는 그렇게 오갈 데 없는 나를 떠맡았
다. 살갑거나 다정하진 않았다. 그래도 묵묵히 그 자리에 계셨다. 열

살까지나마 평탄했던 건 그 덕분이다.

　할머니는 여든 고개를 넘어서며 나를 보냈다.

　— 인사 잘하고 말 잘 듣고 여기 생각은 잊어버려라. 이제 엄마랑 사는 게여. 자식은 그저 엄마 그늘서 자라야제. 네 아부지 연락이 있거들랑 그때는 꼭 알려주마.

　할머니는 늘 머리칼을 짧게 잘라 빗으로 정갈하게 빗어 넘겼다. 조금만 길어도 스스로 가위를 들었다. 키가 작고 깡마른 노인이었다. 얼굴은 창백하고 입술은 죽은 자주빛이다. 동네 아이들이 마귀할멈이라고 부르곤 했다. 나는 할머니를 꽉 끌어안았다. 당치 않은 별명이다. 할머니는 나무였고 그늘이었고 엄마였다.

　여자의 남자는 어린 계집아이가 거슬렸다. 그래도 결국 받아들인 건, 여자의 약점이 될 것을 알았기 때문이다. 여자는 평생 남자의 호주머니였고 각시였고 매춘부였다. 여자는 어린 것을 버리지는 못했지만 사랑할 수 없었고, 엄마가 되어줄 수는 더더욱 없었다.

　엄마……. 두 음절의 단어를 떠올리고, 처음에는 피식피식 웃다가 나중에는 발작적으로 웃어댔다. 작년에 서른둘이 되었다. 그런데도 두 살, 열두 살…… 어린 아이나 소녀처럼 엄마타령이다. 원망이나 그리움, 증오나 사랑, 어느 쪽도 없다. 없다고 생각한다. 바라는 것이 없었으므로 실망하지도 않았다. 그런데도 나는 여전히 여자와 지냈던 시간을 생각한다. 아저씨라고 부르기도 싫었던 남자에게서 얻어

맞고 모욕 받고, 때로 밥 한 그릇을 위해 무릎 꿇고 영혼을 조아려야
했던 개 같던 시절을 기억한다. 그것을 지켜만 보았던 여자를 저주한
다. 엄마라서가 아니라, 어른이라서가 아니라, 같은 굴욕을 받아야
했던 동지로서의 방관을 저주하는 것이다.

띠띠띠! 제습기의 경고음이 울렸다. 물통이 가득찬 모양이다. 간신
히 몸을 일으킨다. 습도 육십 퍼센트에서 깜빡깜빡. 바닥은 찐득하게
달라붙는다. 비가 계속됐다. 때때로 잦아들었다가도 또 분풀이라도
하듯 왈칵왈칵 쏟아졌다. 비 오는 날은 아름답다. 우울하고 서러우면
서 아름답다. 한없이 가라앉아 빗속에 숨는다. 적어도 비가 내리는
동안만큼은 배가 고프지도 슬프지도 않다. 지구의 중력을 벗어나 캄
캄한 우주 한복판에 둥둥 떠 있는 것처럼, 현실감이 없다. 칼날로 후
비듯 생생했던 고통도 남의 일처럼 들여다볼 수 있고, 끔찍했던 어느
시절의 이야기도 덤덤하게 되새길 수 있다. 나는 잘 울지 않는 아이
였다. 지금도 눈물이 없다. 빗방울이 흐르는 창문에 손바닥을 대고서
내가 눈물이 없는 것을 참 다행으로 여겼다.

그가 이별을 고한 것은 이 년쯤 동거를 했을 때였다.
— 이제 제대로 살아야지.
치렁치렁하던 머리를 바짝 깎고 나타나 나를 기쁘게 하더니, 맥주
한 캔을 마시고는 그렇게 말했다.

– 언제까지 이럴 수도 없고.

여름날이었다. 한낮의 열기가 서서히 밀려가던 저녁 어스름, 우리는 편의점 야외 테이블에 마주 앉아 있었다. 하나둘 밝아오던 네온 불빛은 아득하리만큼 멀고, 도로엔 차도 거의 다니지 않는 한적한 동네였다. 근처 빌라의 작은 원룸을 빌려 살고 있었다. 보증금 삼백에 월세 삼십삼만 원. 그는 간단한 아르바이트조차 번번이 그만두곤 해서, 월세며 생활비는 모두 내 책임이었다. 그래도 집에 돌아올 때 그가 있다는 게 좋았다. 먹을 것도 챙겨주고 입을 것도 사다줬다. 게임 머니도 충전해주고 술주정도 받아줬다. 내 품에 안긴 엔젤처럼 그도 언제까지나 곁에 있어주길 바랐다. 그뿐이었다.

– 너도 지겨웠지? 우리도 참 그래. 여태까지 끌고 오다니…….

그가 맥주 한 모금을 마시고, 손등에 앉은 모기를 찰싹 잡았다.

나는 차가운 커피를 쭉 들이키며 하늘을 올려다보았다. 어둑한 구름이 가득한, 검붉은 하늘이었다.

– 올해는 비가 통 오질 않네.

– 아직 장마가 아니잖아. 다음 주쯤이라지 않았나?

이별을 고한 사람 같지 않았다. 이별을 통보받은 사람 같지 않았다. 같지 않다는 것은 다르다는 말이다. 그게 다행스러웠다.

그는 석 달 후에 결혼했다. 동거가 아닌 결혼이었다. 상대는 고모가 소개했다는 대학원생이었다.

– 속도위반이었다나 봐. 어쩜 그러니. 집 나와서 빈둥대는 걸 네가

두 해는 먹여 살렸잖아. 이제 와서 지 잘난 가족한테 돌아가서 결혼까지 하다니.

그의 친구의 여자 친구가 요란을 떨며 전해준 소식이었다. 세상과 이어졌던 가느다란 실 하나가 툭 끊어진 것 같았다. 가파른 절벽에서 수직으로 떨어져 아득한 어둠으로 끝도 없이 침잠하고 있었다.

흰 벽을 타고 벌레 한 마리가 꿈지럭꿈지럭 기어오른다. 노래기다. 어딘가에 숨어 있다가 이렇게 비가 오는 날엔 꼭 나타난다.

그는 벌레를 끔찍이 싫어해서 노래기가 나타나면 내내 쫓아다녔다.

— 이놈 봐라. 죽은 체를 한다.

그가 손가락을 벌려 보여주었다. 자그만 몸을 둥글게 말고 꿈쩍하지 않는 노래기.

— 죽어도 싸지, 요놈.

그의 손끝은 가차 없다. 짓이겨 버린다. 애당초 살아 있는 게 해악이었다. 신의 섭리 속에 빛과 어둠이 있어, 어쩌면 끝끝내 불행하도록 계획된 존재들이 있는지 모른다.

무거운 몸을 일으켜 손끝에 노래기를 올린다. 재빠르게 죽은 체를 하는 노래기를 측은히 여겼다. 창문을 열어 바깥으로 툭툭 털어낸다. 죽지는 않을 것이다. 느리고 느린 속도로 습하고 어두운 곳을 찾아가리라. 빗방울이 날려 얼굴에 부딪혔다. 둥근 우산들이 둥실둥실 떠가는 거리를 우두커니 바라보았다. 처음부터 비가 내렸고 끝까지 내릴 것처럼, 비가 오지 않던 세상이 기억나지 않는다.

　그가 돌아온 것은 오 년이 지난 어느 겨울날이었다. 그 무렵 나는 한 부품공장의 밤샘 근무 조에 속해 있었다. 늦게까지 자고 있던 나를 그가 흔들어 깨웠다. 사는 집도, 비밀번호도 같았다. 함께 보던 텔레비전, 나란히 덮던 이불, 종종 엉켜 있던 이 인용 소파까지 그대로였다. 변한 게 있다면 기초화장품조차 손에 대지 않게 된 나의 부스스한 민낯과 상큼하던 보조개가 피로한 주름이 되어버린 그의 초췌한 얼굴이었다.

　— ……무슨 일이야?

　잠에서 덜 깬 몽롱한 정신으로 물었다.

　— 밥 좀 줘.

　그의 몸에서 지독한 술 냄새가 풍겼다. 이는 누렇게 변했고 푸석한 머리칼은 오랫동안 감지 못한 것 같았다. 초점 없는 두 눈은 붉고, 거친 피부는 마른 해산물처럼 뻣뻣했다.

　— 무슨 일인데?

　— 배고파.

　한 번도 이별한 적 없는 것처럼 그는 당당했다. 어느새 엔젤이 살금살금 걸어와 그의 발끝에 코를 비볐다. 그가 침대에 기대고 앉더니 엔젤의 등을 어루만졌다. 엔젤은 몸을 펴고 갸르릉갸르릉 기분 좋은 소리를 냈다.

그때 나는 뭘 차려주었던가. 부랴부랴 밥을 짓고 김치를 자글자글
볶고, 양파를 송송 썰어 계란말이를 하고, 아마도 매실장아찌…… 그
랬을 거다. 그렇게 밥상을 내어주자, 그는 말도 없이 밥을 푹푹 떠먹
으며 간혹 매실을 집어먹고 인상을 찌푸렸다.

　－밖은 추워?

따뜻한 보리차를 따라주며 묻자, 그가 몸을 부르르 떨었다.

　－추워. 징글징글하게 추워…….

그는 몸과 마음이 모두 망가질 대로 망가져서, 한동안은 그를 환자
처럼 보살폈다. 띄엄띄엄 전해들은 내용으로는 그의 사업 실패, 아내
의 외도, 부친의 장례, 사채업자들의 협박…… 불행한 사건의 연속이
었던 모양이다.

　－늪이야. 한 번 말려드니까 어떻게 할 수가 없어. 계속해서 끌려
들어가는 거야.

나는 간혹 그의 술주정을 들어주고 불행을 위로하면서 부지런히
밥을 먹이고 입혀주었다. 그렇게 몇 달이 지났을 때, 그가 아이를 데
리고 왔다. 이혼을 마무리하고 돌아온다던 날이었다.

　－그 여편네에게는 죽어도 못 줘. 바람난 년에게 딸을 맡길 수 있
겠어?

아이는 잔뜩 풀이 죽어 고개를 숙이고 있었다. 부부의 오랜 싸움과
별거로 아이는 외가에서 자라다시피 했다. 유난히 하얗고 마른 아이.
갸름하고 예쁜 얼굴엔 서늘한 두 눈이 고요히 박혔다.

― 어쩌자는 거야?

나도 모르게 내뱉은 말에, 아이의 얼굴엔 그늘이 앉는다. 눅눅해진 기대. 막연한 설움. 아주 오래된 슬픔…… 아찔한 기시감으로 나는 현기증을 느꼈다.

― 그럼 날 보고 어쩌란 거야? 그 집에 두고 오라고? 이제는 내가 싫니? 애 딸린 놈이라 싫어?

그는 전에 없이 화를 냈다. 혼자서 고성을 지르다가 끝내는 멀쩡한 접시 몇 개를 깨뜨리고 나가버렸다.

― 미친 놈.

나는 중얼거리며 유리 조각을 주웠다. 아이 쪽을 보지 않았다. 아무 말도 건네고 싶지 않았고, 사랑해주고 싶지도 않았다. 나와 무관한 문제에 휩쓸려 악몽 같은 나날을 만들게 될 것이다.

창문을 열어둔 채로, 벽에 기대어 앉았다. 빗소리가 더욱 커진다. 천장을 때리고 침대를 누르고 바닥을 긁는다. 온 집 안이 비에 잠긴 것 같았다. 바람에 날린 찬 빗물이 정수리로 요란하게 떨어졌다. 사위는 더욱 어두워지고, 낮인지 밤인지 알 수 없었다.

관 속에 갇혀 비를 맞는다면 이런 기분일까.

살이 썩고 진물이 흐르며 악취가 진동하는 좁은 틀 안에서, 발버둥을 쳐도 빠져나갈 수 없고 도망갈 수도 없다. 몸은 굳어가고 영혼은 숨이 막혀 고통 속에 허덕거린다. 나는 울지 않는다. 울지 않는다. 그렇게 다짐하면 할수록 슬픔이 차올라 비강에 가득 차더니, 뜨거운 눈물이 흘러내렸다. 고개를 치켜들었다. 찬 빗물이 얼굴로 날아들어 우수수 얼음조각처럼 박혔다.

한 번 넘어선 경계는 더 이상 경계가 되지 못한다. 양심, 도덕, 윤리, 인간으로서 최소한의 예의…… 모든 것을 넘나든다. 그들의 가혹행위는 날로 심해졌다. 더 큰 자극을 찾는 사냥꾼들 같았다. 숙제를 안 한 이유를 대라며 여섯 시간이 넘도록 얻어맞기도 했고, 다리가 하나 부러졌을 때는 고통스러워하는 나를 이틀이나 방치하기도 했다. 서로 함께 있을 때 둘의 폭력은 더해졌고, 하나라도 없을 때는 오히려 무심했다. 나를 학대함으로써, 그들은 어떤 육체적 행위나 말로서도 채울 수 없는 완벽한 결합을 이루었던 것이다.

아이는 유난히 눈치를 보는 조용한 성미였다. 조심조심 장난감을 가지고 놀다가 배가 고플 때만 내 쪽으로 와서 눈을 끔뻑거렸다. 아이를 사랑할 수는 없었다. 물론 엄마가 되어줄 수도 없었다. 솔직히 나는 그 아이가, 내 어릴 때를 꼭 닮은 아이가, 너무도 싫었다.
그가 아이의 따귀를 때리고 등짝을 꼬집고, 효자손으로 종아리를 때리다가 나중엔 무차별적으로 내리치게 되었을 때, 나는 더더욱 아이를 끔찍하게 여겼다. 그는 아이를 사랑하지 않았고, 단지 불행을 위한 인질로 삼은 채 모진 말과 주먹으로 상처 입혔다. 아이는 말수를 잃었고 밤에는 오줌을 쌌으며 예뻤던 얼굴은 날로 상해갔다. 불행은 먼저 아이를 삼키고 그를 좀 먹었으며 나를 짓눌렀다.

나는 아무것도 하지 않았다. 할 수가 없었다.

바닥에 쓰러져 모로 누웠다. 비에 젖은 채 비를 본다. 열에 들뜬 얼굴에 빗물을 부빈다. 한 번 터진 눈물은 그칠 줄을 모르고, 비가 눈물인지 눈물이 비인지 알 수 없었다.

열일곱이 되었을 때에서야 집에서 완전히 도망할 수 있었다. 요양원에 계시던 할머니가 돌아가신 뒤였다. 할머니의 부고가 어찌어찌 전해져, 나는 무조건 가야겠다고 결심했다.

학습된 두려움 때문에 낮은 울타리조차 넘지 못하는 것은 파블로프의 개와 같다. 남자가 손을 치켜들기만 해도 가슴이 철렁하다. 간신히 울타리를 넘고 나자, 그것이 아무것도 아니었음을 알게 된다.

장례식장에서 생부를 만났다. 원양어선을 타고 떠돌다 한 해 전에야 들어왔다고 했다. 나를 서먹하고 낯설게 바라보다가, 지내는 건 어떤지 물었다. 죽을 것 같아요. 날 좀 꺼내주세요. 당신이 아버지든 아니든 상관없어요. 간절한 말들이 목구멍까지 치밀어 올랐다. 하지만 말이 되지 못했다. 생부는 머나먼 남이었다. 고개를 푹 숙이고 눈물만 삼켰다.

할머니의 영정사진은 내가 헤어질 때 모습 그대로였다. 경로당에서 영정사진을 찍어줬다며 무겁게 들고 오셨던 사진이다.

어떠냐, 이쁘냐?

할머니의 매실장아찌가 그토록 그리운 적이 없다. 다시는 그 남자와 여자의 집으로 돌아가지 않았다.

아이는 간혹 내게 구조의 눈빛을 보냈다. 냉정하게 돌아설 줄 알면서도…… 고백하건대 아이는 우리의 제물이었고, 나는 제물을 통해서라도 그를 붙들어두고 싶었던 거다. 그가 설사 살인을 한 대도…… 나의 사랑이란 그토록 무서운 저주였다.

그렇게 삼 년이 흘렀다.

좋았던 날도 있었다. 그럭저럭 평범한 다른 집처럼, 함께 밥을 먹고 텔레비전을 보는 날들. 그가 흉폭해지는 것은 아이에게서 생모의 모습을 엿볼 때였다. 아이는 사소한 이유로 혼이 나고 얻어맞았다. 그가 넘어선 경계는 날로 치명적이어서, 아이의 몸은 멍으로 물들고 코뼈가 부러지고, 발톱이 빠졌다. 그러는 사이, 차차 그의 분노가 나에게로 번져왔다. 애를 제대로 봤냐, 어디에 갔었냐, 돈을 가져와라. 천진한 얼굴로 보조개가 쏙 들어가던 젊은 날의 그는 이미 없었다. 무엇이 그를 괴물로 만들었는지 나는 모른다. 하루하루 그는 더 나빠졌고, 술에 절었고, 나를…… 증오했다. 내 몰골은 점점 아이와 비슷해졌고, 우리는 더 이상 서로를 돕거나 구원해줄 수 없었다.

빗줄기가 잦아든 것도 아닌데, 문 긁는 소리가 선명해진다. 엔젤이 아니다. 벽장이었다. 비에 흠뻑 젖은 채로 몸을 일으킨다. 속이 메스껍고 어지럽다. 빗물을 뚝뚝 흘리며, 벽장으로 다가간다. 끼이익, 끼이익, 낡은 문짝을 긁는 소리. 때로 끙끙거리는 신음이 흐른다. 창밖으로 번개가 내리치더니, 우르르 꽝꽝 천둥소리가 쩌렁쩌렁 울렸다. 지긋지긋한 비, 징그럽게도 계속되는 비를 저주했다.

　　- 안 되겠어.
오랜만에 술도 마시지 않고 멀쩡한 얼굴로 마주 앉아 그가 말했다.
　　- 뭐가?
난 빨래를 개던 중이었다.
　　- 이렇게 사는 거 말야.
반듯하게 줄을 맞추던 그의 속옷이 흐트러졌다.
　　- 정신 좀 차려야지……
어디에서 그런 힘이 났는지, 벌떡 일어나 그를 밀쳐 바닥에 넘어뜨렸다. 반복되는 굴레 속에서, 끝없이 불행해지고 불행해진다.
　　나는 신의 노래개였다. 그들의 노래개였다. 별안간 분노가 치밀어 올라, 그의 배에 올라앉았다. 그의 얼굴을 주먹으로 마구 내리쳤다. 영문도 모른 채 얻어맞던 그가 내 두 손목을 잡고 체중으로부터 벗어나려고 했다. 그는 떠나갈 것이다. 나를 사랑하고, 증오하고, 때리고 위로하던 그. 맞아도 좋고, 살인을 한대도 좋다. 그래도 세상 속에 유일무이한 가족은 그뿐이었다. 손끝으로 테이블을 더듬자, 액자가 잡힌다. 오래전 사놓기만 하고 아무런 사진도 끼우지 못한 빈 액자였다. 액자에 그의 얼굴을 담는다. 한 번도 본 적 없는 그의 진짜 얼굴을 담는다. 영원히 지워지지 않도록…….

벽장문을 열자 얌전히 기대어 앉은 그가 있다. 얼굴이 엉망이다. 피가 질척하게 흘러 옷을 모두 적셨다. 바들거리는 그의 손가락이 간신히 내 쪽을 향했다. 구원의 요청이다. 그 손가락에 죽던 노래기를 기억한다. 무참히도 짓이겨지던 내 사랑을 생각한다. 나는 그의 곁에 쪼그려 앉았다.

　— 비가 많이 와.

그가 손가락을 꿈틀거렸다.

　— 그래…… 장마인가 봐.

우리는 이별할 것이다. 이별을 앞둔 사람들 같지 않았다. 그런대로 다행이었다.

아이는 제 방에 숨어 있었다. 엔젤이 아이의 곁에 꼭 붙어 몸을 떨었다. 나를 보고, 아이는 울었다. 공포인지 안도인지, 아이는 눈물을 그치지 못했다. 아이는 자신보다 나를 더 불행하게 생각했을까?

　— 배고프니?

내 목소리가 나에게도 낯설었다. 아이는 아주 조심스럽게 고개를 끄덕였다. 그 말의 의도를 묻기라도 하듯.

— 기다려봐.

냄비에 쌀 봉지를 쏟았다. 둘이 먹기는 딱 좋을 양이다. 쌀을 일어 헹구고 불에 올렸다. 도마를 꺼내 김치를 썰고, 멸치를 넣어 푹푹 끓인다. 매실장아찌는 냉장고 깊은 곳에 들었다. 매년 여름이 오기 전에 담가놓는다. 올해는 처음으로 꺼내보는 것이다. 매실 대여섯 알을 꺼내 먹기 좋게 썰고, 끈적한 국물을 붓는다. 시큼한 냄새가 퍼지자 대번에 군침이 고였다.

식탁에 마주 앉은 아이는 울적해보였다. 숟가락을 쥐여줬다.

— 먹자. 응?

눈치만 살피던 아이가, 밥을 한 숟가락 떴다. 김칫국 한 번, 매실 장아찌 하나. 오독오독 아이의 입속에서 매실장아찌 소리가 경쾌하다. 다시 밥을 뜨고, 국을 마시고, 매실장아찌. 먹는 속도가 빨라졌다.

나도 흰 밥알을 입에 넣고 멸치향이 가득한 김칫국을 마신다. 그리고는 잘 익은 매실 장아찌를 와드득 깨문다. 온 상처를 휘감는 강렬한 신맛에 얼굴을 잔뜩 찌푸렸다.

그를 괴물로 만든 것은…… 나였다.

밥을 먹고 설거지를 한 후, 바깥을 내다보니 비가 완전히 그쳐 있었다. 물에 젖은 도로가 도심의 불빛에 반짝거리고, 아득한 곳에서 요란한 사이렌 소리가 들려온다.

벽장의 문 긁는 소리는 이미 빗소리와 함께 사라졌다.

아이의 서늘한 눈이 간혹 그 문을 향했다.

김소윤　고려대학교 문예창작학과를 졸업했다. 전북도민일보 신춘문예에 「물고기 우산」으로 등단했다. 2010년 『한겨레21』 손바닥문학상에 「벌레」로 당선되었고, 2012년 『자음과모음』 '나는 작가다' 장편소설 『코카브』가 당선되었다.

4월이었을까

한지선

창밖엔 하얀 사과꽃이 피어 있었다. 낮은 창밖으로 키 작은 나무에 잘고 하얀꽃들이 웃음처럼 피어 있었다. 물어보니 사과꽃이라 하였고, 진은 하얀 그 웃음 같은 꽃들이 좋았다. 막 좋다기보다 슬그머니 가슴 한켠에 스며드는 낮은 피아노 음 같은 은근한 그런 것이었다.

지금으로선 사과꽃이 사월에 피는지 오월에 피는지 알 수 없다.

그때 진은 중국으로 간 지 꽤 오래된 남편 수와 이혼의 위기에 처해 있었고, 그럴 줄 모르고 그만둬버린 직장을 다시 잡아야 하나 갈등하고 있었다. 모든 것이 순조롭지 않았다. 아무것도.

그때는 사월이었을까. 오월이었을까.

진은 꽃모양 비슷한 무늬가 프린트된 에이라인 스커트를 입고 샌들을 신었고, 심연의 꽉 찬 불안감과는 다르게 마음이 가벼웠다. 그렇게 카페 뒤쪽 산이 바라다 보이는 옆문 앞에 의자를 놓고 앉아 있었다. 의자가 놓인 곳은 서늘한 그늘이 퍼져 있었다. 옆에 앉은 후가 말했다.

"누나, 봄바람 불었네."

살짝 놀리는 말투였는데 그것마저도 바람처럼 가벼웠다. 산 어디쯤에서 누군가 대금을 불었다.

"들어봐. 누군가 대금을 불고 있어."

"그러네."

오후의 한적한 고요와 시간 틈으로 대금의 흐느적거리는 선율이 너울거렸다. 사월이었을까. 오월이었을까. 진은 얇은 티셔츠에 꽃무늬스커트를 입고 한껏 가벼이 날고 있었다. 진은 그때 서른아홉이었다. 후는 서른넷이었을 것이다. 다리를 꼬고 의자에 기대앉아 앞산을 보며 대금소리를 듣고 있는 진에게, 돌 위에 아무렇게나 앉아 있던 후가 다시 한 번 말했다.

"누나 바람 들었다. 치마를 다 입고."

진은 피식 웃었다.

"봄이잖아."

사월이었을 것이다. 그렇다면 사과꽃은 사월에 피기 시작하는 것이다. 사과꽃이 피었고, 진은 치마를 입었으니까.

후가 카페를 인수한 것은 한 달 전쯤이었다. 그땐 춥다기보다 아직 청바지를 벗을 수 없었다. 뭔가 티셔츠 위에 걸쳐 입어야 하는 날씨, 카페 문을 열어놓기에도 날씨가 좀 어설펐다. 누군가 며칠 전 문을 열고 카페 구석에 있던 의자를 내놓았다. 후였을까. 손님용 의자가 아닌 그냥 낡은 의자였다. 오늘 카페에 오자마자 문을 열어보았더니 공기는 좋았고, 의자가 거기 그늘에 놓여 있었다.

카페 건물 옆쪽으로 약간의 공터와 낮은 울타리를 한 밭이 있었다. 진은 그쪽 풍경을 처음 보았으므로 신기했다. 밭 너머에는 길이, 그 다음에 산이 있었다. 앞쪽은 도시인데 뒤편은 산이었다. 그러니까 산자락을 따라 길이 만들어졌고, 그 길을 면해서 작은 가게들이 있는 셈이었다. 묘하게 그 사이에 텃밭이 남아 있었다.

오후 네 시를 지나고 있었으니 해는 카페 뒤로 넘어가 있었고 산 어딘가에서 누군가 대금을 불고 있었다. 한적한 사월 오후의 고즈넉한 공기 사이로 그런 것들이 넘나들었고, 후는 진의 치마를 살며시 만져보았다. 진은 모른 척 했다.

사과꽃이 사월에 피던가? 폰을 열고 찾아보면 될 것이다. 진은 그냥 기억해보고 싶었다. 그날들이 사월이었는지 오월이었는지.

후는 키보드를 갖고 놀았다. 웹디자이너였다. 긴 다리에 잘생긴 공대생이었던 후를 처음 본 건 진의 일터에서였다. 진은 대학도서관 사서였다. 대학에서는 근로장학금을 지불했는데, 진은 근로장학생이라는 이름으로 온 열두 명을 데리고 도서점검이라는 업무를 수행했다. 그중에 키가 크고 미남이고 키보드를 도서관에 가져와서 연주한 적이 있던 후는 인상적인 학생이었다.

후는 졸업 후에도 종종 연락을 했다. 그렇게 시작된 인연이었다.

후는 한 달 전 카페를 인수했다. 그동안 어디서 살았는지는 모른다. 후는 혼자였다. 이십 대의 끝 무렵 결혼했다가 이 년 전에 이혼했다고 한다. 아이도 없고 여자도 없었다. 먼 곳에서 살다가 이곳으로 돌아온 지 반년이 되었고, 그때 진에게 연락을 했다.

진은 그때까지 같은 곳에서 살고 있었다. 진은 몇 년 전 직장을 그만두었다. 남편이 중국에 간 지 몇 년 되었고, 어떤 이유로든 이혼의 위기에 처해 있는 상황이었기에 힘든 시기를 겪고 있었고, 상황이 좋지 않았다. 직장을 그만 둔 것을 후회하고 있을 때 후에게서 연락이 왔다.

후는 선생님에서 누나로 호칭을 바꾸었다. 알 수 없는 인연이었다. 물론 호칭은 바뀌었으나 태도는 여전히 선생님과 학생 시절의 공손함, 그만큼의 거리, 격의 같은 것으로 채워졌다. 진은 이상하게 오랜 세월이 흐른 후의 일종의 만남에 드리워진 인간적인 친밀감을 느꼈다. 그것은 개인적인 감정이었다. 뜻하지 않은 무엇이기도 했다. 이 애가 학생이었을 때는 그저 학생과 직원이었을 뿐이었으므로 그저 아무것도 아니었다. 어른이 되어 만나니 무척 친밀한 느낌이 있었고, 자신이 늙은 것처럼 느껴지기도 했다.

혹시 주방 도와주실 분! 좀 알아봐 주실 수 있냐고 물은 게 첫 질문이었다. 재즈 연주 할 카페니까 커피와 간단한 칵테일을 만들 줄 아는 사람, 커피와 칵테일에 대한 레시피는 있으니 감각만 좀 있으면 되는데 남자도 상관없다고 덧붙였다.

"다른 건 없어?"

그게 만들어야 되는 안주는 하지 않겠다는 대답이었다. 매우 쉬워서 진은 그럼 내가 해야겠네, 했다. 서빙은?

"멤버인 c의 막내 동생이 아르바이트를 자처했어요."

멤버는 네 명이었다. 건반, 베이스, 드럼, 그리고 콘트라베이스가 가끔 끼었다. 후는 홀에 피아노를 들여놓고 가끔은 피아노를 쳤다. 후는 학생 때 벤드를 한 이력이 있었다. 모두 그 친구들이라 하였다.

후에게서는 이제 삼십 대의 창창한 고독이 보였다. 여러 가지 현실적인 상황 때문일까. 진에게는 그렇게 보였다. 반듯한 외모만큼 성격도 바른 아이였다고 기억되었으므로 그러는 건지도 몰랐다. 왜 여자가 없냐? 는 질문에 그냥, 내 눈에는 여자가 안 보이더라고 하였고, 이 카페는 왜? 라고 했더니 원래 이런 거 하고 싶었어요. 이런 작은 공간에서 연주하고, 내 공간을 갖고 싶은 생각도 있었고. 낮에 여기서 일하면 되요. 누나도 여기 와서 낮에 일해요. 그거 그림 그리는 거, 라고 말했다.

진은 작은 천에 그림 그리는 일을 시작했다. 전에는 알지 못했던 페인팅에 대한 즐거움이 있었다. 카페에서 쓸 찻잔받침으로도 용도가 정해졌다.

"잘됐네. 그거 우리 카페에서도 쓸게요."

그렇게 시작된 거였다. 묘한 인연이었다. 이 얘는 누구일까. 그러니까 카페가 아직 제대로 돌아가는 건 아니었으나 저녁의 두 번 혹은 세 번의 연주는 계속되었다. 손님이 한 명도 없을 때도 그들은 연주를 했다. 듣는 사람은 진과 아르바이트한다고 나와 있는 범이 뿐이어도 그들은 그냥 연주를 하곤 했다.

후는 노트북을 들고 오후 두 시쯤 카페에 나와서 한쪽에 앉아 몇 시간쯤 일을 했다. 진은 물감박스를 갖다놓고 세 시쯤 나와서 두 시간 정도 작은 천을 늘어놓고 그림을 그렸다. 때때로 진은 저녁에 출근했다. 진은 친정어머니와 여덟 살 된 아들과 함께 살고 있었다. 주말엔 아들 훈이를 데리고 나와 후와 같이 키보드를 갖고 놀 때도 있었다. 후는 훈이를 훈이는 후를 좋아했고, 둘 다 키보드 놀이를 즐겼다.

봄날이라 그런지 붓이 손에 잡히지 않았다. 후도 마찬가지였을까. 먼 산에서 들려오는 듯한 대금소리마저 투명한 공기처럼 떠돌았다.

"내 남편이 중국에 여자 생긴 것 같아. 뭔가 느낌이 이상해."

물론 그 예감은 꽤 되었다. 이 년 전부터 남편은 집에 오는 일이 줄었고, 진은 물론 그 과정을 느꼈다. 멀어지거나 뭔가 멀어지게 하는 상황에 대한. 그러나 아이를 데리고 중국에 가고 싶지 않았다. 중국이란 나라가 가고 싶은 나라가 아니기도 했지만 이제 막 초등학교에 입학한 아이를 데리고 가고 싶은 생각은 더더구나 없었다.

남편이 없으니 한편으론 편했고, 직장을 그만 두고 자유로워지니 할 수 있는 일이 많아 더 좋았다. 그러나 예후가 심상치 않은 시간들이 정말 힘이 들기 시작했다. 남편을 찾아야 할지, 자신을 찾아야 할지 갈팡질팡하는 사이 시간이 흘렀고, 진은 그 시기를 놓쳤다는 생각이 들었다. 그보다 더 무서운 건 자신의 마음이 남편을 향해 있지 않다는 것이었다. 진은 혼란스럽고 슬펐다. 예전에 배웠던 그림을 그리기 시작했다.

"응? 그게 무슨 소리야."

"그 사람은 말할 때 늘 속마음을 들키는 사람인데 뭔가 이상해. 겨울에 나왔을 때도 약간 이상했어. 중국은 또 알 수 없는 나라이기도 하고. 남편이 중국 사람 다 된 것 같아. 알 수가 없어."

"그래서요? 누나가 중국에 가 봐요."

"난 중국 싫어. 처음 청도에 사업 시작하고 나서 같이 갔는데 맥주 말고는 다 싫더라."

"그럼 어쩌려고요."

"두고 봐야지. 근데 이상한 게 떨어져 산 지 몇 년 돼서 그런지 점점 그 사람 생각보다 나 자신에게 몰두하게 돼."

"그건 이제 그런 시기여서 그럴까? 삼십 대 후반이란 나이가. 자신을 찾게 되는 시기? 나도 이 년 전부터 나 자신에게 몰두하게 됐거든요."

"너는 혼자되면서부터 그런 거겠지. 갑자기 혼자가 되었으니까. 많은 생각을 하게 되었을 거야. 그 이전에는 모두 그렇듯 떠밀려가듯 살다가……."

"그런가 봐요. 인생이란 게 사회적 통념이나 어떤 메커니즘에 의해 따라 흐르다가 어느 날 문득 멈춰서 보면 그동안 숨어 있던 자신이 보이고…… 모르고 사는 사람들도 있겠지만요. 누나, 나는 좀 일찍 깨달은 것 같아요.”

“그러게. 늘 실패나 일종의 종말, 끝남, 돌이킬 수 없는 그런 것들은 변화를 요구하지. 사실 인생은 변화의 연속인데 그걸 모르고 살다가 당황하고 좌절하고 절망하는 거겠지. 너는 잘 알 수 없으나 차분하게 잘 이겨냈을 거야. 상처가 보이진 않아.”

“그런가…… 내면에 꼭꼭 숨어서인가?”

“오히려 고독해 보이니 멋져 보인다. 너는.”

“참…… 그럴 수도 있겠네. 막 아프진 않아요. 지금은. 처음은 힘들었는데 이제는 누나처럼 나 자신에게 몰두하게 돼서 오히려 자신을 찾은 것 같기도 하고.”

대금소리가 멎고 한참 후 어떤 나이 지긋한 남자가 산길을 내려왔다. 대금을 분 사람일까. 진은 차 한 잔을 대접할 수도 있는데 싶었다. 그는 천천히 한복바지를 펄렁이며 길을 따라 가다가 사라졌다. 그늘이 넓고 길어졌다. 해가 설핏해지는 시간이었다.

“콩나물국 만들어 먹을까?”

진은 아까 오면서 달랑 콩나물 한 봉지를 사왔다. 집에 들어가기 싫을 때 진은 이른 저녁을 후와 같이 만들어 먹기 시작했다.

“그럼 나 그거 만들까?”

“그거? 아, 그래. 조합이 맞진 않지만 콩나물은 국물 수준으로 하고.”

후의 그것이란 묘한 브리야니였다. 노란 인도 커리로 밥을 지어 닭고기 카레를 만들어 얹어먹거나 소고기 카레를 만들어 얹어먹으면 되는 간단한 인도식 덮밥이었는데 후는 더 간단하게 만들었다. 카레냐고 물어봤더니 굳이 브리야니라고 하였다. 그밖에 얹는 향신료는 생략되었으나 후의 브리야니는 맛있었다. 후는 굳이 손으로 먹어야 한다고 노란 밥을 손으로 먹었다. 진은 처음엔 따라 해보다가 불편해서 그냥 편하게 숟가락으로 먹었다.

사과꽃은 꽤 오랫동안 창문 밖 화단에 피어 있었다. 진은 하얀꽃이 순결하다고 생각했다. 순수라고 할까. 순결이란 말을 전에는 육체에 적용시켰는데 지금으로선 거의 맞지 않는다. 영혼의 순결이라면 모를까. 진은 순수라고 바꿨다. 하얀 순수. 사과꽃.

한 달을 지나면서 보니 그들 즉 후와 멤버 세 명, 핑거문이라는 쿼텟으로 불리기를 희망하는 그들 밴드는 카페의 무대가 놀이터였다. 그들은 모두 다른 직업을 갖고 있었다. 저녁이면 모였고, 주말에 연습을 했으며 가장 시간이 많은 피시방 주인인 c가 일찍 나와 이른 저녁을 같이 먹거나 후와 연습을 했다. 진은 그들에게 주방 누나였다가 수잔 누나로 불렸다. 하얀 궁전을 떠올렸을까. 수잔 서랜던의 큰 눈을 닮았다고 하는 건지 아무튼 c의 강력한 밀어붙임으로 진은 그들에게 수잔 누나가 되었다.

첫 공연을 하는 날 진은 검은 티에 헐렁한 초록 후드 니트를 입고 레깅스를 입었다. 아직 날이 추웠다. 오후 네 시쯤 모여 후가 만든 소고기덮밥을 먹었다. 진이 먹어본 후의 첫 요리였다(그날 먹은 소고기덮밥은 그날 입었던 초록 후드 니트와 연결되었다. 후의 요리를 떠올리면 그날 어떤 옷을 입었는지 기억이 났다).

맛있다기보다 뭔가 칼칼하고 후추 맛이 강한 후의 요리는 스타일리시한 영상의 한 컷을 살짝 스친 느낌이었다. c와 d는 그것을 그냥 쌉쌀한데 왠지 맛나네, 라고 표현했는데 진으로서도 달리 뭐라 표현할 말이 생각나지 않아 고개를 끄덕였다.

"단순한 덮밥이 스타일리시하네. 맛이."

진은 그렇게 덧붙였다. 후의 첫 요리를 먹었으니 뭔가 말을 해야 할 듯싶어서. 후는 그저 고개를 끄덕였다. 그 순간 후는 그런 사람이다, 라는 생각이 스쳤다. 쌉쌀하고 톡 쏘는 듯한 맛을 숨긴.

첫날은 다 아는 손님들이었다. 후와 c와 d의 친구들 혹은 아는 사람들이 저녁이 되자 조금 모였다. 아는 사람들을 모아놓고 하는 첫 공연 오프닝 같았다. 그들은 정말 특이한 곡을 재즈로 연주했다. 남몰래 흐르는 눈물. 진은 은근 깜짝 놀랐다.

"오페라 아리아를 연주하리라곤 생각 못 했는데."

그다음 날 오후에 후와 만났을 때 진이 말했다.

"음, 그거 꼭 해보고 싶었거든. 오래전에 편곡을 해봤어요."

진은 c와 d는 잘 알지 못했으나 생경하진 않았다. 그들은 꽤 유쾌한 사람들이었고, 음악에 대한 열정이 있었다. 어떤 믿음인진 몰랐지만 후와의 끈끈한 유대감과 친화력도 보였다. 레퍼토리를 정하고 연습을 주도하는 것도 후였다. 진은 그냥 모든 게 편했다.

후의 그 첫 요리는 톡 쏘는 듯 한 특별한 향신료(무엇인지 모른다) 탓에 아직도 생생하게 기억할 수 있다. 그날 올 성긴 초록색 후드 니트에 튀었던 향 나는 밥알의 기억과 함께.

카페는 그럭저럭 소문이 났다. 진의 잔 받침도 칭송을 받았다. 몇 개 쓰이지는 않았지만 진은 하룻밤에 커피 서너 잔을 만들었고, 잔 받침은 서너 개씩 제 할 일을 했다. c의 동생 범이는 몇 되지 않는 손님들에게 맥주를 날랐다.

후가 노란 브리야니를 만든 건 오픈한 지 이 주 정도 지나서였다. 그때까지 진은 오후에 나와서 두 시간쯤 카페에서 서툰 그림을 그리다가 집에 들어가 아이와 저녁을 먹은 다음 일곱 시와 여덟 시 사이에 출근을 했다. 초저녁 손님은 없었다. 연주를 여덟 시와 아홉 시에 했으므로 여덟 시쯤 손님들이 오곤 했다.

어느 날 오후 네 시쯤 카페에 나갔더니 후가 카페 문 앞에 앉아 있었다.

"왜 거기 앉아 있어?"

"아, 나도 이제 왔는데 누나가 없어서 산책이나 할까 생각 좀 하느라고. 왠지 들어가기 싫어서."

"그래? 그럼 같이 산책하고 올까?"

"그래요. 삼십 분 정도만 걷고 와요."

날이 꽤 좋았을 것이다. 약간 쌀쌀하면서도 봄을 느낄 수 있는 오후의 그런 느낌. 그래, 하고 후가 일어나자 같이 걷기 시작했는데 후가 일어난 자리에 비닐봉지가 보였다.

"저거 뭐야?"

"아, 깜박했네. 오늘 브리야니를 만들어볼까 하고 재료 사왔는데. 잠깐 넣어놓고 올게요."

"브리야니?"

그게 뭐지? 진은 후가 카페 문을 열고 나오자 눈이 동그래져서 물었다.

"인도식 볶음밥이에요. 이따 알려드릴게요."

"아……."

진은 고개를 끄덕였다. 진은 후와 카페 근처를 걸었다. 아직 날이 선선해서 저녁에 추울 걸 생각해 청바지, 티셔츠 위에 간절기용 코트를 걸쳤다. 그랬을 것이다. 겨울 코트와 트렌치코트 사이의 스웨이드 재질로 만들어진 카키색 롱코트였다. 티셔츠 색은 기억나지 않는다.

카페를 지나 작은 커피점이나 생맥주 전문점 같은 가게들을 스쳐 호수까지 걸었다. 근처에 호수가 있다는 것이 그제야 생각났다. 후가 살짝 진의 손가락 끝을 잡았다가 놓았다. 그저 친근한 몸짓이었다. 진은 그 느낌이 좋았다. 그래서 진도 후의 손가락들을 살짝 잡았다가 놓았다.

그냥 느낌이 좋은 아이, 아니 남자였다. 학생이었을 때도. 단정하고, 편안하고 섬세한. 그런 느낌 탓일까. 오후 네 시 무렵 삼월의 산책은 부드럽고 호젓하고 뭔가 달콤했다. 진은 후의 손가락이 닿을 듯

말 듯한 그 느낌을 놓기 싫었다. 호숫가 물가에 내려앉을 자리를 발견할 때까지 진과 후는 그렇게 걸었다.

호수는 바람의 움직임에 따라 부드럽게 일렁였다.

"누나, 난 아이를 잃었어요."

불현듯 후가 말했다. 호숫가에 물이 살짝 부딪듯 슬쩍 던져진 느낌이었다. 후의 낮은 음성이. 바람이 쓰윽 지나가듯.

진은 눈이 동그래져서 후를 바라보았다. 가족 이야기는 처음 들었다. 사적인 얘기는 후를 비롯해 c와 d와도 마찬가지로 할 필요가 없는 사이였다. 스스로 말하기 전에는. 후는 낮은 목소리와 마찬가지로 표정도 편안해 보였다. 잃은 아이에 대해 말하는 것이 아닌 것처럼 보였다.

"아이와 아내…… 둘 다 아팠는데 아내는 살게 됐고 아이는…… 그래서 견디지 못한 아내와 헤어지게 됐어요. 나의 이혼은 그렇게 됐어요."

"아…….."

진은 낮은 신음을 뱉었다. 차마 물을 수 없었다. 어디가, 어떻게 아팠는데.

호숫가에 이십 분쯤 앉아 있었다. 진은 그날의 잔잔하게 일렁이던 호수와 낮은 후의 목소리, 그리고 인생에 느닷없이 찾아오는 아픔과 그것에 대항하지 못하는 어쩔 수 없음에 대한 회한을 그날 후가 만들었던 노란 브리야니와 함께 기억했다.

그날의 산책은 짧은 노래 같은 것이었다. 가볍고 살랑거리고 알 수 없는 설렘이 한숨과도 같은 손끝에서 하늘거렸던. 그러나 돌아오는 길에는 낮게 땅을 기는 것 같은 푸른 슬픔이 안개처럼 스멀거렸다. 후는 카페로 돌아가는 동안 말이 없었다.

"미안해요. 누나. 갑자기 내 얘기 불쑥 꺼내서."

"아냐. 얘기해줘서 고마워."

후는 카페에 들어서기 전 진의 손을 꼬옥 잡으며 말했다.

"누나가 좋아요. 그래서 얘기가 저절로 나온 거 같아요."

뭐어? 눈을 크게 떴더니 후가 다시 덧붙였다.

"학생 때부터 좋아했어요. 몰랐죠? 조용하고 차분한 누나 모습이 좋았어요."

뜻밖의 고백에 진의 가슴이 철렁했다. 진이 이혼의 위기에 처했다는 걸 말했을까. 얼핏 후와 얘기한 적이 있었다. 남편이 이상하다고. 이상하기만 할까. 요즘은 통 오지 않는데 진은 그게 하나도 섭섭하지 않았다. 아들도 아빠에 대한 그리움이 없어 보였다. 엄마와 할머니와 붙어살기 때문에 부족함이 없는 것인지도 모른다. 아이는 어려서부터 엄마 품에 있었다.

인생은 길이 따로 없다는 생각이 종종 들었다. 생각지 못한 방향으로 우리는 흘러가는 것이다. 남편과의 갭이 슬프지도 않고 아프지도 않다는 것을 깨달을 때마다 진은 심장이 쿡 내려앉는 느낌이었다.

후와 손가락이 닿을 듯 말 듯한 그 사이의 감각이 오히려 더 컸다. 그래서 후의 그 "좋아했어요"라는, 어쩌면 단순한 인간적인 의미 외에는 다른 것이 아닐 수도 있는 말 한마디가 가슴을 철렁하게 했을 수도.

카페엔 주방이 따로 있었다. 전엔 요리도 하고 안주를 준비하던 곳이었다. 커피를 만드는 건 바 안에서였다. 바엔 칵테일을 만들 수 있는 기구들이랑 양주, 술과 리큐르 등이 진열되어 있었으나 양주를 찾는 사람들은 별로 없었다. 진은 가끔 칵테일을 만들어 팀원들에게 서비스했다. 팔리지 않는 술들로. 그러면 c와 d는 늘 수잔 누나, 최고! 라며 엄지를 들어주었다.

열한 시가 넘어 손님이 끊기면 진은 그들과 테이블에 둘러앉아 팔리지 않는 베트남 산 한치 두어 마리를 굽고, 마시다 만 양주를 따르며 이런저런 얘기들을 나누었다. 가끔 진은 그들과 함께 새벽 두 시까지 남아 있는 때도 있었다. 어쩌다가, 자정까지 연주를 할 때, 그리고 어쩐지 헤어지기 섭섭해서 한두 잔씩 술을 마시며 다섯 명이 앉아 소곤거리거나 깔깔거리며 웃다가 깊은 밤 남겨졌을 때.

밤의 고요 속으로 차를 몰고 가면 곧 올 새벽의 한기를 느끼고 깊은 밤의 알 수 없는 깊이 속으로 빠져드는 것 같은 몽환적인 환상에 잠기곤 했다. 그런 때 찾아오는 것은 인생에 대한 알 수 없는 불안감과 더불어 근거 없이 안심이 되는 듯한 묘한 대치적 감정이었다.

진은 그렇게 그런 밤을 달려 집으로 돌아가 아이를 꼭 안고 잠이 들곤 했다. 무엇이 올지 모르는 나날들이었다.

후는 밥을 해서 노란 커리를 넣고 볶고, 닭고기카레를 만들어 그 위에 얹었다. 그게 후의 브리야니였다. 무슨 향신료도 넣은 것 같은데 알 수 없었다. 원래는 브리야니 소스를 만들어 고기를 재었다가 밥을 지을 때 위에 얹는다고 하는데 후는 그냥 "내 식으로 해요" 그랬다.

"근데 맛이 있네. 향도 강하지 않고."

"다행이다. 정식 브리야니는 아니고 내 맘대로 브리야니예요. 이게 더 맛있어요."

그렇게 둘이 앉아 이른 저녁으로 브리야니를 먹고 커피를 마시고 있으니 그들이 왔다. c와 d 그리고 c의 동생 범.

후가 꽃무늬 치마의 끝을 살짝 만져보던, 그것을 못 본 척 곁눈질로 보곤 속으로 피식 웃었던 늦은 사월의 그 오후, 후의 두 번째 이야기를 들었다.

"절로 들어갔어요. 머리를 깎고."

"누가?"

"내 아내. 이혼하고 일 년 후에요. 그러니까 작년에요."

"아……."

"연락이 없었는데 문득 연락이 왔어요. 절에 들어간다고. 머리 깎았다는 건 제 짐작이고요. 머리를 깎고 비구니가 된 건지, 그냥 들어간 건지는 몰라요. 그리고 나는 이곳에 왔고요."

"그랬구나."

진은 또 아무 말도 할 수 없었다. 그늘이 넓어지면서 저녁 빛이 슬금슬금 내려올 때 카페 안으로 들어왔다. 후는 말없이 주방에 들어가 그것, 즉 브리야니를 만들기 시작했다.

　두 번째 후의 브리야니. 진은 삼월 처음 맛봤던 브리야니와 후의 인생이 아마도 터닝포인트가 되었을 그 시점의 한 자락을 살짝 보았던 그날을 기억했다. 그날 입었던 스웨이드코트와 조금 쌉쌀했던 호숫가의 바람과 물 냄새를.

　진은 불현듯 Sigur Ros의 시디를 올려놓았다. 지구의 저쪽 끝 대양의 서늘한 신비가 홀에 가득 찼다. 후는 늘 브리야니를 만들 재료들을 갖다놓았을까. 후가 햇반을 잔뜩 사다놓았던 건 기억한다. 후가 쓰는 재료에 대해서 진은 더 알지 못했다. 진은 집에서 쓸 부식을 살 때 파프리카, 당근, 시금치 등을 더 사서 카페에 갖다놓곤 했다. 요리는 후가 알아서 하는 것의 하나였다. 늘 거기서 먹는 것도 아니었고.

　진한 커리 냄새가 났고 닭고기 냄새가 났다. 원래 진은 아이에게 한국식 카레요리를 만들어주기는 했으나 별로 좋아하는 음식은 아니었다. 헌데 후가 만들어주는 브리야니란 것이 좀 독특하기도 했고, 자신이 만든 한국식 카레보다 훨씬 맛있었다. 언젠가 주말에 훈이를 데려와 후의 브리야니를 같이 먹고 싶었다. 그런 생각을 하기 전에 후가 먼저 말을 했던 것 같기도 했다. "누나, 주말에 훈이 데려와요. 브리야니 먹게." 라고.

　카페의 나날들이 약간의 활기를 띄기 시작했지만 수익은 없었다.

후는 고개를 저었다. 애초에 수익이 나리라고 기대하진 않았지만 월세금 정도도 나올지 의문이었다. 이제 시작인 셈이었으므로. 삼월과 사월은 워밍업에 속했다. 오월은 밤도 좋고 옆 산에서 아카시아 향기가 스며들었으며 입소문이 나기 시작했는지 손님들도 제법 들었다.

후는 고개를 끄덕였다.

"괜찮을 거야."

오월은 그런 달이기도 했다. 나뭇잎 색이 연하지도 진하지도 않은 찬란한 초록빛을 띄고, 바람은 살랑거렸으며 밤은 달콤했다. 핑거문은 청혼 같은 이소라의 노래나 크리스스피어리스의 Eros, 진짜 재즈 스탠다드 take five, 트로트 영영 같은 곡을 두서없이 섞어서 연주했다. 때때로 손님들이 음악을 주문하기도 했는데 즉석에서 연주했는지는 기억나지 않는다.

오월. 그날은 매우 아팠다. 진은 아닌 척 했지만 점점 더 견디기 힘든 나날들 속에 있었다. 그날은 어린이날 전날이었다. 몸살이 너무 심해서 아이와 가기로 한 여행을 갈 수 없을 지경이었다. 다행히 훈이에게 줄 선물은 며칠 전 사다놓았고 중국에서도 선물이 도착했다. 원래는 남편이 오기로 되어 있었다. 남편은 사흘 전 전화를 했다.

"못 갈 것 같다. 선물을 미리 보내서 다행이야. 미안해."

진은 그래서 선물을 미리 보낸 거군. 그렇게 생각했고, 오지 못한다고 하는 말에 토를 달지 않았다. 하나도 서운하지 않은 게 더 이상했다. 아직 아무도 어떤 말도 꺼내지 않았다. 그러나 예전에 존재했던 부부 사이의 그 어떤 것이 싹 사라져 버렸다는 것에 대해 그렇지 않니? 라고 물으면 아니야, 라고 말할 무엇이 없었다. 그도 알고 나도 안다. 그가 중국에 가 있는 만큼의 거리 너머에서 두 사람이 다른 쪽을 보고 있다는 걸.

진은 자신이 매우 불안정하며 두려움과 대치하고 있다는 것을 막연하게 느끼기 시작했고, 머지않아 그것들이 자신을 잡아먹어버릴 것만 같았다.

후가 전화를 했다.

"누나, 내가 내일 훈이랑 놀까? 누나가 조금이라도 괜찮아지면 같이 나가고. 내가 운전기사 할게요."

엄마가 어린이날 아파 누워 있으면 아이는 슬퍼할 것이 분명했다. 이럴 때 아빠가 필요한 것인데…… 진은 그런 생각을 하면서 그때야 눈물이 나 어머니 몰래 훌쩍이며 울었다. 다행히 다음 날은 조금 나아져서 후가 운전하는 차를 타고 훈이와 어머니와 함께 바다를 향해 떠났다. 남편은 어린이날 아침에 훈이와 통화를 했다. 훈이는 그가 보낸 커다란 로봇을 들고 흔들었다.

그것이 오월을 여는 첫 풍경이었다. 카페에 손님들도 꽤 늘어나기 시작했다. 오월의 어느 토요일이었을까. 훈이를 데리고 갔으니 토요일이었을 것이다. 후는 훈이에게 건반을 가르쳐 주었고, 피아노를 배우고 있었던 훈은 제법 건반을 갖고 놀았다. 무엇을 치는지는 알 수 없었다. 그렇게 건반을 갖고 놀다가 "누나, 오늘 그거 어때요? 브리야니" 라고 물었다.

"좋아. 콩나물국이 있어야 되는데."

두 번째 브리야니를 먹었을 때 무심코 한 봉지 사들고 간 콩나물국을 말갛게 끓여 같이 먹었는데 조합이 맞았던 것이다.

"내가 밥 준비할 동안 누나가 갔다 올래요? 슈퍼에."

"그래."

진은 몸살을 심하게 앓고 난 후 그것이 그저 몸이 아픈 것이 아니었음을 깨달았다. 남편에게 전화를 했다.

"당신 어머니 생신 때 와야 해. 할 얘기도 있어. 전화로는 못해. 무슨 문제가 생긴 건 아니고. 물론 당신에게도 무슨 문제가 생기진 않았다고 믿어. 그냥 그때 나오면 얘기하기로 해."

"알았어. 그렇잖아도 그땐 꼭 나가려고 일정 잡아놓았어. 미안해. 이렇게 몇 달 못 가리라곤 생각 못했어. 일이 워낙 들쑥날쑥이라…… 오기 싫다는 당신 억지로 오라고 할 수도 없고."

사랑, 뭐 그런 거하곤 언제부터 멀어졌을까. 대화는 건조하고 억지스러웠다. 조금이라도 애정이 있는 것 같은 대화는 아니었다. 어머니 생신은 유월 중순이었다. 당장 오라고 안 한 건 진 자신도 관계에 대한 생각을 더 해보기 위함이었다. 충분히, 생각이 정리될 시간이 필요했다.

오월이니 청바지는 벗어던졌고, 시폰원피스에 슬립온을 신었다. 진은 시폰 소재를 좋아했으므로 바지를 입거나 티셔츠를 입는 날 외에는 시폰원피스를 입었다.

"누나, 오늘 이뻐요. 옅은 핑크 잔꽃무늬가 잘 어울려요."

후는 엄지를 들어보였다. 진은 훈을 데리고 나가 콩나물을 사왔고, 이윽고 노란 커리 냄새와 콩나물국 냄새가 났다. 그렇게 훈이를 데리고 온 오월 어느 토요일 오후 후는 세 번째 브리야니를 만들었고, 문득 말했다.

"누나, 그런데 전화가 왔었어요. 내가 막 카페를 열기 전에. 아내가 아프다고. 그래서 그때 갔다 왔어요. 경기도에 있는 어느 절에요. 그냥 시름시름 앓고 있었어요. 진찰을 했지만 병명이 안 나오는 거. 그런 거……."

"아…… 그랬구나."

"병원에 며칠 입원해 있다가 절에 다시 가서 내가 옆에 좀 있다 왔어요. 더 어떻게 할 수가 없어서. 마음병이라는데…… 나중에 전화해봤는데 그런대로 잘 견디고 있다고……."

진은 또 물을 수 없었다. '지금은 어떻다니? 그래서 네 마음은 어떤 거야. 이혼한 아내와 너…… 그것을 견디고 있는 너는 어떤 거니…….'

핑크빛 잔꽃무늬 베이비돌 원피스를 입고 하얀 슬립온을 신고 훈이의 손을 잡고 콩나물을 사다가 한쪽에선 소고기카레를 만들기 위해 야채를 썰고 노란 커리밥 익는 냄새 속에서 말간 콩나물국을 끓이던 그 시간. 훈이는 카페 홀을 뛰어다니며 로봇을 갖고 놀고, 후는 늘 닭고기를 쓰더니 그날은 소고기카레를 만든다 하였다. 커리밥에 소고기카레를 얹어먹는다고.

평화라는 말은 어떤 것을 뜻하는 걸까. 진은 그날 셋이서 브리야니와 콩나물국을 먹으며 소곤거리던 그때 카페 안을 흐르던 것이 평화로움이었다고 생각했다. 후의 심연을 낮게 낮게 기던 안개와 같은 아내와의 현실도, 침묵으로 모른 척 덮고 그저 아무 일도 없는 듯이 각기 떨어져 사는 진과 남편의 곧 닥치게 될 엄연한 현실의 위기도 그냥 먼 꿈인 양 느껴지던.

그래서 진은 그것을 후의 위대한 브리야니의 시간이라고 불렀다. 속으로. 아무것도, 그저 평화로웠던 잠시, 그 찰나의 순간.

어쩐지 그때의 오월은 다른 해보다 찬란하지 않았다. 가끔 비가 내렸다. 이상하게 비 오는 밤에 사람들이 모였다. 오월의 그 비 오는 밤들에 진은 사월에 비해 많은 커피를 만들었다. 그냥 사월에 비해 그렇다는 말이다. 제법 커피 만드는 일이 익숙해졌다는 생각과 함께.

wonderful tonight 같은 밤의 연주가 있었다. 봄비 같은 오래된 노래나 billie jean을 짜깁기한 연주, california dreaming 같은 아련한 노래들이 비 오는 밤 비처럼 내리던 음악이었다.

카페는 유월을 이겨냈던가? 삼이라는 숫자는 묘한 카테고리를 형성한다. 삼 일, 석 달, 삼 년…… 석 달을 넘기면 일 년의 반을 견딜 수 있다. 삼 년을 넘기면 다시 삼 년을 더 견딜 수 있다. 그래서 후의 유월이 매우 중요한 시점이었을 것이다. 그것을 계속하든지 놓아버리든지 간에.

그럭저럭 카페는 문을 열었다. 손님이 있건 없건 연주하는 것도 똑같았다. 후는 사이사이 잊지 못할 명곡들을 틀었다. 진은 프린스의 pupple rain을 들으면 가슴이 아팠다. 본조비의 always나 마이클 잭슨의 she`s out of my life를 들을 때에도. 진은 손님이 없던 어느 날 tracy chapman의 노래를 들으며 바의 스탠드에 앉아 눈물을 훔쳤다. 그때 후가 옆에 다가와 앉으며 살포시 어깨를 쓰다듬어 주었다.

"누나, 외로워요? 외로워 보여요."

너도 그렇잖니. 진은 씨익 웃으며 속으로 말했다. 우리 모두 외롭다. 그날 밤은 손님이 한 명도 들지 않았다. 그 사이 약간 늘어났던 손님들은 다시 처음처럼 그저 몇 명으로 되돌아가 있었다. b와 c는 들어갔고 c의 동생도 들여보냈다. fourplay의 재즈를 들으면서 후와 스탠드에 나란히 앉아 칵테일을 홀짝거리던 그 시간.

진은 어머니 생신 때 남편이 올지 안 올지 몰랐고, 그 후 어떻게 해야 할지 절망스러웠으며 후는 암울해 보였다. 후는 스탠드에 올려진 진의 손가락 끝을 만지작거렸고, 진은 몽롱한 그 순간의 감촉이 좋았다.

그 몽롱한 순간은 현실의 애매모호한 상황을 밀어내버렸다. 그렇게 스탠드에 앉아 텅 빈 홀로 울려 퍼지는 fourplay를 들으면서 진이 만든 어설픈 진토닉을 마시며 열한 시까지 이런저런 얘기를 나누었다. 손가락 끝을 간질이면서. 그리고는 둘 다 열한 시가 되자 일어섰다.

"집에 가자."

그 집에 가자, 의 말끝에는 텅 빈 홀에 대한 아쉬움과 말하지 못하는 자신들의 속내와 보이지 않는 불투명한 현실의 어둠들이 고드름처럼 매달려 있었다. 후도 진도 그것들에서 벗어나지 못한 채 늦은 밤 각자의 차에 올랐다.

후가 네 번째 브리야니를 만든 건 남편이 오기 전이었다. 그날은 멤버들이 일찍 모였다. 날이 여름에 입성해 있었으므로 진은 반팔의 아일랜드블루 저지원피스를 입고 가장 단순한 스트립샌들을 신었다. 봄을 지나 여름으로 가는 중이었을까. 그날 모두 반팔 티셔츠에 청바지 차림이었는데 c는 반바지를 입고 있었다. 비가 내릴 듯한 오후였다. 아마도 장마가 시작되려는 징조가 낮은 하늘을 기고 있었을 것이다. 진은 푸른 원피스에 대한 기억과 그날의 흐린 날씨, 그 모든 것이 생생한 것이 놀랍다. 진이 모두 모인 것에 눈을 크게 뜨자 c가 말했다.

"후가 뭘 만들어준다고 해서 일찍 나왔어요. 수잔 누나. 뭐 특이한 카레라고 했던가?"

그렇게 해서 c의 동생까지 포함한 멤버 전체가 후의 브리야니를 먹었다. 인도식 레시피에 충실하려고 노력한 흔적이 보였다. 그러나 그게 그거였다. 향신료만 더 첨가된 듯한. 진은 또 슈퍼에 가서 콩나물을 사다가 후의 옆에서 말간 콩나물국을 끓였고, 역시 그것은 브리야니와 조합이 맞았다.

그날은 후의 고백이 없었다. 그러나 멤버들의 고백이 있었다. 어쩐지 최후의 만찬 같은 분위기였다.

"문을 닫아야 할 것 같아요. 수잔 누나. 현상유지만 되면 계속 하겠는데 워낙 안 돼요."

"후가 결정만 내리면 우린 그냥 각자 하던 일로 돌아갈 거예요."

진은 괜히 가슴이 철렁, 했다. 몇 달 간 이곳이 자신의 화실이었고 자신의 일터였는데. 실은 돈도 받은 적이 없었다. 진은 그냥 좋아서 했고, 실제로 커피를 몇 잔 타지도 않았다. 유월의 둘째 주. 그날의 만찬은 끝을 예고했다. 파스텔 조의 푸른 원피스의 진과 반팔 티셔츠에 여전히 청바지를 입은 남자들, 그리고 c의 반바지로 기억되는. 헌데 왠지 자신의 직장이나 삶의 끈이 떨어져나가는 것 같은 느낌이었다.

"미안해요. 누나. 괜히 누나가 심란해 보여. 다 일이 있어 괜찮은데."

"미안하긴. 그동안 좋았어. 카페에서 오후에 잠깐씩 그림 그리던 그 시간이 좋았던 거겠지. 저녁에 한가한 카페에서 핑거문의 연주를 듣는 것도 큰 행운이었지. 언제 진짜 연주를 듣겠니."

어쨌든 유월까지는 카페를 운영할 생각이었다. 진도 문을 닫을 때까지는 그냥 그곳에 갈 생각이었다. 그렇게 유월은 끝을 향해 가는, 아니 끝을 기다리는 시간이었다.

남편은 어머니의 생신에 맞춰 나왔고, 며칠 묵는 동안 진에게 여행을 제안했다. 어려울 건 없었다. 남편을 직접 만나니 그동안 서로 가졌을 의구심 같은 것은 의미가 없어 보였다. 하루 하고 반나절을 서

해안의, 과거 연인들을 위해 해변을 인공적으로 만들었다는 연포에서 보내는 동안.

하루 반나절 동안 뭔가 말을 한 건 없었다. 나는 카페와 카페의 네 남자, 핑거문과 재즈, 피아노에 대해서 얘기해주었고, 후의 브리야니에 대해 들려주었다. 네 번의 그 노란 브리야니에 대하여, 맛도 노랗고 색도 노랗고 온통 노란 그 음식에 대하여 자신도 모르게 꽤 열렬히 얘기하고 있다는 것을 깨닫고 얼굴을 살짝 돌렸다.

그 노란 색과 향과 맛 속에는 슬쩍슬쩍 후와의 그 있던 것 같기도 하고 아닌 것 같기도 한 마음의 닿음이 배어 나왔던 것이었음을 부인할 수 없다. 그때 그것을 느꼈는지는 모른다. 그러나 브리야니에 대해 얘기하면서 문득 뭔가 치미는 게 있었으니 그것이, 그것이 아니었을까.

훈이 의외로 아빠의 존재에 대해 자랑스러워 한다는 느낌이 있었다. 무언가 모를 활기가 훈이를 감쌌는데 진은 그것을 어떻게 봐야 하는지 알 수 없었다. 말은 안 했지만 아빠의 존재감이라는 것이 열 살 아이의 자존감을 건드린 것이 분명했다. 결국 앞날에 대해 얘기하지 않을 수 없었다.

진이 막 말을 꺼내려 했을 때 남편 수가 말했다. 시월에 돌아오겠다고. 중국을 접고 사업체를 옮기기로 결정했다고. 불투명해진 전망 탓도 있지만 당신과 훈이와 더 이상 떨어져 살면 모든 게 끝날 것만 같은 불안감이 커져서 결심을 하게 됐다고. 여기로 사업체를 옮기고

나면 약간 침체된 상황을 겪을 수도 있으니 그건 당신이 좀 이해를 해주어야 한다……. 당신도 위기감을 겪었다는 거 안다. 잘 견뎌줘서 고맙고, 미안하다. 당신이 아이랑 중국에 같이 갔었으면 좀 더 쉬웠겠지만 어쩌겠나. 사업한다고 중국에 혼자 나가 있는 사람들이 이혼하는 걸 많이 봤다. 나도 그럴까 봐 겁이 나 있었다. 당신이 속내를 이야기하는 것도 아니고.

남편은 좀처럼 발설하지 않을 것 같았던 그 위기감에 대해 말을 꺼냈고, 마무리를 짓듯 돌아오겠다고 말했다. 그리고 중국으로 돌아갔고 그 아빠의 존재감이 남겨준 당당함은 훈이에게 계속 이어질 듯 보였다.

"저것 봐라. 지 애비가 있으니 그냥 좋은가 보다. 기가 살아 있잖냐."

어머니의 말이었다.

운전대를 놓았던 손으로 다시 운전을 하면 은연중에 핸들에 대해 손이 기억하듯 사람 사이의 감정도 그렇게 다시 솟아날 것인가. 진은 머리를 저었다. 그러나 부정은 아니었다. 그냥 부딪칠 것이다. 부정하고 돌아설 무엇은 없었다. 그냥 침체되어 있었다고 생각했다. 상황이란 것이. 그건 깨달음 같은 것이었다. 직면하려 하지 않고 외면하려 했던 것에 대한 깨달음. 다행히 그것은 지나가려 하고 있었다. 다행히.

7월이 눈앞에 와 있었다. 카페에 며칠 안 나간 사이 뭔가 달라진 느낌이 있었던 것은 아니었다. 그런데 뭔가 이상했다. 너무 조용했다. 예감이란 그런 것이다. 어느 날 후는 홀연히 사라졌다.

"누나. 유월이 끝났어요. 그리고…… 다 정리했어요. 아직 완전히 정리된 건 아닌데. 아무튼 우리는 정리했어요. 저는 이곳에 왔어요. 아내를 데리러. 계속 아파서 데리고 가려고. 당분간 시골집에 가 있을 예정이에요. 나중에 연락드릴게요."

후. 그리고 그의 브리야니. 그의 석 달의 카페. 카페의 오후. 고요함이 가득한 봄날의 카페. 작은 창들로부터 오후의 봄빛이 스며들고, 창밖에는 사과나무가 흔들리고 있었다. 왜 사과나무를 심었을까. 키 작은 화단의 사과나무들은 아마도 관상용이었으리라. 밤이 되면 카페는 조명만 밝히므로 창밖의 하얀꽃들은 미소처럼 하늘거렸다.

진은 오후의 바람에 흔들리던 그 하얀 사과꽃들이 때때로 그리웠다. 후가 떠났고, 카페가 다른 사람에게 넘겨졌다는 전달을 받은 후로는 그 근처에 가지 않았다. 가고 싶지 않았다. 남편은 약속대로 돌아왔고, 가정은 유지되었다. 몇 달간 아니 사실은 몇 년간 그 여파가 있었지만 훈이가 커가는 것만큼 모든 것은 스스로의 자리로 찾아들어가는 것이었다.

진은 그다음 오월에 후의 브리야니를 만들어보았다. 훈이는 그때 그 형이 만들어준 그거야? 하면서 맛있어! 라고 말했다. 어린 훈이가 후의 브리야니를 잊지 않고 있었다. 그래? 진의 그 물음에는 석 달간의 그 하얀 사과꽃이 어른거리던 고즈넉한 카페의 오후가 담겨 있었다. 노란 커리 냄새에 읽힌.

한지선 창작집으로 『그때 깊은 밤에』와 장편소설로 『그녀는 강을 따라갔다』 『여름비 지나간 후』, 9인 가족 테마소설집 『두 번 결혼할 법』(공저)이 있다. 제1회 전북소설문학상과 제2회 작가의눈작품상을 수상하였다.

마지막 식사

김저운

＊

"나는 말여, 숟가락 들 때마다, 이것이 내 마지막 밥상이려니 혀.
언제 갈지 모르잖여? 세상에 나온 순서대로 죽는 것도 아니고……."

노인은 바닥에 넙죽 엎드려 있는 개의 등을 쓰다듬으며 말했다. 대
답이라도 하듯 녀석이 꼬리를 두어 번 저었다.

"언제 이사하세요? 어디로요……?"

인중과 입술이 구분되지 않는, 숱한 주름살 사이로 잠시 미소가 스
쳤다.

"이 나이에 이사는 뭔 이사여? 갈 곳은 딱 하나, 무덤뿐이네."

노인이 달고 사는 농담이었지만 오늘따라 귓속에 들어간 물기처럼
웅웅거렸다. 민은 그 느낌을 털어내기라도 하듯 고개를 흔들었다.

"무슨 그런 말씀을…… 백세 인생 시대라는데 오래오래 사셔야지요."

"앞으로 이십 년을 더 살라고? 그만 둬, 잉? 생각만 혀도 지긋지긋

허고만. 그려도 자네 걱정 끼치면 안 되지? 내 속내를 말허자면, 딱히 정해놓은 디도 없고, 날을 받은 것도 아녀. 딸이, 그것도 오십 줄을 넘긴 가난뱅이 딸이 지 집으로 오라고는 허는디……."

노인은 손으로 무릎을 짚으며 일어섰다. 늙은 개와 노인의 눈빛이 흡사했다.

"실은, 이놈 때문에 어쩌지를 못 혀. 딸네 아파트, 그것도 좁디좁은 방구석인갑드만, 거그 데려갈 수도 없고…… 나도 굴속 같은 아파트로는 들어가기 싫고……."

노인이 말할 때마다 개는 고개를 돌려 주인을 바라보았고 꼬리를 흔들었다.

"무엇보담도 내가 차를 못 타잖여, 차를. 평생 여그 주저앉은 이유도 그중 하나랑께. 내가 자네 오토바이는 타도 버스나 기차는 못 타. 사방이 막힌 채 달리는 차를 타덜 못 혀."

"그럼 뚜껑 열고 달리는 스포츠카를 타셔야겠네요. 제가 얼른 돈 벌어서 그런 차를 사면 할머니 모시고 다닐게요."

너스레를 떨며 운전대 잡는 시늉을 해 보였다. 노인은 투박한 손으로 민의 어깨를 툭 쳤다.

"이십 년 전만 해도 스무 가호 남짓 살았던 마을인디…… 하나둘 외지로 가고, 게우 예닐곱 집, 그것도 물정 모르는 늙은이들만 살고 있응께 함부로 본 거여. 인자 우리허고 저그 벙어리네만 나가면 다 떠. 함박리가 없어지는 거랑께."

"참, 그 사람들은 어떻게 한대요? 벙어리네……."

"몰라. 뭔 도리가 있었어? 주타배기 애비에, 벙어리인 데다 정신까지 오락가락허는 딸이라니, 원. 시에서 무슨 시설인가 허는 곳으로 보낸다고 혀도, 당사자들이 한사코 싫다고 헌다등만."

노인은 검정 비닐봉지에 싼 것과 라면박스를 내밀었다.

"가는 길에 좀 갖다 줘. 끼니나 제대로 챙기는지 모르겄어. 자네가 왔응께 내가 안 가도 되겄네, 잉?"

몇 발자국 걷는데 뒤에서 노인 목소리가 들렸다.

"꽃뙤똥 주인은 끝내 안 올랑갑다. 어쩐대여? 낼 모레가 기한이여. 참! 내가 애달을 일도 아닌디."

오토바이는 슈퍼 앞에 세워두었다. 모처럼 쉬는 날이라 마음먹고 온 길이었다. 함박슈퍼 할머니도 만나고, 마을도 천천히 돌아볼 요량이었다. 배달구역이 바뀌어 한동안 오지 못했다. 이제 곧 이 함박리도 없어질 것이다.

이삼 년 전부터 국유지였던 이곳을 한 개발업체가 사들여 추모공원을 조성한다고 했다. 시에 근접해 있어 허가가 불가능한 것을 업체가 시장을 매수했다고들 수군거렸다. 인근 마을 주민이나 주변에 땅 가진 사람들이 반대했지만 한두 번 시위로 그쳤다. 정작 주민들은 몇 안 되었고, 아무런 힘도 없는 노인들뿐이었다.

그러는 동안 보상금 몇 푼 가지고 하나둘 타지에 있는 자식을 따라갔다. 지난여름까지 대여섯 가구가 떠나고 이제 두 가구만 남은 것이다.

언젠가부터 함박리라는 터가 진품 명당자리라는 소문이 퍼지기 시작했다. 묏자리도 명품이 있는 모양이었다. 우체국 직원들끼리 회식하는 자리에서 국장이 말했다.

"좌청룡 우백호 남주작 북현무의 이치가 딱딱 들어맞는 곳이래. 게다가 마을이 들어앉은 형세가 금계포란으로 닭이 알을 품은 형세라는 거야."

과장아줌마가 설레설레 고개를 저었다.

"그렇다면, 거기 살던 사람들이 잘 됐어야 하는데, 별로 그런 것 같진 않아 보여요. 안 그래요?"

국장이 껄껄 웃었다.

"다 허위광고지, 뭐. 헌데 모르지. 거기가 양택이 아니고 음택이라서 그런지도?"

민이 못 알아듣는 표정을 짓자 국장은 어깨를 으쓱이며 친절한 설명을 이어갔다.

"양택은 살아 있는 사람들이 살기 좋은 곳을 말해. 사람은 하늘과 땅의 좋은 기운을 받아야 집안이 잘 되고 액이 없다잖아? 그런데 음택은 죽은 자를 위한 땅이야. 죽은 자가 편히 쉴 수 있는……."

민은 고개를 갸웃거렸다. 그렇다면 함박리는 오히려 양택에 들지 않을까? 대지의 기운을 넉넉히 간직하고 하늘의 기운을 고스란히 받는 곳이라면? 그런데 왜 거기 사는 사람들은 액 없이 잘 살기는커녕 한결같이 남보다 가난하고 병들고 무능할까?

228

집배원이라는 직업 때문에 수없이 많은 거리와 집을 누비고 다녔어도 함박리만큼 정겹고 편안한 곳도 없었다. 더욱이 민에게는 특별한 기억들이 많았다.

처음에는 머리를 조아리고 굽실거리던 개발업체 측이 언젠가부터 거칠게 나오기 시작했다. 무연고자 묘지가 골칫거리라는 것이다. 아무리 수소문해도 묘주가 나타나지 않아 공사가 지연되었다. 오래전부터 있어왔거나, 대가 끊기거나, 혹은 몰래 묻은 불법매장이라도 분묘기지권이라는 게 있어 함부로 건들어서는 안 된다. 업체는 그냥 밀어붙일 기세였다. 그런데 결정적인 걸림돌은 목무덤이었다. 평장이나 다름없이 주저앉은 돌무덤이 동학농민군을 묻은 장소라고 했다. 어디서 효수되었는지는 몰라도 몸통을 잃고 뒹굴던 상투머리 열 구를 당시 동네 사람들이 묻어주었다는 것. 그래서 목무덤이라고 불렀다. 그렇게 전해지기만 하던 것이 최근 근거자료가 발견되었다고 했다. 동학 연구팀과 시민단체의 만류가 없었더라면 이곳은 벌써 공원묘지로 바뀌었을 것이다.

마을 고샅길을 걸어 올라가며 주위를 돌아보는 눈길이 새삼스러웠다. 띄엄띄엄 흩어져 있는 집들은 오래전에 사람이 떠났음을 고스란히 드러내고 있었다. 부서져 간당대는 슬레이트 지붕, 한때는 단단한 벽으로 지켜주었을 것이나 이제는 뜯겨서 널브러진 판자, 스티로폼, 루버, 열린 채 주저앉은 나무 대문 같은 것들이 눈에 들어왔다.

인적이 사라진 마을을 걸어가는 기분이란…… 전쟁이 지나간 폐허에 서 있는 것 같았다. 종교 인종 문제로 주민은 소개되고 총 든 군인들만 싱겁다는 듯 지나가는 중동 어느 시골마을 풍경이 이럴까.

한낮의 정적은 여전했다. 한때는 이 풍경과 정적을 나름 만끽했던 때가 있었다. 오토바이를 타고서 길을 헤집고 다니다가 여기 오면 숨통이 트였다. 시동을 끄고 잠깐씩 쉬었던 느티나무 가지 사이에 현수막이 걸려 있었다.

평화롭던 마을에 화장터가 웬 말이냐

주민 동의 없는 공동묘지 어림 반 푼어치도 없다

펄럭이는 구호에, 마을 담벼락마다 스프레이로 휘갈긴 붉은 글씨들이 겹쳐졌다. 이런 광경이 없었더라면, 어느 먼 나라 혹은 비현실 속 세상 같았을 것이다.

이미 잠금장치가 고장이 난 대문은 열려 있었다. 그렇다고 무작정 들어서기가 뭣해서 손바닥으로 녹이 슨 철문을 두드렸다. 기척이 없었다. 마루에 비닐봉지와 라면박스를 내려놓고 돌아서려다 민은 소스라치게 놀랐다.

나무 위에서 여자가 내려다보고 있었다. 그 여자였다. 주정뱅이의 딸. 사람들이 반벙어리 또는 미친년이라 부르는, 아침부터 저녁까지 산으로 들로 무작정 쏘다닌 지가 십 년도 넘었다는 여자. 우편물을 배달하러 가는 길 먼발치에서 이따금 눈에 띄었다. 길에서 스친 적이 있는데, 그때마다 어딘가 가야 할 데가 있다는 듯 여자는 앞만 보며 걷고 있었다. 그러나 민이 보기에는 정작 목적지도 없어 보였다.

두 사람은 아주 잠깐 서로 쳐다보기만 했다. 경계심이 없는 건 아니었지만, 민은 미간을 펴고 손까지 흔들어보였다.

"함박슈퍼 할머니가 전해달라고 하셨어요."

여자는 그저 골똘히 바라보기만 했다. 어린애처럼 맑은 눈빛이어서 무안할 지경이었다.

여자에 대해서는 이미 들은 이야기가 있었다. 고등학교를 졸업하고 은행에 특별 채용되어 갔는데 일 년도 못 버티고 정신이 이상해져서 돌아왔다고 했다. 민은 용기를 내어 최대한 부드러운 표정을 지어보였다.

"이건 라면이고, 이건 밥이래요. 찌개도 있으니까 드시고, 그릇은 슈퍼에 가져다주세요."

그래도 아무 반응이 없었다. 친숙한 사이라도 되는 듯 입술 꼬리를 올리며 또 한 번 손을 흔들었다. 막 대문을 나서려던 참이었다.

"가지 마."

나뭇가지 아래로 들려오는 말에 민은 제 귀를 의심했다. 잘못 들은 줄 알았다. 그러고 보니 담장 너머로 딱새가 후드득 날아가고 있었다.

서둘러 그 집을 빠져나왔다.

"가지 마."

이제 말을 배우기 시작한 아이처럼 불분명한 발음이었지만 분명 그렇게 들렸다. 민은 못 들은 척 걸음을 옮겼다.

동네를 벗어나면 야산 기슭으로 이어진다. 기슭을 따라 억새꽃이 이제 막 피어나기 시작해 은빛 띠를 이루고 있었다. 파묘 흔적이 군데군데 보였다. 문득 발걸음을 멈추고 둥글게 패인 무덤 자리를 내려다보았다. 아무렇지도 않게 가을 햇살이 그 안까지 기웃거렸다.

길가 목무덤 근처를 지나 왼쪽 샛길로 접어들면 함박슈퍼 영감과 그 아들의 무덤이 있다. 거기에서 한참 위로 올라가면 커다란 상수리나무 아래 함박슈퍼 할머니가 들려준, 목을 매고 자살한 청년과 그 아비의 무덤이 있다. 민은 그쪽을 한 번 쳐다보았지만 오늘은 발길을 돌려 꽃무덤 쪽으로 향했다. 오래된 묘는 허물어지고 주저앉아 평평한데 아직 연륜이 짧은 무덤일수록 둥두렷이 솟아 있다. 마치 나 여기 있다고 항변이라도 하듯.

집배원은 근처 일대를 샅샅이 뒤지고 다녀야 했다. 그래서 민은 어디에 누가 사는지, 그 집 사람들의 성격이 어떤지조차 훤히 알았다. 시라고는 하지만 워낙 변두리에다 주민도 몇 안 되었다. 때로는 거동이 불편한 노인의 잔심부름도 했다. 업무는 많았어도, 첫 직장이어서 성실히 일했다. 말단 공무원에 불과했지만, 취업 준비로 이십 대 청춘을 다 보낸 터라 불평 같은 건 않기로 작정했다.

일을 시작한 지 얼마 안 되어 슈퍼 노인을 알게 되었다. 함박리 근처를 돌다가 점심때가 되면 슈퍼로 왔다. 거기서 김치찌개에 밥 혹은 라면으로 점심을 해결했다.

어느 날 노인이 동행할 곳이 있다며 민을 따라 나섰다. 난생처음

보는 꽃만 골라 묶은 것 같은 화려한 꽃다발을 들고 있었다. 한눈에 보아도 도시의 꽃집에서 온 것임을 알 수 있었다. 노인은 꽃다발을 민의 커다란 우편 가방에 꽂더니 오토바이 뒤에 태워달라고 했다. 민은 자신의 헬멧을 노인에게 씌워주었다. 포장한 지 오래되어 길이 패인 데가 많으니 꽉 붙잡으라고 거듭 당부했다.

라일락 나무 한 그루가 지키고 있는 무덤이었다. 자잘한 꽃들이 막 피기 시작해 바람이 스칠 때마다 향기가 코끝에 머물다 갔다. 노인은 가져온 꽃을 그 앞에 놓고 막걸리 한 병을 주변에 뿌렸다.

"내가 여기 묘주와 약속을 헌 게 있거든. 매주 한 번씩 꽃 배달을 혀. 벌써 일 년 가차이 해왔당께. 시상으나 죽은 여자한테 잊지 않고 꽃을 바치는 남자라니…… 멋지잖여? 옛날 전설이 아니고 바로 엊그제 일이고만……."

마을에 들어온 젊은 남녀에 대해 사람들은 호기심이 많았다. 논밭이 있어야 귀농이라고나 하지 주변에는 야산만 널려 있을 뿐 빈 땅도 없는데, 그들은 동네 끄트머리에 있는 외딴 집 하나를 수리하고 살았다. 잡초로 우북했던 마당에 온갖 꽃들이 어우러졌다. 뒤안에서는 배추 무 시금치가, 산비탈에서는 콩 도라지 더덕이 싱싱하게 자랐다. 버려진 장독대 항아리들도 햇살에 반짝였다. 음악 소리 웃음소리가 집 밖으로까지 흘러나왔다.

사람들이 무엇보다도 반겼던 것은 그들에게 자동차가 있다는 것이었다. 빨간색 지프였는데, 차가 들락거리는 광경을 보면 공연히 우쭐

해지기도 했다. 시내에 나가려다 우연히 만나 차를 얻어 탄 누군가는 입에 침이 마르도록 칭찬을 했다. 남자가 여자를 대하는 태도를 보니까 배운 사람은 다르더라, 여자가 얼마나 예쁜지 마치 탈렌트 같다, 게다가 상냥하기까지 하더라…… 공연히 그 집 주변을 지나며 담장 너머를 기웃거리는 발걸음도 생겨났다.

헌데 어느 날 갑자기 여자가 죽었다. 모두들 설왕설래했다.

"원래 병이 있어 시한부인생으로 여기 들어왔대여."

"죽기 전날 밤 심하게 다투는 소리가 들렸다는디 쫌 이상허잖여?"

"아이고! 잡성이네. 그런 말 허면 안 되야."

"여자가 임신을 했던 개벼. 입덧하는 기미가 있었당께? 한동안 밥도 못 먹고 아팠응께. 우리 집 고추장을 먹어 보고 하도 맛있다고 해서 또 준 적이 있어. 헌데 혼자 애를 지우고 왔던 모양…… 그것이 발단 아니었을까?"

"불륜이여, 불륜! 잠시 도망쳐온 것이여, 그러니 얼마나 오래 가겄어……."

집 뒤 언덕배기에 여자를 묻고 남자는 날마다 여자의 무덤을 찾았다. 무덤 앞에 꽃이 떠나지 않았다. 마당에 핀 작약 백일홍 천일홍 혹은 산에서 꺾은 원추리 쑥부쟁이 꽃들이었다.

남자는 점심도 거른 채 봉분 곁에 있다가 해가 질 무렵이면 내려오곤 했다.

"헌디, 어느 날 나헌티 왔어. 이곳을 떠야겠다고. 도저히 힘들어서 있을 수 없다고 말여. 그러면서 내 앞에 봉투를 하나 내밀면서 부탁허드라고. 매주 슈퍼로 꽃을 부칠 테니 거그 지 각시 묘에다 좀 갖다 줄 수 없냐고. 그러마 혔어. 그 지극정성에 나도 감동을 헌 것이지."

민은 고개를 끄덕이며 봉분을 바라보았다. 어디서 날아왔는지 노랑나비 한 마리가 봉분 위를 맴돌고 있었다.

"근디 이제 나도 힘이 부치네. 나 대신 자네가 좀 해줬으면 혀. 어차피 배달 가는 길이잖여? 거 뭣이냐, 아르바이트랑께. 사람 공짜로 부려먹으면 쓰간디?"

노인과 꽃무덤에 다녀온 후, 그 일은 아예 민의 것이 되어버렸다.

꽃은 매주 목요일이면 도착했다. 장미 안개꽃 정도만 알던 민에게는 생소한 꽃들이었다. 꽃배달 서비스 같은 업체가 아닌 어느 꽃집을 통해 보내지는 것 같았다.

민의 성격상 거절을 못해서 그렇지 처음엔 마음이 내키지 않았던 게 사실이다. 첩첩산중이나 공동묘지는 아니었지만 그리 유쾌한 일은 아니었다. 무덤 앞에 꽃을 놓고 돌아설 때엔 뒷목에 한기가 닿는 날도 있었다. 특히 비라도 오는 우중충한 날엔 더욱 그랬다. 그런 날에는 노인과 동행하기도 했다. 노인은 오토바이 뒤에 앉아서 민의 허리를 꽉 잡고 큰 소리로 말했다.

"살아 있는 거나 죽은 거나 벨 차이가 없어. 젊은이가 뭣이 무섭다고 그려. 한밤중도 아닌 대낮에."

두어 달쯤 지나니까 그 일은 아무렇지도 않게 되었다.

무엇보다 뿌리칠 수 없었던 것은 노인도 노인이지만 호기심이었다. 도대체 그들은 어떤 사연을 안고 이곳에 흘러들었을까? 매주 한 번도 빠뜨리지 않고 꽃을 보내는 남자는 어떤 사람일까? 민은 마치 그 사람과 내기를 하는 것 같았다. 그래. 내가 지치나 당신이 지치나 한 번 해 봅시다, 그런 것.

계절이 바뀌면서는 무덤과 안부를 나누기도 했다.

오늘은 붓꽃이네요. 보라색이 참 예뻐요.

이 꽃 이름을 찾아봤어요. 극락조화. 당신이 극락에 있기를 바라는 마음이 담긴 것 같아요.

국화 향기를 기억하시죠? 꽃송이가 노랗고 작군요. 여기 길섶에도 들국화 천지라 오는 길에 저도 몇 송이 꺾어왔어요.

함박슈퍼 노인도 가끔 함께 왔다. 오토바이 소리를 듣고 미리 나온 노인은 심심해서라고 했다. 막걸리 한 병을 가지고 와서 묘지에 뿌리고 남은 것은 노인이 마셨다. 그들이 슈퍼에서 막걸리를 자주 사갔다고 했다.

민은 처음 알았다. 묘지 앞에 놓인 화강석의 의미를. 그것을 혼유석魂遊石이라고 부른다는 것도.

"죽은 혼이 밤이면 무덤에서 나온대여. 갑갑허잖여. 죙일 그 속에만 있응께. 그려서 밤중이면 밖으로 나와 이 위에서 논다는 거여. 달도 보고 바람도 쐬고."

검게 반들거리는 장방형의 돌을 어루만지며 노인이 말했다.

236

"댁은 눈감고도 호강허요, 잉? 남은 사람이 이리 지극정성이니…… 우리 같은 사람들은 살아서도 이런 대접 한 번 못 받았고만."

언젠가부터 꽃이 오지 않았다. 노인에게 오던 전화도 끊긴 지 오래 됐다고 했다.

"그러고 본게 꽃은 지극정성 보냈어도 마을을 뜬 후 단 한 번도 찾지 않았잖여? 무슨 사정이 있을 거여."

슈퍼 문을 열고 들어선 민의 시선이 꽃이 있던 자리를 더듬으면 노인은 고개를 저었다. 이어서 노랫가락처럼 넋두리를 풀었다.

"온다던 사람이 왜 오질 않는가아? 뭔 일이 생겼당가아? 아니면 맘이 변해버렸당가아……."

그래도 민은 이따금 그곳을 찾았다. 지나던 길에서 꺾은 진달래며 칡꽃이며 구절초 꽃을 그 앞에 놓았다. 얼굴도 이름도 모르는 죽은 사람이 제 피붙이 같이 느껴졌다.

다 돌고 내려오다가 느티나무 아래 등을 기대고 앉았다. 다음 휴일에 벌초를 해야겠다고 생각했다. 추석이 오기 전에.

오토바이 시동을 거는 민에게 노인은 큰 소리로 말했다.

"어여 가더라고. 이사 갈 때는 내가 전화헐 것잉게. 걱정 말어, 잉?"

"이사 날짜 받으면 연락주세요. 아니, 이번 쉬는 날 어차피 벌초하러 올 거예요. 안녕히 계세요. 할머니."

백미러에서 '함박슈퍼'란 삐뚤빼뚤한 글씨가 점점 멀어져갔다.

*

　간유리 창이 희붐해왔다. 꾸꾸욱 꾹꾹 꾸꾸욱 꾹꾹. 멧비둘기가
목앓이 하듯 울고, 깍 깍. 까치가 방정맞게 짖는 소리를 들으며 노인
은 천천히 일어났다. 굳이 새들이 소란을 떨지 않아도 눈 뜰 시간이
었다.

　뒷마당에서 개가 꼬리를 저으며 반겼다. 감나무에 매단 줄을 풀고,
찬밥에 찌개 남은 것을 말아 개밥그릇에 부었다. 놈은 밥그릇에 코를
박는 시늉을 해 보이곤 사방을 뛰어다녔다. 숲에서 삐웃 삐웃 직박구
리 떼가 날았다.

　쌀을 씻어 밥통에 안치고 어제 담가 둔 녹두를 돌확에 갈았다. 분
쇄기가 있지만 어깨가 아플 때 외에는 되도록 쓰지 않았다. 둥근 차
돌을 두어 번 돌리다 하늘을 한 번 보고, 두어 번 돌리다 숲을 보았
다. 마당을 둘러보고 개가 뛰어다니는 걸 지켜보았다.

　수십 년 동안 똑같은 광경이 요즘 따라 새삼스럽게 느껴졌다. 노인
은 사진이라도 찍듯 하나하나 눈 속에 담았다.

　근동에서 태어나 옆 동네 남자 만나 시집을 가고, 남매가 뛰어다닐
무렵 이곳에 집 한 채 짓고 살기 시작했다. 그러니까 함박리에서 산
지 오십 년이 지났다. 집 지을 당시 생각했다. 나이 오십이 되면 다른
곳에 가서 살 수 있을 거라고. 오십이 넘으면 모든 것이 해결될 거라
고. 자식들 따라 서울이든 제주도든 먼 곳에 가서 잘 살고 있을 줄 알

았다. 하지만 영감과 아들을 먼저 저 세상으로 보냈다. 딸은 멀리 있고 병치레로 세월을 보내며 늙어간다.

딸한테 가 보고 싶어도 차를 탈 수 없어 단념했다. 잠깐이라면 택시는 그런 대로 괜찮은데, 버스나 기차는 도저히 견뎌내지 못했다. 멀미 정도가 아니었다. 차만 타면 천식 환자처럼 숨을 쉬지 못했다. 대신 오토바이나 자전거는 아무렇지도 않았다. 죽은 영감은 생전에 말했다.

당신은 영락없이 여그서 살다가 여그 묻혀얄랑개비네.

노인은 밥이 다 된 것을 확인하고 갈아놓은 녹두로 전을 부쳤다. 구수한 냄새가 퍼졌다.

햇살이 골고루 비출 무렵 노인은 보따리를 들고 집을 나섰다. 텅 빈 마을 쓰레기가 뒹구는 고샅길을 지나고 산으로 향하는 비탈길을 돌았다. 중간에 두어 번 쉬면서 눈 아래 펼쳐진 마을을 한 번 내려다보고 하늘을 한 번 올려다보았다. 청설모 한 마리가 나뭇가지 사이를 오르내리다 재빨리 도망갔다. 자기도 모르게 혼잣말이 나왔다.

도토리묵 만드는 일을 일찍 그만두길 잘 혔고만, 그려. 저것들도 다 먹고 살아야지. 짐승들 먹는 걸 뺏어먹는 인간이라면 짐승보다 못 혀.

묘소에 다다랐다. 아직 이슬도 마르지 않아 축축했다. 엊그제 집배원이 벌초를 해준 덕에 봉분이 매끄럽고 귀티가 난다고 생각했다. 영감 살았을 적 깨끗이 면도한 얼굴을 볼 때의 기분 같았다. 위쪽엔 영감이, 아래쪽엔 아들이 묻혀 있다.

노인은 먼저 위쪽 봉분 앞에 가서 보따리에 싸온 것들을 천천히 펼쳐놓았다.

흰 밥. 녹두전. 송편. 햇밤. 대추. 통북어…… 무명실 타래를 둘둘 감은 북어를 놓다가 노인은 혼자 중얼거렸다.

여보. 나 알아보겠어요? 당신 간 지가 벌써 사십 년이 다 되는디? 인자 내 모냥이 이 통북어맨치로 쭈글쭈글 말라붙어버렸지라우?

영감이 좋아했던 소주도 한 잔 따랐다. 절도 두 번. 한숨도 두 번.

이번에는 서너 걸음 아래로 휘청휘청 내려갔다. 음식을 펼쳐놓고 봉분의 잔디를 몇 번이나 쓰다듬었다.

에미가 자식 묏등을 돌봐야 쓰겄냐?

그 동네는 편허냐? 에미헌티 인사 한 마디 없이 가 버리다니. 불효 막심헌 놈! 그 세상에서 아버지한테나 효도하거라이?

그런디 말여, 인자 너도 아버지랑 이살 혀야겄다. 이곳에 공동묘지랑 화장터가 들어선다고 나가라는디 어쩌겄냐? 내 땅도 아니고. 아이고, 내 아들! 죽어서도 이리저리 쫓겨다녀야 허니…….

여그서 추석 쇠는 것도 이번이 마지막이다. 어쩌? 너 원허던 세상가 보라고 훨훨 뿌려 주랴?

불그스름하게 물든 이파리 하나가 팔랑팔랑 날아와 봉분 위에 앉았다. 밤이면 쌀쌀해도 한낮은 아직도 더운데 벌써 물들어 지다니…… 노인은 손수건으로 코를 팽 풀었다.

새댁일 때 이 동네 와서 들은 바로는 동학교도들의 무덤이라 했다. 당시 참수된 머리들이 길섶에 뒹굴고 있었단다. 동네 사람들이 그들을 거둬 이곳에 묻었다는 것이다. 상투머리가 일곱, 산발이 셋이었다고 했다. 그 이야기는 전해져 내려오다 까맣게들 잊었는데…… 요즘 이 야산의 개발업체에 시민단체들이 항의하면서 다시 살아난 셈이다. 유골은 이제 곧 동학혁명군 유골안치소로 가게 될 거란다.

노인은 무덤이라기보다 아무렇게나 던져진 것 같은 돌무더기 앞에다 흰 밥과 송편과 북어와 녹두전을 놓았다. 열 목숨이 매장된 곳이라 들었으니 수북이 담았다.

사실 노인의 녹두전은 이 무덤의 주인들로 해서 유래된 것이었다. 동학농민군 묘소로 인정받은 즈음 위령제를 준비하는 사람들이 마을에 자주 들락거렸다. 그들이 가게에 와서 막걸리로 목을 축이며 의논할 때 노인이 끼어들었다.

"동학교도들 야그는 어려서부터 수없이 듣고 자랐어라우. 그 양반들 명예를 살리고 추모헌다는디, 나도 이 마을 주민으로서 뭔가 하고 싶으요. 동학교도들잉께 녹두전을 부쳐 내놓겠소. 어쩌요?"

"아이고, 어르신! 정말 좋은 생각입니다. 감동입니다!"

"동학교도면 어떻고 도둑이면 어뗘? 육이오 때 죽은 인민군이나 빨치산이면 다 어뗘? 억울허고 불쌍허게 죽은 사람들 그 혼이라도 다 독이고 위로해주어야지."

누군가는 박수를 치고 누군가는 일어나 고개를 숙였다.

고사상 차림을 아예 노인이 맡았다. 그들이 장을 봐왔고 노인은 수고만 해준 것이다. 시루떡은 칼을 대지 말고 통째로, 돼지머리는 맨 앞줄 중앙에…… 어동육서 두동미서 좌포우혜 조율이시 홍동백서……. 위령제는 조촐하지만 의미 있게 치러졌다. 춤꾼이 와서 소복을 입고 고풀이 춤을 추었다. 노인은 가슴에 맺힌 것 중 하나가 비로소 풀리는 것 같았다.

노인은 두어 번 밟으면 금세 꺼질 것 같은 무덤 앞에 차례차례 막걸리를 따르고 고시레를 했다.

"좋은 시상 만들라고 목숨도 버렸는디 지금 사는 그 세상은 어떻다요? 평등허다요? 세월이 수없이 흘러버렸지만 이제나마 명예를 회복했으니 얼매나 다행이여라우!"

허허허허. 허허허허.

숲에서 검은등뻐꾸기 울음소리가 들려왔다.

집배원이 저 새 소리를 듣고 무슨 새냐고 물은 적이 있다. 알려주면서 노인이 흥얼거렸다.

옹헤야 어절시구

…….

옹헤야 저절시구

민이 멀뚱멀뚱 쳐다보았다. 그게 재미있어서 노인은 자꾸 어깨춤을 추며 웃었다.

"아직도 모르겠어?"

허허허허. 매번 똑같이 검은등뻐꾸기가 울 때 노인은 어절시구, 저절시구 했다. 한참이 지나서야 민이 탄성을 질렀다. 서로 곡조와 박자가 딱 들어맞는다는 것을 안 것이다. 보릿고개를 막 넘길 때 찾아와서 들판에 나락이 넘실댈 때 그것도 못 먹고 간다는 새.

가을이 깊어지면 저 새도 떠날 것이다. 이슬에 젖어 축축한 바짓가랑이를 털고, 노인은 남은 것들을 챙겼다.

훨씬 가벼워진 보따리를 들고 골짜기 아래로 내려갔다. 큰 상수리나무 아래 그 청년이 있다.

그가 함박슈퍼 문을 열고 들어선 시간은 땅거미가 사방을 에워쌀 무렵이었다. 마을 사람이라면 대체로 이 시간에 오지 않는다. 어둡기 전 집에 들어앉아 저녁을 먹고 텔레비전 연속극에 빠져 있기 마련이다. 혹 저쪽 방죽을 찾은 낚시꾼인가 싶어 노인은 뜨악한 표정으로 내다보았다. 검은 모자를 눌러쓰고 마스크를 한 차림새가 어쩐지 편치 않았다.

청년은 소주 한 병과 담배 두 갑을 달라고 했다. 가게 안을 둘러보고 선반에 있는 북어를 가리켰다. 거스름돈을 주면서 보니 맨발에 슬리퍼 차림이었다.

막 문을 닫으려던 청년이 물었다.

"혹 밥도 있어요?"

밥, 이라는 말이 경계심을 풀게 했던가. 노인은 흔연스럽게 대답했다.

"밥은 안 파는디 원하면 줄 수는 있소. 배고프면 라면 끓여서 밥허고 드실랑가?"

청년의 얼굴에 반가운 기색이 어렸다.

"아, 라면은 됐고요. 밥 한 공기만 주시겠어요? 가지고 가려고……."

"그거야, 뭐……."

노인은 일회용 밥그릇에 밥을 듬뿍 퍼 담은 뒤 랩으로 싸서 내밀었다. 천 원짜리 한 장을 자꾸 디미는 걸 사양했다. 미안했던지 주춤거리던 청년이 말했다.

"저 쪽에 아버지 산소가 있거든요."

이틀 후, 청년이 다시 가게 문을 열고 들어왔다. 이번에는 라면을 끓여 달라고 했다. 노인은 플라스틱 탁자에 두 사람 몫의 라면과 밥을 내놓았다. 마침 저녁을 먹으려던 참인데 잘 됐다고 말했다. 그는 여전히 맨발이었다. 그저께 청년이 가고 난 뒤에도 어쩐지 맨발이 눈에 밟혔다.

"밥 먹으려면 그 마스크부터 벗어야겠어, 잉? 어여 와. 마치 내 손자 같고만, 그려."

마스크를 떼어 낸 청년의 얼굴은 순해 보였다. 마스크 너머로 본

인상과 전혀 다른 한없이 여린 눈매였다. 식사가 끝날 때까지 이렇다할 말이 떠오르지 않았다. 노인은 공연히 리모컨으로 텔레비전 채널을 돌렸다. 청년은 연신 땀을 흘렸다.

"젊은 사람이 그렇게 땀을 흘려서야 원. 밥 좀 잘 챙겨먹고 다니드라고, 잉? 힘들어도 다 먹어야 살어. 밥 잘 먹고 힘내야지."

두 사람 양의 라면을 다 먹고 난 후 비로소 청년의 눈길이 노인에 닿았다. 메마른 입술처럼 목소리도 갈라져 나왔다.

"할머니. 부탁 하나 드려도 될까요?"

"뭣이간디? 내가 헐 수 있는 일이여?"

그가 만 원짜리 지폐 두 장을 내밀었다.

"저기 골짜기 아래 아버지 산소가 있거든요. 상수리나무 아래에요. 내일이 아버지 돌아가신 날인데…… 제가 아무래도 기일을 못 챙길 것 같아서요. 밥 한 공기하고 소주 한 잔만 갖다 주시면……."

얼핏 그를 붙들고 무슨 말인가 해야 할 듯싶었다. 헌데 말문이 막혔다. 젊어서부터 말마디 깨나 한다는 소릴 들으며 살아왔는데 그 순간엔 노인의 입술도 굳어버렸다. 그저 밥 한 공기, 라는 단어만 입속에서 거친 돌멩이처럼 씹혔다. 겨우 걱정 말라는 눈빛으로 고개를 끄덕였다.

청년이 어둠 속으로 스며들 듯 사라진 후에야 노인은 부르르 진저리를 치며 가게 문을 닫았다.

다음 날 청년은 상수리나무 가지에 목을 매단 채로 발견되었다. 주머니에서 발견된 유서에는 아버지 무덤 옆에 묻어달라는 부탁이 있었다고 했다. 한동안 동네가 벌집 쑤셔놓은 것처럼 어수선했다. 경찰과 취재진이 들락날락했다. 살인범에 탈주범이었다고 텔레비전에서는 며칠이나 뉴스를 내보냈다. 노인은 아무에게도 그가 죽기 전 다녀간 사실을 전하지 않았다. 그러다가 재작년에야 우체국 직원 민에게만 지나간 일로 말해 주었을 뿐.

나는 그때 직감했어야. 야가 쫓기고 있구나…… 설령 텔레비전에 나오는 현상금 걸린 그 자인 줄 미리 알았어도 신고 안 혔을 거여. 내가 살면서 가장 후회되는 일 중의 하나가, 그날 밤 갸를 못 붙든 것이여. 나중에도 오래 그놈 맨발이 생각나더랑께. 그런디 생각혀 봐. 또 그런 일이 생겨도 어떻게 헐 수 없을 것이여. 내가 여기 연고자 없는 묘지에 명절 때면 음식을 가져다 놓게 된 계기가 바로 그때부터였당께.

노인은 오래된 아비의 무덤과 그보다 덩치가 큰 자식의 무덤 앞에도 추석 음식을 놓았다. 검은등뻐꾸기 울음소리가 멀어져갔다.

허허허허. 허허허허.

꽃무덤. 노인과 민이 붙인 이름이다. 어느 먼 곳에서 와 잠시 머물다 떠난, 탤런트보다 예뻤던, 드라마처럼 살다 간 사람. 망자가 되어서도 매주 꽃을 선사 받는 호사를 누리던, 그러나 이제 이장해줄 주인도 없는, 버림받은 신세가 돼 버린 무덤. 노인은 그 앞에다 송편을 놓고 술 한 잔을 따랐다.

옜소. 나도 이것이 마지막인 것 같으요. 앞으론 누가 챙겨 줄 이도 없소. 어쩌겠소? 나도 곧 그리 될지 모르요. 헌디, 이 동네나 그 동네나 뭔 차이가 있겠소? 그리 생각허드라고, 잉? 그나저나 그 동네 가서 만나면, 그 남자, 댁허고 살았던 그 남자말이요, 나헌티 그 사람 안부는 묻지 말어요, 잉? 알겠지라우?

남긴 대추며 밤은 길섶에 던졌다. 노인은 이 길을 갈 때마다 어딘가에서 누가 지켜보는 것만 같았다. 파발을 돌리려고 어둠 속에서 숨죽이며 지나갔을, 혹은 쫓기고 쫓기다 숨어들었을 사람들의 눈빛, 아니면 이미 숨통이 끊긴 채 이곳에 버려졌을지도 모를 죽은 자의 부릅뜬 눈빛!

또 그들의 발에 밟힌 개미 버러지 같은 목숨들도 있었을 것 아녀? 가들이 뭔 죄여, 잉? 길가에 떨어진 미약한 것이어도 다들 꿈틀거리는 목숨인디…….

해마다 해오던 일이었지만 오늘따라 힘이 들었다. 이번이 정말, 그들을 위한 마지막 성묘라는 생각으로 노인은 깊은 숨을 들이쉬었다.

*

일꾼들이 이른 시각에 도착할 것에 대비해 어제 저녁까지 대부분의 준비를 마쳐놓았다. 준비하면서도 내내 마음이 무거웠다. 하지만 생전에 영감이 좋아했던 빈대떡을 볼 때는 기분이 자못 펴지기도 했다. 또 일꾼들이 흐뭇하게 먹으면 이장도 수월하리라 생각했다.

고사상을 수없이 차렸던 것 같다. 예전에 마을 주민이 많았던 시절, 제례며 장례 음식은 함박댁이 도맡아 했다. 시루떡 육개장 나물 같은 것들을 척척 잘 해냈다. 근동에 입소문이 나서 주문도 많이 들어왔다. 슈퍼에서 분식이나 잡화를 팔던 것보다 수입이 더 짭짤했던 때도 있었다.

이번 이장 일을 딸에게는 알리지 않았다. 소문 내지 말고 조용히 치러야 할 일이다. 아픈 몸뚱이 끌고 혼자 올 수 없어 자식까지 동원해야 할 텐데. 이런 상황에서 딸도 외손자도 대면하고 싶지 않았다.

어차피 나 혼자 다 품고 왔응께 내가 알아서 혀야지, 뭐. 이승이나 저승이나 지척인디 요란 떨 것도 없어.

추모공원을 만드는 업체에서 사람을 보내왔다. 벙거지 모자를 써 얼굴이 반쯤이나 가려져 음흉해 보이는 인상의 남자였다. 그는 선심이라도 쓰듯 거드름을 피웠다.

"회사에서 결정했는데요, 어르신네는 분양비는 받지 않기로 했어요. 분묘기지권이 있으니까요."

"그게 뭐다요?"

"말하자면 지상권이죠. 이미 그 땅에 있었으니까요. 그래서 분양비는 안 받지만 임대료는 내야 합니다. 앞으로 이십 년 동안."

"임대료?"

"관리도 해야 하고……."

"수십 년 전 죽은 사람이요. 진작 썩어서 흙이 되고 물이 되야뻐렸소. 그런디 뭔 관리를 헌다는 것이요. 원."

이장만 안 해도 된다면 그것도 다행이라 여겼다. 생전에 살던 땅에 묻혔고 이미 많은 세월이 지났으니, 추모공원이고 나발이고 영 마땅치 않았지만 그 자리는 지켜주고 싶었다. 게다가 영감 옆에 자신이 누울 자리도 계약을 해 둘 참이었다. 죽고 난 후 오갈 데 없으면 혼령마저 무주공산 떠돌 것 아닌가. 그런데 임대료라니. 자신이 묻히면 또 그 분양비까지 내야 할 터이다.

벙거지는 노인의 뻣뻣한 기세에도 아랑곳하지 않고 제 임무를 다하겠다고 작정한 듯했다.

"그런데 다른 곳으로 이장은 안 해도요. 지금 위치는 바꿔야 될 것 같네요. 구획 정리가 필요하니까요."

노인은 버럭 소리를 질렀다.

"내싸두씨요오. 내가 알아서 지장 없도록 할 것잉께."

그래놓고 오늘 날짜를 잡았다. 이제 와서 화장터까지 다녀올 필요가 없다 싶었다. 오히려 부정만 탈 것 같았다. 일단 파묘한 다음, 영감과 아들의 시신 상태를 보고 화장을 할 생각이었다. 화장은 일꾼 둘이 파묘한 자리에서 조용히 하기로 했다.

불법? 언제는 지들이 법으로 우릴 지켜주었간디? 백골 되고 나뭇가지 풀뿌리 된 내 식구 내가 거두겠다는디 누가 뭐라고 혀?

화장이 끝나면 산벚나무 근처에 뿌릴 작정이었다. 여기저기 봐 둔 장소 중 가장 좋았다. 햇볕이 잘 들고 전망이 트여서 마음에 들었다. 그들의 재는 낙엽과 함께 썩어서 흙이 되고 거름이 될 것이다. 그리고 봄이 되면 벚꽃으로 하얗게 필 것이다…… 그렇게 작정하니 되레 마음이 편했다.

뒷마당 큰 솥단지에 밥을 안치고, 다시 가게로 와서 화덕에 굴비를 구웠다. 술하고 과일은 바구니에 이미 챙겨놓았다.

뒷마당으로 가게로 들락거리는데 개가 유난히 낑낑댔다. 뒷발로 선 채 앞발을 모아 당기는 시늉을 해대는 게 목줄을 풀어달라는 기세다.

"이놈이 심심했구나? 좀 뛰어놀거라이?"

감나무에 묶인 줄을 풀자 녀석은 쏜살같이 산 쪽으로 내달렸다. 묶인 줄을 풀어주면 껑충껑충 뛰면서 노인의 옷자락을 잡고 주위를 맴돌던 평소의 모습과 달랐다.

"야가 뭔 일이대여? 후딱 오니라이!"

몸을 돌리던 노인은 처진 눈꺼풀을 애써 들어올렸다. 손차양을 하고 마을 끝 산모퉁이를 유심히 바라보았다.

그쪽에서 흰 연기가 피어오르고 있었다.

연기 사이로 트럭 한 대가 거칠게 내려왔다. 트럭은 노인을 지나쳐 마을 어귀를 돌아 사라졌다. 언뜻 보니 두어 번 다녀간 공사차량 같았다. 트럭 뒤로 먼지가 부옇게 날려 잠시 눈을 감아야 했다.

개 뒤를 좇아 정신없이 산허리께로 다가간 노인은 하마터면 고꾸

라질 뻔했다. 나뭇가지 사이로 보이는 무덤마다 불이 붙어 벌겠다. 붉은 무덤이었다. 가을 햇볕에 잘 마른 뗏장은 이것 보라는 듯 훨훨 타올랐다.

영감과 아들의 무덤이 타들어갔다. 저만치 떨어져 있는 무덤도 마찬가지였다. 상수리나무에 목을 매달고 죽은 청년과 그 아비의 묘. 그리고 꽃무덤…… 목무덤은 주위가 돌로 둘러싸여 있어 언뜻 까만 분화구가 생겨난 것 같이 보였다. 희한한 것이 주변은 멀쩡했다. 가까이 가서 보니 봉분 둘레마다 고랑이 파져 있고, 거기 물이 찰랑찰랑 고여 있었다. 고랑 바닥엔 임시로 비닐이 깔려 있어, 물이 쉽게 빠져나가지 못하게 해놓았다. 무덤 밖으로 불이 번지지 않게 하려는 수작인 게 뻔했다.

"이런! 천벌을 받을 놈들!"

노인은 소리를 지르며 영감의 묘를 향해 갔다. 엉겁결에 고랑 물을 손으로 떠서 봉분에 끼었었다. 그러나 물은 손가락 사이로 빠져나가 매번 헛손질이었다. 두 손에 퍼 담고 들어 올리는 순간 줄줄 새 나갔다.

입고 있던 윗옷을 벗었다. 물을 적셔 봉분을 덮었다가 다시 물에 적셔 덮기를 반복했다. 역시 헛수고였다. 노인은 숨을 헐떡이며 매달렸다. 그러나 불길은 날름날름 잘도 타올랐다. 상수리나무 아래 부자의 묘는 이미 시커멓게 다 타서 남은 연기를 피워 올리고 있다.

필사적으로 몸을 허둥댔지만, 행위는 느려졌고 힘이 빠지기 시작했다. 점점 더 숨이 가빠왔다. 가슴을 부둥켜안고 가쁜 숨을 달래며 까맣게 타서 흰 연기를 피워 올리는 무덤을 본 순간, 노인은 문득 솥단지를 떠올렸다. 오랜 세월 무수히 밥을 짓던, 그 따뜻하고 다정했던 솥단지를.

매캐한 연기로 숨이 막혀 캑캑거리며 휘청대는 노인의 바짓가랑이에 불이 붙었다. 불은 거침없이 타올랐다.

*

동학기념사업회와 시민단체 그리고 예술인들이 진혼제를 한다고 했다. 진입로에 붙은 현수막과 방송국 취재 차량으로 마을 입구부터 제법 북적였다. 취재진 말고도 삼십여 명 정도 되는 사람들이 모였다.

한 남자가 천천히 걸어 나왔다. 무명천으로 만든 흰 통옷에 얼굴을 검은 천으로 가려 언뜻 목이 달아난 시신처럼 보였다. 지치고 힘겨운 몸짓이었다. 찢긴 맨발엔 피가 흘렀다.

그는 아주 느린 동작으로 풀밭에 원을 그리듯 신문지 크기의 한지를 놓았다. 한 장, 두 장, 석 장…… 어떤 이가 붓과 먹물을 가져다주었다. 남자는 백지에 글씨를 써나갔다. 유연한 손놀림을 따라 먹물은 또렷하게 번져나갔다.

자子

축丑

인寅

묘卯

진辰

사巳

…….

빙 둘러선 사람들 모두 퍼포먼스를 지켜보았다. 카메라가 목 없는 시신과 찢긴 맨발 그리고 붓글씨 쓰는 손을 따라갔다.

한참을 걸려 십이지지를 다 쓴 남자는 오방색 헝겊 조각이 달린 대나무를 들고 자, 축, 인, 묘가 적힌 설치물 주변을 돌았다.

정적 속의 행위는 천천히 무덤이 있는 곳으로 방향을 틀었다. 지난번 화재로 까맣게 탄 봉분들. 임시로 매장된 함박슈퍼 노인의 펫장도 안 입힌 흙무덤. 그들은 침묵의 덩어리 같았다. 그렇게 버티는 듯 보였다. 민의 눈에는.

이제 남자는 그 주변을 돌면서 소맷귀에서 꺼낸 종이꽃을 뿌렸다. 흰 종이꽃들이 까만 무덤 위에 쌓였다. 누군가가 피리를 불었다. 한낮의 정적 속에 피리소리가 퍼져나갔다. 그 소리는 투명한 하늘 어딘가로 올라가는 듯도 하였고, 타들어간 봉분의 속으로 스며드는 듯도 하였다. 사람들은 약속이라도 한 듯 침묵을 삼켰다.

우우우우!

기묘한 정적 속에서 느닷없는 외침이 터져 나왔다.

우우 우우우!

그 여자였다. 주정뱅이 아비의 미친 딸. 이따금 산속을 고샅길을 맨발로 무작정 걷던 벙어리 여자. 나무 위에 앉아 말간 눈빛으로 바라보던 그 여자⋯⋯.

낮고 깊은 데서 올라오는 소리였다. 마치 대나무 맨 아래쪽에서부터 마디마디 거슬러 올라온 땅 속 울림 같았다.

난데없이 끼어든 여자를 아무도 말리지 않았다. 어찌된 영문인지 말릴 생각조차 못 하는 것 같았다. 여자의 행위가 약속이라도 된 듯이 퍼포먼스 속으로 들어온 것이다.

다행히 여자는 더 이상 방만하지 않았다. 뒤늦게 주변을 의식했는지 기죽은 표정으로 입을 다물었다. 헝클어진 머리칼 사이로 힐끗힐끗 사람을 훔쳐보면서도 자리를 뜨지 않았다. 민은 가슴이 조마조마했다.

마지막으로 남자가 소지를 태우는 순간, 여자는 고사상에 놓인 사과 한 개를 슬며시 들었다. 그리고 이내 도망쳐버렸다.

진행 팀을 따라온 앳된 여학생이 어깨를 들썩였다. 벙어리 여자가 사라진 길섶을 따라 억새꽃 무리가 흰 연기처럼 너울거렸다. 억새길 따라 여자의 소리가 이어졌다.

우우우우!

우우 우우우!

김저운 전주대학 국어교육과를 졸업하고 중·고교에서 국어를 가르쳤다. 1985년 수필, 1989년 소설로 등단했다. 창작집으로 「누가 무화과나무 꽃을 보았나요」가 있고, 9인 가족 테마소설집 「두 번 결혼할 법」(공저)과 산문집 「그대에게 가는 길엔 언제나 바람이 불고」 등이 있다. 작가의눈작품상, 불꽃문학상을 수상했다.

먹는 인간과 혀끝의 기억

이지은

먹는 인간과 혀끝의 기억

먹는 인간

맛보다. 이것은 인간 최초의 감각적 경험이 아닐까. 태초의 인간은 금단의 열매를 먹음으로써 영생을 반납한다. 죽을 운명에 놓임으로써 비로소 인간이 되었다고 한다면, 선악과善惡果를 베어 먹는 행위야말로 인간의 탄생을 알린 사건일 것이다. 인간의 생명은 신의 숨으로부터 나온 것이 아니다. 인간의 역사는 이브의 혀로부터, 거슬러 올라가 뱀의 혀로부터 시작되었다.

남자와 여자는 '맛보다'를 통해 선악을 알게 되고, 자신의 몸을 보게 된다. 인간사의 시작부터 먹고 맛보는 일은 죽음으로 열려 있었으며, 선악善惡에 대한 도덕 판단, 미추美醜에 대한 미적 판단과 직결되어 있었던 것이다. 그러니 아름다움을 뜻하는 '美'라는 글자가 본디 신에게 바치는 크고大 살찐 양羊에서 유래했다는 것도 쉽게 수긍이 간다. 여기엔 맛이 좋은 것이 보기에도 좋다는 고대인의 인식이 담겨 있다. 영어의 'taste'나 우리말의 '맛'도 사정이 다르지 않다. 영어의 'taste'가 '맛'이라는 의미 외에 '취향'이라는 뜻을 가지고 있듯, 우리말 '맛'은 본디 '멋'을 포함하는 의미로 사용되었다고 한다. 한편, 금욕적 자기 수양의 첫 단계는 금식이다. 미각은 미적 판단과 결부되어 있기도 하지만 곧바로 '쾌락'과 '도덕'으로 연결되기도 한다.

이처럼 '삶과 죽음', '쾌락과 금기', '선과 악'은 '먹음'이라는 가장 원초적인 행위를 통해서 인간사에 스며든다. 살아서는 밥상, 죽어서는 제사상을 받는 인간을 떠올려 보라. 생과 사를 잇는 것은 밥상이 아니던가. 산 자를 살게 하는 힘도, 죽은 자를 기억하는 예식도 '밥'에서 비롯된다. 관혼상제라는 인생의 통과의례마다 빠지지 않는 것이 음식이 아닌가. 어떤 이는 인생의 가장 아름다운 한때를 슈크림의 달콤함으로 기억할 것이고(「먹을 만큼 먹었어」), 어떤 이는 평생의 그리움을 메주 뜨는 일로 풀지도 모른다.(「청국장을 끓이다」) 또 누군가에겐 매실장아찌가 인생의 구원일 것이며(「장마」), 누군가에겐 흔하디흔한 김치찌개가 귀여운 복수의 수단이 되기도 한다.(「초대」) 그러니 복잡하고 미묘한 모순덩어리인 삶을 탐구하려면 무엇보다 '먹는 인간'을 그려야 하지 않을까.

계란프라이, 매실장아찌, 김치찌개:「모니카, 모니카」,「장마」,「초대」

계란프라이, 매실장아찌, 김치찌개. 벌써 군침이 돈다. 귀하고 값진 음식이라 그런 것이 아니다. 누구의 밥상에나 있을 법하지만, 세상의 밥상의 수만큼이나 다른 맛을 가질 법한 음식. 김치찌개는 모두의 음식이지만, 모두다 각자 나름의 '그' 김치찌개 맛을 고집하는 음식이다. 우리는 그런 음식을 매일 먹고 산다. 소설에 따르면, 계란프라이는 속죄의 맛, 매실장아찌는 구원의 맛, 김치찌개는 복수의 맛이다. 거창할 것 없다. 살아가는 동안 우리 모두는 속죄와 구원과 복수를 갈망하지 않는가. 바로 그것. 모두가 가지고 있지만 모두 다른 사연을 가진 것. 소설들은 어느 집에나 있을 법한 밥상을 각자의 이야기로 차려낸다.

「모니카, 모니카」의 아름다운 모니카는 섭식장애를 앓고 있다. 그녀의 도시락엔 밥과 계란 프라이뿐이다. 모니카는 여고생 어머니와 바티칸에서 갓 돌아온 젊은 사제 사이에서 태어났다. 모니카의 어머니는 딸에게 금욕을 강조한다. 모니카는 죄로 태어난 아이니까. 죄 갚음을 위한 금욕. 모니카에게 그것은 '미각'을 희생하는 일이다. 한편, 「장마」의 '나'의 젊은 엄마는 전 동거인과의 사이에서 나를 낳고, 새로운 남자를 맞았다. 엄마와 그녀의 새 남자는 '나'를 학대했다. 어른이 된 '나'는 어린 시절의 악몽과 다시 마주한다. 떠났던 남자가 자신의 딸을 데려와 눌러 살게 된 것. 거기다 남자는 '나'와 어린 아이를 학대한다. 되풀이되는 과거에서 '나'는 무엇을 할 수 있을까. 어린 아이의 애처로운 시선이 어떤 구원을 요구하는지 알면서도 '나'는 모른 체 한다. 몸만 어른이 된 '나'는 아직도 과거의 학대받는 아이에서 벗어나지 못했기 때문이다. 그러던 '나'가 남자를 제압하고, 벽장 속에 가두고, 아이에게 밥을 지어 준다. 그리고 군침이 도는 시큼한 매실 장아찌를 꺼낸다. 길지 않은 시간, '나'가 유일하게 누군가의 사랑을 받으며 지냈던 시간, 그때 먹었던 매실장아찌다. '나'에게 매실장아찌는 구원의 맛이 아닐까.

> 와드득 씹히는 매실이 입안에 퍼질 때마다 나는 눈을 꼭 감았다. 신맛이 퍼질 때의 강렬한 자극이 싫으면서 좋았다. 어이구, 지 애비랑 똑같네. 할머니는 혀를 쩌쩌 차면서 웃었다. 할머니가 웃는 일은 흔치 않았다. 나는 간혹 그 소리를 듣고 싶어서 고집스럽게도 매실장아찌를 씹었다.(「장마」, 171쪽)

이들 소설에 비한다면 「초대」는 경쾌하고 발랄한 복수극이다. '나'는 김치찌개를 끓이는 중이다. 초대 손님을 맞기 위하여. 손님은 다름 아닌 남편과 그의 내연녀. 남편의 직장을 따라 멕시코에 온 '나'는 한국인 교포 희린의 도움을 받는다. 남편의 직장에 통역이 필요하다고 하자 '나'는 망설임 없이 희린을 추천했다. 남편과 희린은 깊은 관계가 되고, '나'는 우연히 남편의 핸드폰을 통해 알게 된다. 그러나 어찌해야 할 것인가. '나'에겐 지키고 싶은 가정이 있고, 아이가 있고, 부모의 기대가 있다. 더불어 남편이 가져다주는 안정된 생활이 있다. '나'는 '적'을 곁에 두기로 한다. 곁에 두고 지켜보면서 자신의 가정을 파괴하지 않는 선에서 모른 체 하는 것. '나'에게 복수는 그저 양념 같은 것이다. 오늘 '나'는 김치찌개에 그녀의 소변을 좀 섞었다. 손님들은 육수에 감탄하면서 잘도 먹는다.

혼밥족과 식구食口: 「한 가족 따로 밥 먹기」, 「마지막 식사」

흔히 가족을 식구라 부른다. 식구食口란 문자 그대로 '먹는 입', 끼니를 같이 하는 사람들을 일컫는 말이다. 그런데 요즘은 식구라는 말보다 '혼밥'이라는 말이 더 자주 들린다. 때로 신조어들은 시대를 비추는 거울이 되는데 '혼밥'이라는 말이 딱 그렇다. 우리 시대는 혼자끼니를 해결하는 사람들이 살아가는 세상, 가족은 있어도 식구는 없는 세상이다. 그러한 세태를 그린 소설이 장마리의 「한 가족 따로 밥먹기」다. 소설은 예순네 가족의 식사를 별 다른 설명도 없이 조용히 관찰한다.

그들의 릴레이 아침식사를 잠깐 엿보자면 이렇다. 가장 먼저 할아버지. 당신 용돈은 당신 손으로 벌겠다고 새벽녘 경비실로 출근한다. 단출한 아침식사는 밥 한 공기와 김치와 보리차만으로 끝. 이어서 가장 성진의 출근. 오늘 아침 따라 부부 금슬이 좋았던 바람에 식사는 입맛만 다시며 생략. 세 번째 예진도 식사 대신 긴 머리 손질에 시간을 쏟느라 생략. 이모 예진의 요란한 출근에 잠이 깬 현서가 주방을 기웃거릴 때엔 싱크대에 할아버지의 식사 흔적만이 남아 있다. 그러나 그녀도 냄새나는 식빵, 바닥이 드러난 딸기잼에 짜증을 내며 라면을 먹느라 10분 늦게 출근한다. 이제 이 집의 안주인 예순의 차례다. 예순은 돼지고기를 넣은 김치찌개를 끓여놓고 감자탕 집으로 출근. 그러나 마지막 차례 경서는 김치찌개 냄새의 유혹에도 불구, 늦잠을 원망하며 식사를 거른 채 등교한다. 이렇게 경서까지 집을 나서면 인기척만으로 확인되는 가족의 아침식사가 완성된다. 소설은 여섯 명 가족의 삼시 세 끼 그러니까 열여덟 번의 식사를 그린다. 온갖 궂은일을 하느라 라면도 제대로 못 먹는 경비 할아버지, 선배들 뒤치다꺼리하느라 남은 반찬으로 점심을 때우는 사회 초년생, 체력이 예전 같지 않은 중년 가장의 삼겹살 구이, 식당 아주머니들의 하루치 고달픔이 배어 있는 소주 한 잔. 소설이 그려내는 열여덟 번의 끼니는 하나쯤은 나의 것, 또 하나쯤은 내 아버지, 동생의 것일 수밖에 없는 지극히 평범한 우리의 삶 그 자체이다.

「한 가족 따로 밥 먹기」가 가족은 있으되 식구는 없는 고된 현대인들의 일상이라면, 「마지막 식사」는 죽은 자에게 올리는 제사상에 관한 이야기다. 소설의 배경인 함박리는 추모공원을 조성한다는 등쌀에 쇠퇴해버린 마을이다. 주민들이 떠나도 공원 조성은 쉽지 않은데, 까닭은 주인을 찾을 수 없는 무덤 때문이다. 묘지기권이라는 게 있어 묘주가 나타나지 않으면 함부로 건들 수 없단다. 게다가 마을엔 동학 농민군을 묻은 돌무덤까지 있다. 산 사람은 빠져나가고, 죽은 자들이 권리를 주장하는 이 마을에 함박슈퍼 할머니가 있다. 할머니는 산 사람보다 죽은 사람 끼니를 차려줄 팔자인지, 텅 빈 마을에서 홀로 주인 없는 묘를 돌본다. 어느 젊은 여자의 묘에 꽃 배달을 대신해 주는 일부터, 제 아비 무덤가에서 목숨을 끊은 청년의 묘, 동학농민군의 돌무덤까지. 남편과 아들의 무덤에 술 한 잔 마른 북어 올리는 김에 할머니는 이 무덤, 저 무덤에도 음식을 놓아준다. 그러나 소설의 결말은 할머니의 인정을 배반한다. 추모공원 사업자가 몰래 무덤가에 불을 질러 버린 것이다. 불을 끄던 할머니의 옷자락에 불길이 옮겨 붙는다.

이 소설을 「한 가족 따로 밥 먹기」와 맞세워 놓고 보면 묘한 아이러니가 느껴진다. 살아서 식구가 되지 못했던 이들이 죽어서 끼니를 함께하는 식구가 된 듯한 인상을 주기 때문이다. 식구란 애초 혈연을 전제하는 말은 아니었던 것 같다. 음식을 나누는 사람들, 음식에 담긴 인정과 한을 나누는 사람들, 그들이 식구다. 그래서 할머니의 인정은 이름 없이 스러져간 이들, 오랜 시간의 차이를 두고 죽어간 이들을 식구로 엮어 낸다. 일면식도 없는 이들의 무덤에 제주祭酒와 마른 북어포를 올리고, 멧비둘기 소리에 맞추어 덩실 춤을 추는 할머니의 모습. 그 사이 사이로 죽은 자들이 어렴풋 보이는 것 같다. 늙은이의 주름진 얼굴에는 늘 두 가지 이상의 표정이 있다. 그 표정은 처음 보는 낯선 청년도, 이름도 모르는 죽은 자도 '식구'가 될 수 있음을, 그것이 '먹는 인간'의 본성임을 알려 주는 너그러운 미소이기도 하지만, 그 본성이 지친 삶이 끝난 후에야 발현되는 각박한 세계에 살고 있음을 일깨워 주는 서러운 울음이기도 하다.

그때 그 맛, 혀끝의 기억: 「4월이었을까」, 「먹을 만큼 먹었어」, 「청국장을 끓이다」

죽기 전에 그때 그 음식을 한 번 더 먹어보고 싶다는 소원을 품는 이들이 있다. 돌아 올 수 없는 한 시절을 '맛'으로 기억하기 때문일 것이다. 미각은 자주 촉각과 후각을 포함한다. 혀에 닿는 음식의 질감이나, 구수한 냄새가 '맛'의 요소이기 때문이다. 고대 희랍의 철학자는 후각, 미각, 촉각을 근접감각으로 분류했다. 그들은 '감각'을 '이성'에 비해 열등한 것으로, 감각 중에서도 '근접감각'을 시각과 청각과 같은 '원격감각'보다 열등한 것으로 놓았다. 근접감각은 육체를 매개로 대상을 파악하는 것이기에 보편타당한 인식이 되지 못한다는 이유에서다. 여기에는 육체에 직접 접촉하는 감각은 인간을 쾌락으로 빠지게 할 수 있다는 우려도 섞여 있다. 고대 철학자들은 미각을 열등한 것으로 놓았지만, 이러한 경계와 우려에는 우리가 왜 삶의 구체적인 한 국면을 '맛'으로 기억하는지에 대한 설명이 담겨 있다. 미각이야말로 육체로 느끼는 가장 구체적이고 생생한 감각이기 때문이다.

「4월이었을까」의 주인공 진은 후와의 무엇이라 명명하기 어려운 관계를 '브리야니'의 맛으로 기억할 것이다. 그 시절 진은 장기간 중국에 머물고 있는 남편과 이혼 위기에 처해 있었고, 후는 후대로 이혼 후 힘든 시간을 보내고 있었다. 나란히 걸을 때 손가락이 스치듯, 손가락 끝에 잠깐 설렘이 맺히듯, 그들의 감정은 깍지를 끼고, 부둥

켜안는 사건으로 나아가기도 전에 끝난다. 남편은 돌아왔고, 후도 그의 전 부인에게 돌아갔다. 시작하기도 전에 끝나버린 두 사람의 관계를 무엇이라 불러야 할까. 그들에게 붙여줄 적당한 이름이 없다. 대신 그때 그들이 함께한 음식의 '맛'이 선명하게 남아 있다. 후가 떠난 후 진은 브리야니를 먹으며 그를 떠올린다. 어쩌면 그녀는 후가 떠오를 때마다 브리야니를 먹을지도 모른다.

진의 이야기를 한평생으로 늘여놓으면 「먹을 만큼 먹었어」에 가까워질 것 같다. 소설의 주인공 '나'는 스스로 곡기를 끊으며 죽음을 맞이하는 인물이다. 소설은 죽음을 준비하는 주인공의 삶의 회고를 따라간다. 흥미롭게도 '나'는 자기 곁에 머물렀다 떠난 이들을 '맛'으로 기억한다. '나'의 부인은 죽기 전까지도 젊은 시절 남편이 사주었던 슈크림빵을 잊지 못했다. 그보다 전에 세상을 떠난 어머니는 곤궁한 시절에도 잔칫날 같은 대구탕을 끓였다. 어머니에게 대구탕이란 아버지에 대한 그리움이다. 남편이 만주로 떠나던 날 대구탕을 어찌나 맛나게 먹던지, 그때부터 어머니에게 남편은 대구탕이 되어 버렸다. 평생을 마음에 두었던 여자 허란숙은 또 어떤가. 그녀는 평생 생 당근의 맛으로 '나'를 추억했다.

「먹을 만큼 먹었어」가 흥미로운 것은 한 사람 한 사람의 가장 소중한 순간이 그들의 미각에 각인되어 있다는 점인데, 여기서 나아가 소설은, 주인공의 인생을 그를 둘러싼 타인들의 인생의 '맛'으로 엮어 나간다. 그러니까 '나'의 일대기에는 타인들이 기억하는 그들 인생의

'맛'이 누벼져 있고, 그 속에서 '나'의 삶이 직조되는 것이다. 가령, 슈크림의 달콤함으로 '나'를 기억하는 아내, 죽음을 앞둔 그녀의 수줍은 고백은 '나'의 인생 속에 아내의 무게로 자리 잡는다. 이렇게 '맛'이 왕복하고, 기억이 교차하는 동안 '나'의 지난 삶이 드러난다. 그러니 '나'에게 무엇을 먹는다는 것은 미감을 넘어 그 사람을 기억하는 일이기도 하다. 대구탕을 먹을 때엔 어머니를, 어머니가 그리워하던 아버지를 추억하는 일이 된다.

이 나이쯤 되니 목구멍으로 넘어가는 어떤 것들은 미감을 넘어 그리움이나 회한으로도 기억되겠다는 깨달음이 생긴다. 그 여자가 오래도록 즐겨 먹었다는 그것도 그런 종류였을지 모른다. 혹은 잊히는 것을 향한 집착일 수도. 아마도 나는 그 여자에 관한 이야기를 듣고 나서야 먹을거리가 어떻게 자창 같은 흔적이 되는지를 깨달았던 것 같다. 그때 찾아온 청년 같던 번민은 몸 곳곳에 머물러 오래도록 지워지지 않았다. (「먹을 만큼 먹었어」, 23쪽)

이렇게 보면 제목 '먹을 만큼 먹었어'는 중의적으로 해석된다. 이는 곡기를 끊는 '나'의 결단으로 읽히기도 하지만, 그리움과 회한으로 가득 찬 만년의 삶에 대한 나직한 읊조림으로 들리기도 한다.

「먹을 만큼 먹었어」의 주인공은 죽음을 앞두고 자신의 삶을 반추하고 있지만, 우리 모두에게 그런 고요한 작별의 시간이 허락되지는 않는다. 노쇠한 기억력이 삶의 특정 장면에 멈추어 버리는 일을 우리는 더 자주 목격한다. 「청국장을 끓이다」의 인월댁이 그렇다. 과부 인월댁은 마을 총각 엉셍이와 사랑을 했으나 쫓겨나듯 고향을 뜰 수밖에 없었다. 그런데 그 이후가 더 절절하다. 엉셍이는 열심히 콩 농사를 짓고, 인월댁은 그 콩을 사다가 메주를 뜨고 청국장을 끓인다. 청국장도 사랑이라 할 수 있다면, 이들은 이십 년을 넘게 이렇게 사랑을 나눈다. 소설은 치매 걸린 인월댁을 대신하여 그녀의 아들이 처음이자 마지막으로 어머니의 '청국장'을 완성하는 내용이다. 인월댁이 한 많은 세월 동안 묵묵히 해냈던 일—엉셍이에게서 콩을 사서, 메주를 뜨고, 청국장을 끓이는 일—을 대신한다는 것은 무한히 반복되었던 인고의 시간의 한 부분이나마 이해해 보겠다는 뜻일 테다. 「청국장을 끓이다」는 음식을 준비하는 과정이 어쩌면 삶의 지난한 과정의 축소판이기도 한 것을 보여준다. 작가는 청국장을 만드는 과정 사이사이에 아들 선재의 삶과 스스로 목숨을 끊은 손자의 삶을 삽입한다. 공교롭게도 인월댁의 생일과 스스로 목숨을 끊은 손자의 제삿날이 같다. 요양 시설에 모시기 전 마지막으로 손수 차린 생일상을 대접한 아들 선재는, 곧이어 자신 아들의 제사상을 차리는 기구한 하루를 보낸다. 소설은 치매를 앓는 인월댁이 손자의 제사상을 게걸스럽게 먹어치우는 장면으로 끝난다. 이 마지막 장면에서 음식은 삶과 죽음 사이를 적나라하게 가로지른다. 그야말로 밥상이 산 자와 죽은 자 사이를 잇고 있는 것이다. 「청국장을 끓이다」는 숙성의 시간을 통과해야만 완성되는 청국장을 통해 인생의 여로를 비유적으로 보여주는 동시에, 음식이 어떻게 삶과 죽음 사이에 가로놓여 있는지를 드러낸다. 죽은 손자를 부르는 인월댁의 허기진 목소리에서 먹는다는 것의 의미가 여러 갈래로 뻗어 나간다.

끼니에 안부를

먹는 일은 쉽지 않다. 곤궁해서가 아니라 먹는다는 행위에는 인간사의 굴곡과 풍파가 녹아 있기 때문이다. 「마지막 식사」에 차려진 여덟 편의 소설은 우리에게 묻는다. "당신의 삶은 어떤 '맛'으로 요약됩니까" 혹은 "당신의 지난한 인생은 어떤 '레시피'에 따라 가고 있습니까" 한참을 더 걸어봐야 알겠지만, 오늘 당신의 식사도 언젠가 요약될 당신 인생의 '맛'이었다는 것만은 기억하자. 무수히 쌓아가는 삼시 세끼. 매번 다를 수도 그렇다고 같을 수도 없는 식사. 그중에 오늘 당신의 식사는 어떤 기억으로 남을까. 여기에 있는 소설들은 당신의 끼니에 안부를 묻는다. 당신, 잘 '먹고' 사시길.

이지은 서울대대학원 국어국문과 박사 수료. 2015년 경향신문 문학 평론 「안전거리없음: 원시적 성실성과 武將SIREN의 진화 – 김훈론」으로 등단했다. 「착한 당신에게 말을 건넵니다」(작가들, 2016년 봄) 「'反문학의 공동체'와 문학장의 향방」(진보평론, 2016년), 「몹(mob) 잡고 레벨 업: 만렙을 향한 한국문학의 도정」(문학3, 2017), 조미녀 소설집 『와이프로거』 –「달리는 지옥의 마라토너들」이 있다.

마지막 식사

초판 1쇄 | 인쇄 2017년 9월 20일
초판 1쇄 | 발행 2017년 9월 27일

지은이 | 이광재 정도상 장마리 황보윤 차선우 김소윤 한지선 김저운
펴낸이 | 최병수
편 집 | 권영임
디자인 | 여현미

예옥등록 | 제2005-64호(2005.12.20)
주 소 | 〈03387〉 서울시 은평구 연서로22길 16-5 명진하이빌 501호
전 화 | 02) 325-4805
팩 스 | 02) 325-4806

ISBN 978-89-93241-53-2 03810

ⓒ 이광재 정도상 장마리 황보윤 차선우 김소윤 한지선 김저운, 2017
값 13,000원

이 도서의 국립중앙도서관 출판예정도서목록(CIP)은 서지정보유통지원시스템 홈페이지(http://seoji.nl.go.kr)와 국가자료공동목록시스템(http://www.nl.go.kr/kolisnet)에서 이용하실 수 있습니다.(CIP제어번호: CIP2017024791)